KB234881

마풍협성

송진용 新무협 판타지 소설

FANTASTIC ORIENTAL HEROES

마풍협성 4

송진용 新무협 판타지 소설

초판 1쇄 찍은 날 § 2007년 9월 5일
초판 1쇄 펴낸 날 § 2007년 9월 15일

지은이 § 송진용
펴낸이 § 서경석

편집장 § 문혜영
편집 § 서지현 · 심재영

펴낸곳 § 도서출판 청어람
등록번호 § 제1081-1-89호
등록일자 § 1999. 5. 31
어람번호 § 제2-1285호

주소 § 경기도 부천시 원미구 심곡1동 350-1 남성B/D 3F (우) 420-011
전화 § 032-656-4452  팩스 § 032-656-4453
http://www.chungeoram.com
E-mail § eoram99@chollian.net

ⓒ 송진용, 2007

ISBN 978-89-251-0897-1 04810
ISBN 978-89-251-0730-1 (세트)

# 마풍성

魔風星 魔俠

마협

**FANTASTIC ORIENTAL HEROES**

송진용 新무협 판타지 소설

시대가 혼란스럽고, 민간의 삶이 고달파질수록 영웅의 출현은 불가피해진다.

"한(恨)은 목숨보다 더 지독하거든. 너도 그걸 네 개쯤 가져 봐.

그럼 목이 다섯 번 떨어질 때까지는 죽을 수 없을 거야."

불사귀(不死鬼)라고 불리는 사내. 도수백(陶秀柏)의 이야기다.

[마풍(魔風)]

4

도서출판 청어람

# 目次

# 魔風俠星

## 第一章
### 불사귀(不死鬼)라는 이름

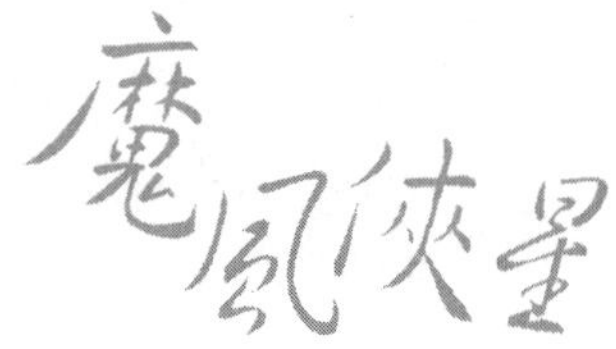

그녀는 내내 말이 없었다.

시무룩해진 얼굴을 외면한 채 앉아서 덜컹거리는 마차의 움직임에 몸을 맡기고 있을 뿐이다.

그녀가 그렇게 침묵할수록 마주 앉아 있는 도수백은 더 어색하고 답답하기만 했다. 하지만 그것을 감추기 위해 그도 화난 사람처럼 입을 닫고 천장만 바라본다.

마차 밖에서는 한가로운 콧노래 소리가 들려왔다. 마부석에 앉아 마차를 몰고 있는 곤륜삼도 여곤화가 흥얼거리는 소리다.

그와 도수백은 힘을 합쳐서 유빈과 무당, 화산파의 도사들을 따돌리고 왕소령을 구해 달아날 수 있었다.

유빈은 여곤화를 상대하느라 몸과 마음이 바빴고, 무당과 화산파의 도사들은 왕소령을 안고 있는 도수백을 차마 협공하지 못했다.

사편금귀 관일평이 체면이고 뭐고 돌보지 않고 도수백을 치려고 했으나 그는 무정검귀 상동풍에게 가로막혔다.

상동풍은 도수백이 왕소령을 데리고 떠나기를 바랐다.

"언제고 너와 겨루어보고 싶다. 하지만 지금은 아니라는 걸 알기 때문에 참는다."

그렇게 말하며 지그시 바라보던 그의 차갑고 무심한 눈길을 도수백은 지금도 생생히 기억하고 있었다.

곤륜삼도 여곤화가 이 먼 곳까지 와 왕소령까지 끌어들이며 복잡한 싸움을 마다하지 않고 달려들었던 건 역시 백련지정 때문이었다. 그는 그것을 원래의 자리로 되돌려놓기 원했던 것이다.

도수백은 여곤화가 백련교의 인물일 것이라고는 짐작했는데, 격전장을 빠져나와 한가롭게 되었을 때 그의 말을 듣고는 깜짝 놀라 할 말을 잃었다.

"셋째."

그가 대뜸 그렇게 불렀던 것이다.

"둘째로부터 내 이야기를 듣지 못했었나?"

"그럼, 그럼…… 당신은……."

"흘흘, 오래전에 초자생과 형제의 의를 맺었지. 내가 몇 살 더 많으므로 염치를 무릅쓰고 형이 되었다."

도수백은 초자생으로부터 그에 대한 말을 듣지 못했으므로 어리둥절할 수밖에 없었다.

도수백이 백련교에 가입한 교도가 아니라는 걸 듣고 여곤화는 머리를 끄덕였다.

"둘째는 너를 생각해서 말하지 않았던 것이다."

"……?"

"네가 교도가 아니니 백련교에 대해서는 아는 게 적을수록 네 자신을 위해 좋다고 생각한 것이지."

그러고 보니 백석평의 무명암에 있던 동안 초자생은 한 번도 백련교에 대한 말을 꺼내지 않았었다.

그는 새롭게 얻은 의제(義弟)가 세간에 마교로 널리 알려져 있는 백련교에 섞이기를 원치 않았던 것이다. 도수백은 강호를 떠돌아야 하는데 백련교도라는 신분으로는 짐이 될지언정 조금도 도움이 되지 않을 것이기 때문이다.

"그러니 멀리 떨어져 있어서 평생 얼굴 한 번 볼까 말까 한 나에 대해서도 말할 필요가 없었겠지. 하지만 인간이 어찌 하늘의 일을 알랴. 내가 이렇게 먼 길을 달려와 백련지정을 손에 넣고 너와 만나게 되리라고는 둘째도 생각하지 못했을 것이다."

그러니 이것은 하늘이 정해준 일이라는 뜻의 말이었고, 그것을 알아듣지 못할 도수백이 아니었다.

그가 즉시 땅에 엎드려 의형을 모시는 예를 올렸다.

여곤화도 마주 엎드렸는데, 그 순간만큼은 얼굴에 조금의 장난기도 없었다. 그 어느 때보다 엄숙하고 장중하게 의형으로서 새로이 아우를 맞는 예를 갖추었고, 그 즉시 두 사람은 대형과 막내로서의 인연으로 맺어졌다.

하늘이 맺어주었으니 하늘만이 끊어놓을 수 있을 것이다.


두 필의 건장한 말이 이끄는 마차는 거친 산길도 평지처럼 내달렸다.

쩔그럭거리는 바퀴 소리만 들릴 뿐, 고요하기 짝이 없는 이른 아침의 숲 속이었다.

"왜 나를 살려주었지?"

더 이상의 침묵을 견딜 수 없었던지 비로소 왕소령이 입을 열었다.

너무 갑작스런 질문이 도수백을 당황하게 한다.

"뭐라고?"

"네 손으로 나를 죽이지 않고 왜 살려주었느냔 말이야."

"……."

"너는 벌써 두 번이나 나를 구해주었지. 그렇다고 내가 너에게 감사할 것 같아?"

"……."

"내 원한은 사라지지 않을 거야. 그러니 지금이라도 나를
죽여."

"네 아버지를 죽인 일에 대해서는 변명하지 않겠다."

"흥!"

"네가 복수하겠다는 것도 말리지 않겠다."

"……."

"너의 가문이 몰살을 당하고 겨우 너 혼자 살아남았으니
원한이 뼈에 사무치는 건 당연하지."

왕소령의 창백한 얼굴이 더욱 창백해졌다. 입술을 악물고
있다. 도수백은 그녀를 똑바로 바라보며 말을 멈추지 않았다.

"너의 가문을 그렇게 만든 자는? 네 어머니와 형제들을 죽
이고 가문의 대를 끊어버린 자들은? 너는 정말 그자들에 대해
서는 까맣게 잊은 것이냐?"

"잊지 않았어! 절대로 잊지 않아!"

왕소령이 미친 듯 소리쳤으므로 도수백은 깜짝 놀라 그녀
를 바라보았다.

"모두 다 죽여 버릴 거야, 모두 다!"

그녀의 표독한 눈이 원망과 원한의 불길을 활활 내뿜는다.

도수백은 그녀를 위로하지 않았다. 스스로 냉정을 되찾을
때까지 지루한 시간을 참고 기다린다.

한참 만에야 왕소령이 길게 한숨을 쉬고 고개를 숙였다. 도
수백이 다시 말했다.

"깊이 생각해 봐. 네 눈앞의 끈을 붙들고 자꾸 거슬러 올라가 봐. 그 끝에 있는 것을 제대로 볼 수 있게 된다면 너는 비로소 네가 하려는 일에 대하여 그것이 무엇이고, 어떻게 해야 하는 건지 똑똑히 알 수 있게 될 것이다."

"충고는 필요없어."

"그래도 들어."

엄격한 어조와 눈으로 그녀를 눌러 버린 도수백이 제 말을 계속했다.

"나는 너의 원수다. 하지만 너의 더 큰 원수에 대해서 너는 외면하고 있다. 두려움 때문이라면 그것보다 비겁한 일이 없지."

"비겁하다고? 내가?"

"몰라서라고 한다면 그것보다 어리석은 일도 없다."

"……."

"눈앞의 작은 일에만 목숨 걸고 매달리는 네가 가여워져서 해주는 말이다. 눈을 크게 떠. 그리고 네 앞을 바라봐. 뒤돌아 볼 필요는 없다. 너에게 보이는 것만 보려 하지 말고 보이지 않는 것들을, 감추어져 있는 것들을 보려고 노력해 봐. 그러면 지금의 네가 얼마나 철없고 어리석으며 유치한지 알게 될 거다. 그렇다고 부끄러워할 필요는 없어. 누구나 그 과정을 거치는 거니까."

도수백의 말에는 뜨거운 열정이 가득 담겨 있었다. 진심으로 말하고 있는 것이다. 그것이 차갑게 굳어 있는 왕소령의 가슴에 전해졌다.

마른 흙이 물에 젖어 물러지듯 그녀의 마음도 그렇게 부드러워지기 시작했다. 그건 그녀 자신도 모르는 사이에 생긴 변화였다.

그걸 느끼고 왕소령은 깜짝 놀랐다. 가슴 저 깊은 곳이 뜨거워지고 있었던 것이다.

원한을 품고 있고, 단단히 화가 나 있다고 하지만 그녀는 아직 앳된 기를 다 벗어버리지 못한 소녀였다. 마음이 여리고 순박하지 않았던가.

복수의 일념으로 도수백을 찾아 홀로 강호를 떠도는 동안 강퍅하고 차갑게 변했어도 아직 본성의 순박함은 남아 있다.

그 부드러운 감성이 이런 때에, 이런 상황에서 불쑥 되살아나려 하니 그녀 스스로도 당혹스러웠다.

'어떻게 된 건가?'

그녀가 의문을 가득 담은 눈으로 도수백을 바라보았다.

거칠고 단단하며 고집이 가득 배어 있는 얼굴이다. 그러나 맑은 눈이다. 붉고 정열적인 입술이다. 그 아래의 굵은 목과 넓은 가슴과 옷소매 밖으로 드러난 단단한 팔뚝.

왕소령은 저도 모르게 그가 저 단단한 팔뚝으로 저를 꽉 붙들어 안아주었으면, 하고 생각했다. 그러면 작은 새처럼 그의 품에 갇힐 것이다.

저 팔이, 저 가슴이 그 무엇보다 단단한 보호막이 되어서 세상의 온갖 고통으로부터 나를 지켜줄 것이라는 생각이 든다.

그러면 그 안에서 철없이 행복하고, 철없이 즐거워하기만 하면 되리라. 세상에서 가장 힘센 사람이 나의 보호자이니까.

'아버지…….'

왕소령은 문득 아버지를 떠올렸다.

단단한 팔로 조그만 그녀를 꽉 안아줄 때면 숨이 막힐 것처럼 답답했지만 그녀는 세상에서 가장 안전하고 행복한 사람일 수 있었다.

볼을 비비던 아버지의 까칠한 수염을, 아버지의 냄새와 체온과 맥박을 잊을 수 없다.

그 기억뿐이다.

왕소령은 제가 너무 일찍 가족과 헤어져 멀리 떨어진 곳에 있었다는 걸 느꼈다.

북경을 떠나 수만 리 밖, 창산으로 와서 사부와 사모님을 제 아버지와 어머니로 여기고 여태까지 살아오지 않았던가. 사형들을 제 형제로 생각하고 살아오지 않았던가.

그들이 매우 잘 대해주었지만 혈육에게서만 느낄 수 있는 따뜻하고 은근한 정마저 부족함없이 채워줄 수는 없었다.

'나는 늘 아버지를 그리워하고 있었어.'

왕소령은 그때의 자기를 떠올리고 생각해 보았다.

언제나 아버지의 품을 그리워한 어린 날들이었다. 아버지의 단단한 울타리를 그리워하는 마음을 사부님은 다 채워주지 못했다.

지금 왕소령은 도수백의 모습에서 다시 그 울타리를 떠올리고 그리워졌다.

하지만 그녀의 이성은 날카로웠다. 싸늘하고 용서가 없다. 그 이성이 불쑥 입을 연다.

"그래도 잊지 않을 거야, 너는 내가 복수해야 할 원수라는 걸."

도수백이 한탄하고 다시 그녀를 외면했다. 제가 한 번 저지른 잘못에 대해서, 그것이 아무리 실수였다고 해도 돌이킬 수 없다는 게 지금처럼 답답한 적이 없었다.


마차는 빠르게 달려 그날 저물 무렵에는 번화한 저자에 들어설 수 있었다.

사람들이 꾀죄죄한 도사가 마부석에 앉아 말고삐를 잡고 있는 걸 이상하게 생각하는 건 당연하다.

힐끔거리는 그들의 시선은 곤륜삼도 여곤화에게도, 마차 안에 있는 도수백이나 왕소령에게도 부담스러웠다.

그들은 휘장을 쳐서 창문을 가리고 있었는데, 그러자 좁은 마차 안이 더욱 좁게 느껴졌다.

어두컴컴한 어둠 속에서 두 사람의 남녀가 말없이 마주 앉아 있는 것처럼 답답하고 부담스러운 시간은 또 없을 것이다.

왕소령은 싫어도 도수백의 시금털털한 땀 냄새를 맡아야 했고, 도수백 또한 제 냄새와는 다른 살 냄새를 맡지 않을 수 없었다.

그 어색함이 시간을 더 지루하고 무섭게 만들어준다.

마차가 덜컹거리더니 멎었다.

문이 활짝 열리고 밝은 빛이 쏟아져 들어온다. 객잔의 앞이었던 것이다.

"더 갈 수 없으니 여기서 하루 묵어가자."

문을 연 여곤화가 싱글벙글 웃으며 서 있었다.

"어때? 그만하면 두 청춘 남녀가 오붓한 시간을 보내기에는 부족하지 않았겠지? 부럽다, 부러워."

너스레를 떨지만 그것이 오히려 도수백과 왕소령을 더 어색하고 당황하게 만들었다.

"여기가 어딥니까?"

"호주라네."

"호주?"

호주(湖州)는 절강성 북쪽 끝, 태호에 면해 있는 성읍이다.

사람들의 눈을 피해 멀리 달아나기에는 역시 배를 타고 호수를 건너는 게 가장 나을 것이다. 하지만 도수백이 가고자 하는 곳과는 정반대의 방향이었다.

그가 눈살을 찌푸리자 여곤화가 등짝을 철썩 갈겼다.

"아무 데면 어때? 우선 먹고 마시자. 나는 배가 고파서 내 살이라도 뜯어 먹고 싶을 지경이다."

왕소령은 아직 운신이 불편했다. 점소이에게 말고삐를 넘긴 여곤화가 달아나듯이 객잔 안으로 뛰어들어 갔으므로 도수백이 그녀를 부축할 수밖에 없었다.

손을 내밀자 머뭇거리던 왕소령이 체념한 듯 도수백의 팔에 의지해 마차에서 내렸다.

중병을 앓고 있는 사람처럼 걸음걸이가 위태롭고 몸을 가누지 못해서 거의 도수백에게 안기다시피 하여 객잔 안으로 들어간다.

그녀는 원래 아름답기가 운남은 물론 멀리 사천에까지 알려진 소녀였다. 그런데 이렇게 심각한 내상을 입고 낯빛이 밀랍처럼 창백해져 있으니 더욱 요염한 아름다움을 띠고 있다.

사람들의 눈길이 일제히 그녀에게 모였다. 시끌벅적하던 주청에 갑자기 적막이 내리덮인다.

그녀의 허리를 안고 주청에 가득한 사람들 사이를 지나간다는 게 도산검림을 지나는 것보다 더 힘들고 두렵다.

왕소령도 부끄러운지 사람들의 시선을 피하기 위해 더욱 몸을 기울여 도수백의 가슴에 얼굴을 파묻다시피 했다. 그래서 도수백은 저절로 낯빛이 굳어지고 화가 난 사람처럼 인상이 험악해졌다. 지나친 긴장과 쑥스러움이 그렇게 한 것이다.

도수백이 목을 길게 빼고 두리번거리는데 저 구석에서 여곤화가 손을 흔들며 소리쳤다.

"뭐 하고 있어? 여기야, 여기!"

이층으로 올라가는 계단 아래의 구석진 곳에 자리를 잡고 앉아서 소리쳐 대는 것이다.


저녁 식사를 마치고 세 사람은 한 방에 들었다.

왕소령의 부상이 예상보다 심했으므로 그녀 혼자 둘 수가 없어서이다.

여곤화는 도수백이 그녀를 돌봐주기 바랐지만 그건 도수백이 참을 수 없었다.

"뭘 어때서 그래? 나는 너를 믿고, 왕 소저도 그럴걸?"

여곤화가 능청을 떨었다.

"큰형님, 형님은 어떻게 그런 말을 할 수 있소?"

"왜? 처녀 총각이 함께 있는 게 어때서? 오히려 나 같은 중 늙은이가 끼는 게 더 어색할 것 같은데?"

"아니, 큰형님은 정말 몰라서 그러는 것이오? 아니면 모르는 척하는 것이오?"

"나는 마음이 곤륜산의 만년설처럼 차고 깨끗해서 모든 걸 다 그렇게 본다. 그러니 아무 거리낌이 없지. 그런데 막내 너는 음흉한 마음을 가지고 있는 모양이구나?"

"형님!"

"어라? 그러고 보니 저 왕 아가씨도 음흉한 마음을 가지고 있는 모양이네? 그러니 저렇게 얼굴이 빨개지는 거지.”

“홍!”

왕소령이 매섭게 노려보며 코웃음을 치자 여곤화가 껄껄 웃고 손을 내저었다.

“좋아, 좋아. 두 사람이 그렇게 음흉한 마음을 감추고 있었다면 방 안에 둘만 있도록 놔둘 수 없지.”

그리고는 누가 말릴 새도 없이 성큼 침상에 올라가 누워버린다.

도수백과 왕소령은 할 수 없이 다탁(茶卓)을 가운데 두고 마주 앉아 있을 수밖에 없었다.

밤이 깊었다. 묘한 정적 속에서 여곤화의 코 고는 소리만 간간이 들려올 뿐 도수백도 왕소령도 말이 없었다. 마차 속에서보다 더 깊고 야릇한 정적이 그 밤과 함께 소리없이 깊어만 간다.

그 어색함을 견딜 수 없게 된 왕소령이 입을 열었다.

달콤하고 부드러운 말이 어울릴 장소이고 시간이지만 현실은 그렇지 못했다.

“나는 네가 악당이라는 걸 진작에 알고 있었지. 하지만 마교에까지 발을 뻗고 있을 줄은 몰랐어.”

“백련교는 마교가 아니다.”

“홍, 마교에 몸담고 있는 사람이 제 입으로 마교라고 하겠어?”

"누가 뭐라고 해도 상관없다. 내 마음이 떳떳하고, 내 선택이 올바르다면 세상의 말에 흔들릴 것도, 화를 낼 것도 없지."

"누구든 제가 옳다고 믿는 일을 해. 너 혼자서만 그런다고 착각하지 마. 나도 내가 옳다고 믿는 일을 하고 있는 거니까."

다시 논쟁이 될 것 같다. 그래서 도수백은 입을 꾹 다물고 그녀를 외면했다. 하지만 왕소령의 쫑알거림은 그치지 않았다.

"너를 죽여 복수하는 건 그 무엇보다 나에게 옳은 일이고 큰일이야."

"그렇다면 네 일을 해라. 하지만 지금은 안 되겠지?"

지그시 도수백을 노려보는 왕소령의 파리한 얼굴에 갈등이 물결쳐 지나간다.

그녀는 제 말에 대해서 스스로 놀라고 갈등했다.

'그는 너를 두 번이나 살려주었어. 그런데 정말 그를 죽일 수 있겠어?'

본래의 순박하고 청순한 그녀가 그렇게 속삭인다.

'하지만 그는 아버지를 죽인 원수야.'

그녀의 차가운 이성이 그렇게 반격하지만 어딘지 맥이 빠져 있었다.

왕소령은 스스로 그것을 느끼고 깜짝 놀랐다. 당황한다. 그래서 얼른 눈을 감아버렸다. 도수백과 눈이 마주치면 흔들리는 제 마음을 들켜 버릴 것 같았던 것이다.

그녀는 애써 마음을 가라앉히고 사문의 운기심법을 외며 호흡을 가다듬었다.

바닥에 앉든, 이처럼 의자에 앉든 상관이 없다. 서서도 할 수 있고 누워서도 할 수 있다. 마음을 고요하게 가라앉히고 기식을 조절할 수 있는 환경만 있으면 된다.

사문의 신공인 열양구공(烈陽九功)을 운기하자 이내 기혈이 열리며 단전 깊은 곳에서 따뜻한 열기가 일어나 전신의 경락을 오르내리기 시작했다.

아홉 단계로 이루어진 그 신공을 왕소령은 이미 여덟 단계에 이르도록 익히고 있었던 것이다.

신공의 공력이 그와 같았지만 무쌍괴 당부겸에게서 받은 내상을 단번에 치료할 수는 없었다.

운기할수록 고통이 심해서 왕소령은 그것을 참기 위해 이를 악물어야 했다. 그녀의 이마에 땀방울이 맺혔다.

도수백은 그녀가 운기행공을 한다는 걸 알았다. 스스로 내상을 치료할 수 있다면 잘된 일이다.

＊　　　＊　　　＊

불빛마저 이처럼 음침할 수 있다는 게 신기하게 여겨진다.

짙은 향 연기가 안개처럼 몽롱하게 흐르는데, 후각을 자극

하는 그 냄새에 머리가 멍해질 지경이다.

귀기(鬼氣)와 함께 알 수 없는 어둠의 거대한 기운이 느껴지고 있었다.

그 위압감 앞에서 유빈은 꼼짝할 수 없었다.

등줄기에 식은땀이 배어나고, 숨을 쉴 때마다 목 안 깊은 곳에서 그르렁거리는 소리가 난다.

옅은 휘장이 드리워져 있는 제단 안쪽에서 어른거리는 사람의 그림자가 비쳤다.

'사부님…….'

유빈의 머릿속에 두 노인의 근엄한 얼굴이 가득 떠올랐다.

유성추혼(流星追魂) 강무명(姜武明)과 수라신군(修羅神君) 나부춘(羅浮春).

유빈이 알고 있는 한 그들 두 명의 사부는 절대적인 존재였다. 그들의 무위(武威)는 가히 세상을 뒤엎을 만하다.

그 두 사람이 유령처럼 나타나더니 휘장을 젖히고 밖으로 나와 제단 아래에 내려섰다. 공손하게 두 손을 모으고 있다.

잠시 후 안에서 다시 한 사람의 그림자가 어른거렸다.

유빈은 이제 숨도 쉬지 못하고 있었다. 지나친 긴장으로 입 안에 침이 말라 목이 타 들어가는 듯하다.

그는 자신이 몸담고 있는 내행창(內行廠)의 수장이었다. 도중문(陶仲文)인 것이다. 천하를 오시할 만한 두 사부가 주인으로 섬기고 있는 절대적인 존재이기도 하다.

유빈은 세상에 오직 그 한 사람만이 자신의 두 사부를 부릴 수 있다는 걸 잘 알고 있었다.

유일무이한 절대자.

한 번도 그를 직접 본 적이 없었지만 그의 위세가 어떻다는 건 그 누구보다도 유빈이 잘 안다.

황궁 내에서의 일은 황사 왕금이 황제의 주인 노릇을 하며 좌우하고 있지만, 강호에서의 일은 동창도 아니고 금의위도 아닌 내행창의 도중문이 주재하고 있었던 것이다. 그것이 그가 황궁에서 한 발짝도 움직이지 않는 동창의 제독태감 양우명과 달리 수시로 강호에 출입하는 이유이기도 하다.

도중문은 때로 도사 본연의 모습이 되어서 유유히 홀로 강호를 거닐었고, 때로는 지금과 같이 봉공으로 초빙되어 온 두 명의 노고수와 수십 명의 비밀 호위들을 대동하고 행차하기도 했다.

도사로서의 도중문은 너그럽고 기품이 있으며 다정다감해 보였는데, 지금처럼 호위를 거느리고 내행창의 제독으로서 강호에 나왔을 때는 전혀 다른 사람이 된 것처럼 엄격했으며 신비로웠다.

유빈은 그의 능력이 도대체 얼마나 큰지 잘 알지 못한다. 하지만 그의 말 한마디에 천하가 울고 웃는다는 건 잘 알고 있었다.

그 절대자가 태사의에 앉아 휘장을 사이에 두고 이글거리는 눈빛을 보내고 있다.

일렁이는 향 연기와 휘장 때문에 흐릿한 그림자로만 보이는 그의 모습이 더욱 신비롭다.

도중문이 한참의 침묵을 깨고 입을 열었다.

"실패했다고?"

어두컴컴한 대전 안에 그의 음성이 웅웅 울려 나온다.

"예, 예."

유빈은 감히 고개를 들지 못했다.

무거운 침묵.

휘장 안에서 무겁고 축축한 음성이 다시 흘러나왔다.

"그놈을 한번 보고 싶구나."

"……?"

유빈이 알 수 없다는 얼굴을 했지만 고개를 들지는 못했다.

"단칼에 무쌍괴의 목을 쳤고, 곤륜삼도를 꼼짝못하게 했다지?"

휘장 안의 인물은 유빈에 대한 말을 빼고 했다. 목석처럼 서 있는 두 노인에 대한 배려였다.

그들의 공동 전인인 유빈이 정체도 알 수 없는 뜨내기 무사한 놈에게 꼼짝하지 못했다는 건 두 노인에게도 수치이기 때문이다.

그때 유빈이 도수백과 싸운 건 아니었다. 하지만 그의 무시무시한 기백에 눌려서 주춤거렸던 건 사실이다.

"그놈의 이름이 도수백이란 말이지? 안길현을 들이쳐서 현령의 목을 쳤다는 바로 그놈이고?"

"그, 그렇습니다."

"흘흘, 재미있는 놈이야. 데려오도록."

"존명!"

"그리고 백련지정 말인데……."

유빈이 다시 긴장하여 어깨를 굳혔다.

"두 분 봉공은 이 일을 어떻게 생각하시오?"

휘장 앞에 서 있던 두 노인이 가볍게 허리를 굽히고 한목소리로 대답했다.

"어차피 강호에 흘려보내기로 했던 것. 오히려 잘된 일이라고 생각합니다."

"두 분도 그렇게 생각하시오?"

"그렇습니다. 도수백이라는 놈이 한 팔을 거들어준 격이지요."

"내 생각도 그렇소. 그놈이 무쌍괴의 목을 친 일은 확실히 충격이지."

휘장 안의 인물이 머리마저 끄덕이며 그렇게 말하자 두 노인이 만면에 미소를 띠고 다시 공손하게 말했다.

"그렇습니다. 그놈에 대한 소문이 빠르게 퍼질 테고, 그러면 자연히 백련지정에 대한 소식도 퍼지겠지요."

"좋아, 그렇게 해서 숨어 있는 백련교의 무리를 끌어낼 수 있다면 대성공이지.”

“오히려 도수백이라는 놈에 대한 소문을 우리 쪽에서 은밀하게 퍼뜨려 주는 것도 좋을 것 같습니다만…….”

“그렇게 하시오. 어린아이를 나무 위에 올려놓고 흔들어대면 겁에 질려서 마구 비명을 질러대겠지. 그걸 구경하는 재미도 쏠쏠할 거야. 하하하―”

“존명.”

두 노인이 대답하고 깊이 궁신했다. 한동안 허리를 펴지 않는다.

그러는 사이 휘장 뒤에 있던 인물은 기척없이 사라졌고, 비로소 허리를 편 두 노인이 근엄한 얼굴로 유빈을 내려다보았다.

“너는 우리를 실망시켰다.”

“…….”

유빈으로서는 입이 열 개라도 사부의 책망 앞에서 변명할 수가 없다.

“우리는 너를 장차 강호를 떠받칠 동량으로 키울 작정이다. 하지만 이번과 같은 일이 또 발생한다면 그때는 다시 생각할 수밖에 없겠지.”

“다시는 이와 같은 일이 없도록 하겠습니다. 두 분 사부님께서는 안심하소서.”

“너도 들었듯이 도 제독께서 도수백이라는 놈을 만나보고 싫어하신다. 그를 데리고 와라.”

“사부님의 명을 받듭니다.”

유빈이 공손하게 머리를 숙였다.

그는 이것이 자신에 대한 두 번째 시험이라는 걸 알았다. 도수백을 제독에게 데려가지 못하면 자신의 인생도 여기서 끝이라는 생각에 진땀이 흐른다.

*　　　*　　　*

불사귀 도수백.

그 이름이 갑자기 강호에 진동하기 시작했다.

그가 안길현에서 현령을 죽이고 옥을 깨뜨려 죄수들을 방면해 주었다는 말을 들은 사람들은 모두 통쾌하게 여겼다.

요즘 보기 드물게 의협의 기운을 지닌 자이면서 그 솜씨가 또 무시무시해서 전대의 거마인 무쌍귀 당부겸을 단칼에 쳐 버렸다는 것도 모르는 사람이 없다.

도수백은 단숨에 현상금사냥꾼들 따위에게 쫓기는 난적이 아니라 강호의 영웅호걸로 바뀌어 버린 것이다.

그 일에 가장 당혹해하는 사람은 동창의 첩형 엽건신(葉乾信)이었다.

간간이 올라온 손적풍의 보고를 접했기에 도수백이 어떤 놈인지는 알고 있었다. 그자가 백련교와 연결되어 있다는 것도 잘 안다. 그런데 갑자기 영웅호한의 상징으로 부각되었으니 당황스럽다.

"내가 직접 가겠다."

깨끗하고 맑은 얼굴을 한 삼십대 중반의 사내.

엽건신의 싸늘한 말에 그 앞에 부복하고 있는 사도욱이 흠칫 놀라 얼굴을 들었다가 얼른 다시 숙였다.

"네가 제삼당을 이끌고 수행한다."

"존명!"

사도욱이 깊이 머리를 숙이고 우렁차게 복명했다.

그는 북경의 동창 본영으로 돌아온 뒤 백련교의 존재를 밝혀낸 공으로 당두가 되어 있었다.

제 손으로 죽인 손적풍의 자리를 물려받은 것이다. 하지만 동창에서는 손적풍이 백련교의 무리와 싸우다가 장렬히 전사한 것으로 알고 있었다.

좌첩형인 엽건신 휘하에 다섯 개의 당이 있고, 각 당두는 열 명의 번역을 거느린다. 그리고 번역은 각기 열 명씩의 창위들을 지휘한다.

그러니 당두는 일백 명의 무사를 지휘하고, 그 위의 첩형은 총 오백 명의 무사를 지휘하는 최고위직이었다.

아직 정식 창위가 되지 못한 채 동창에 머물며 수련과 잡무에 종사하는 하급 무사들까지 셈한다면, 첩형은 거의 일천 명에 가까운 수하를 부리는 자인 것이다.

사도욱이 손적풍의 자리를 꿰차고 당두가 되었을 때 동창 안팎이 온통 술렁였다. 동창이 생긴 이래 가장 빨리, 가장 어린 나이로 당두가 되었으니 그렇다.

그 사도욱의 숙이고 있는 얼굴에 웃음이 가득 번졌다.

첩형 엽건신이 자신을 지목해 수행하도록 한 건 그만큼 자신을 신뢰한다는 뜻이기 때문이다.

북경 본영에서 첩형이 출도한다는 소식은 곧 가장 빠른 연락망을 통하여 대륙 곳곳에 흩어져 있는 동창의 각 지부로 전해졌다.

두 명뿐인 첩형 중 한 명이 몸소 강호에 나온다는 건 매우 이례적이고 드문 일이라 동창 전체에 싸늘한 긴장이 감돌았다.

그 첩형 엽건신이 평복 차림에 종자로 변복한 세 명의 호위를 대동한 채 북경성을 나선 건 여름이 한창인 칠월 스무닷새 저물녘이었다.

# 魔風俠星

## 第二章

### 은원(恩怨)의 굴곡(屈曲)

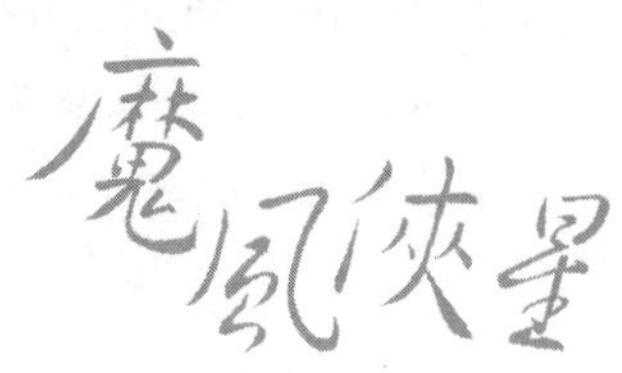

그 무렵 도수백은 강소의 진강구(鎭江口)에 와 있었다.

태호를 사흘 전에 건넜고, 어제 무석을 지나 상주에서 묵은 후 오늘 저물녘에 장강의 하류인 진강구에 이른 것이다.

그동안 그의 곁에는 그림자처럼 곤륜삼도 여곤화가 붙어 있었고, 왕소령 또한 아직 파리한 기색이 남아 있는 얼굴로 동행했다.

그날도 여느 때와 마찬가지로 방 하나를 빌려 셋이 들었다. 사람들이 모두 이상하게 여겼지만 세 사람에게는 이제 자연스러운 일이었다.

점소이가 차를 놓고 나가자 다른 때와는 달리 무거운 침묵을 지키고 있던 여곤화가 말했다.

"나는 아무래도 둘째에게 가봐야 할 것 같다."

도수백이 어리둥절하여 그를 바라보았다.

"곤륜산으로 돌아가지 않는단 말씀이오?"

"둘째가 걱정되어서 안 되겠어."

"둘째 형님은 백련지정을 모두 익혀서 이미 천하제일의 고수라고 할 만한데 뭐가 걱정이오?"

"두 손으로는 열 손을 당할 수 없는 거지."

"그 말씀은……."

"아무래도 조만간 강호에 커다란 바람이 몰아칠 것 같은데, 역시 둘째를 노리고 진행될 것 같거든."

도수백은 여곤화가 왕소령을 의식하고 백련교라는 말을 꺼내지 못한다는 걸 눈치 챘다.

하지만 왕소령은 이미 그가 백련교의 사람이고, 도수백 역시 그들과 관련되어 있다는 걸 눈치 채고 있었다.

그녀가 쌀쌀맞게 말했다.

"백련교가 어찌 되든 나에게는 상관없어요. 그러니 신경 쓰지 마세요."

"왕 소저, 그렇게 장담하지 말게. 소저는 상관없을지 몰라도 점창파는 그렇지 않을걸?"

"흥!"

"만약 소저의 사부와 사형제들이 백련교를 상대로 전쟁을 치른다면 소저는 그때도 상관없다고 할 텐가?"

왕소령은 그 말에 대답하지 못했다. 슬며시 외면한다.

그들 사이에 갑자기 어색한 침묵이 찾아왔다.

며칠 동안 함께 여행하면서 정이 들었다면 들었던 터라 이제는 스스럼없이 서로를 대할 수 있게 되었는데, 백련교라는 존재가 다시 그들 사이에 장애가 되어 가로놓인 것이다.

"가겠어."

왕소령이 검을 쥐고 일어서며 말했다.

뜬금없는 말이라 도수백은 물론 여곤화까지 어리둥절해서 그녀를 바라보았다.

그녀는 도수백과 여곤화의 보살핌 아래 그동안 마음 놓고 열양구공을 운기해서 내상을 대부분 치료한 뒤였다. 이제는 홀로 떠난다고 해도 안심할 수 있다.

하지만 도수백은 여전히 마음이 놓이지 않았다.

"너는 아직 부상에서 완전하게 회복되지 않았다."

"쳇, 무슨 상관이람?"

"밖에 나가면 너를 노리고 달려드는 자들이 한둘이 아닐 텐데 내가 걱정하지 않을 수 있겠어?"

"내가 죽어버리면 너는 오히려 속이 시원해질 텐데? 네가 하지 못하는 일을 남이 해준 격이니 얼마나 좋겠어?"

"그런 소리 하지 마라. 너는 왕 대인의 유일한 핏줄이다. 네가 죽으면 왕 대인의 가문은 영영 사라지게 되지."

그 말에는 왕소령도 할 말이 없었다. 그녀가 어두워진 얼굴을 숙이고 침묵하는데, 쓸쓸해 보인다.

도수백이 가볍게 한숨을 쉬고 다시 말했다.

"동창에서 너를 뒤쫓고, 철룡방에서도 그럴 것이며, 유빈이라는 자도 그럴 것이다. 그들은 모두 네가 쉽게 감당할 수 없는 자들인데 아무래도 너는 한동안 더 우리와 함께 있어야 할 것 같다."

왕소령이 발끈해서 소리쳤다.

"너는 걱정되지도 않아?"

"뭐가 말이냐?"

"네가 깊이 잠들었을 때 내가 슬그머니 네 목을 그어버리면? 그게 걱정되지도 않는 거야?"

도수백이 피식 웃었다.

"그렇게 하려고 마음먹었다면 벌써 했겠지. 지난 닷새 동안 기회가 많았을 텐데도 너는 그렇게 하지 않았다. 앞으로도 마찬가지겠지."

"흥, 여자의 마음은 언제든지 변할 수 있어."

"너는 자존심 때문에 그렇게 하지 못할 것이다."

"뭐라고?"

"그런 식으로 복수하는 걸 네 자신이 허락하지 못할 거야. 너는 당당하게 싸워서 내 목을 치고 싶을걸? 그렇게 해야 통쾌한 복수가 될 테니까. 그렇지 않으냐?"

“…….”

왕소령이 입술을 잘근잘근 깨물며 도수백을 노려보았다.

그녀를 마주 보면서 도수백은 그녀의 맑은 눈 속에 담겨 있는 게 이제는 원한이 아니라 갈등이라는 걸 느낄 수 있었다.

이때라는 듯 도수백이 다시 그녀를 설득하기 시작했다.

“잘 생각해 봐라. 네 원수는 네 아버지를 죽음으로 내몬 자들이다. 나는 그저 멋모르고 그들의 꼭두각시 짓을 한 멍청한 자에 지나지 않아.”

“그래서?”

“왕 대인을 죽음으로 내몬 자들이 누구라고 생각하는 거냐? 너의 집안을 풍비박산 내고 네 혈육들을 모조리 죽인 그 자들 말이다.”

“…….”

“동창? 흥, 그놈들도 꼭두각시에 지나지 않아.”

왕소령은 도수백의 말이 이치에 맞는다는 걸 잘 알았다. 그녀가 어눌한 음성으로 물었다.

“그럼 황제란 말이야?”

“명령은 황제에게서 나왔겠지만 그 역시 어리석은 꼭두각시에 지나지 않으니 소용없지.”

“…….”

“저희들의 권력을 위해서 세상을 이처럼 혼란하게 만들고, 백성들의 희생을 강요하는 자는 따로 있다. 너도 잘 알 텐데?”

“왕금······.”

“그렇다. 하지만 그 요망한 도사 외에 더 있지. 내행창의 제독이 되었다는 도중문이 있고, 왕금에게 빌붙어서 사리사욕을 채우기에 혈안이 되어 있는 엄숭이라는 자가 있다. 그런 자가 재상이라는 막중한 자리에 있으면서 온갖 권력을 한 손에 쥐고 있으니 백성들의 삶이 고달파질 수밖에 없지.”

대신 엄숭(嚴崇)은 표면적으로 황제를 대리하는 막강한 권력을 쥐고 있었다. 그 권력을 자신의 부를 축적하는 데 사용하여 지금은 엄숭의 부가 황제를 능가할 거라는 말이 공공연하게 나돌 지경이다.

하지만 엄숭은 표면에 드러난 자에 지나지 않았다. 그의 그늘에 숨어서 그를 조종하는 자가 따로 있는 것이다.

그자는 바로 황사(皇師)라 불리며 황제 곁에 언제나 붙어 있는 왕금(王金)이었다. 그리고 그의 수족이 되어 움직이는 도중문이다.

황제의 명령은 모두 왕금을 통해서 나왔다. 그러니 그는 드러나지 않은 황제라고 해도 과언이 아니었다. 보좌에 앉지만 않았을 뿐이지, 실질적인 황제나 다름없었던 것이다.

어리석은 황제 가정제와 재상 엄숭마저 그의 꼭두각시에 지나지 않았으니 온 나라가 왕금의 손바닥 위에 있다고 해야 하리라. 대신들이 그렇고, 오군도독부의 장군이며 수십만 금위군들이 그렇고, 민생이 그렇다.

강호의 거대 문파들마저 왕금의 눈치를 보는 형편이 되어 있었으니, 왕금은 제가 마음만 먹는다면 당장이라도 스스로 황제가 되기에 부족하지 않았다.

도수백이 다시 말했다.

"뱀을 잡으려면 단번에 머리를 쳐버려야지 꼬리를 잘라서는 아무 소용 없는 법이다."

"……."

"너는 나를 원수라고 생각하지. 맞다. 나는 너의 아버지를 죽인 원수다. 하지만 뱀 꼬리에 지나지 않아. 그렇다면 동창? 흥, 그놈들이 위세를 떨치고 있다만 역시 뱀 꼬리에 불과하지."

"……."

"너는 잘 생각해 봐야 할 것이다. 진정으로 네 아버지와 형제들, 가문의 원수를 갚으려면 네가 어떻게 해야 하는지 말이다."

도수백의 말을 듣는 동안 왕소령의 얼굴은 점점 어두워졌다.

그녀가 울 듯한 음성으로 겨우 말했다.

"그럼, 그럼…… 내가 여태까지 너를 쫓아다닌 건? 너에게 복수하지 말라는 거야?"

"해라. 네가 할 수 있다면 얼마든지 해. 내 목숨쯤 아무 거리낌 없이 내줄 수 있다. 하지만 지금은 아니다."

"……."

"나는 결심한 게 하나 있지. 내 목이 붙어 있는 한 반드시

하겠다고 스스로에게 약속했으며 대두와 득보에게 약속했
다. 내가 그 약속을 지킨 다음에 스스로 목을 잘라 너에게 주
마. 그때까지 기다려 달라는 부탁을 하고 싶다.”

왕소령이 의아한 얼굴로 도수백을 바라보았다. 그녀는 대
두와 득보가 누구인지 알지 못한다. 하지만 도수백의 결심이
굳다는 건 보고 느낄 수 있었다.

“무얼 하려는 거지?”

“뱀을 잡으려는 거다.”

“뱀…….”

“대가리를 단번에 쳐버리고 말 테다. 그게 나의 약속을 지
키는 일이고, 백성들을 편안하게 하는 일이거든.”

“너는 왕금을 죽이려는 거로구나?”

왕소령이 깜짝 놀라 소리쳤다. 도수백이 빙긋 웃는다.

“그놈과 도중문, 엄숭을 모두 제거해야지.”

왕소령은 그게 과연 가능한 일일까? 하고 의심했다. 그러면
서도 그녀 또한 가슴이 쿵쾅거리며 뛰는 걸 어쩔 수 없었다.

왕소령은 저의 진정한 원수가 누구인지 이제는 잘 알 수 있
었다. 아버지와 형제들, 가문의 원수를 갚으려면 바로 그자들
의 목을 먼저 쳐야 한다.

“나도 하겠어!”

묵묵히 생각에 잠겼던 그녀가 결연하게 말했다.

“하지만 백련교도가 되지는 않을 테야.”

그 말에 긴장한 얼굴로 그들의 대화를 듣고 있던 곤륜삼도 여곤화가 무릎을 치며 웃었다.

"하하하, 왕 소저가 백련교도가 된다면 우리 교세는 당장 두 배, 세 배로 불어날 텐데 정말 아쉽군."

"당신, 그게 무슨 말이지요?"

"안 그렇소? 왕 소저의 미모에 홀린 장정들이 줄줄이 입교할 테니 우리 교는 그들을 다 수용하지 못할까 봐 걱정하게 될 것이네."

"흥!"

저를 놀리는 말이라는 걸 알고 코웃음 쳤지만 왕소령의 두 볼은 은은히 붉어졌다.

"나도 같이하겠어. 말리지 마."

그녀가 다시 말했고, 도수백은 어리둥절한 얼굴로 한동안 왕소령을 물끄러미 바라보기만 할 뿐 말을 하지 못했다.

"진심이냐?"

겨우 그렇게 묻는데, 어색해하는 기색이 역력하다.

왕소령이 여전히 볼을 붉힌 채 대답했다.

"내 원수를 갚는 일이기도 한데 하지 못할 게 뭐야? 하지만 착각하지 마. 너를 용서한다는 건 아니니까."

"좋다."

도수백이 결연하게 말했다.

"복수를 위한 일이든, 협의를 위한 일이든 상관없지. 한 사

람이라도 함께하겠다는 동지가 있으면 나로서는 든든한 일이
니까."
　여곤화가 아쉽다는 듯 입맛을 다시며 끼어들었다.
　"이것 참, 우리가 조금 더 동행하면서 돈독한 정을 쌓으려
고 했더니 이제 그만 작별할 때가 왔나 보군."
　"대형은……."
　"나는 둘째에게 돌아가야 하는데 막내, 너는 따로 갈 곳이
있지 않느냐?"
　"그렇습니다. 소제는 가봐야 할 곳이 있으니 대형과 동행
하지 못하겠군요."
　"그것 봐. 왕 소저는 너를 따라갈 테니 역시 나는 또 혼자
가 되고 만 거지."
　얼굴 가득 서운하다는 기색이 떠올라 있다.
　도수백이 그의 손을 잡고 위로했다.
　"머지않아 다시 만나게 될 겁니다."
　"그렇지, 그래. 우리 삼 형제가 한자리에 모일 날이 곧 오
겠지. 그때는 세상만사 다 잊어버리고 밤새 술을 마셔보자꾸
나. 하하하—"
　호탕한 여곤화의 웃음소리가 방 안에 쩌렁쩌렁 울렸다.


＊　　　＊　　　＊

그 시각, 추괴한 사나이 모혈랑 모악봉은 상주(常州)의 부중에 있었다.

밤이 시나브로 깊었지만 잠자러 올라갈 생각을 잊은 채 객잔의 주청 구석에 앉아서 술을 홀짝거리고 있는 중이다.

“쳇, 도사 놈들은 정말 마음에 들지 않아. 죄다 때려 죽여 버렸으면 좋겠다.”

혼자서 중얼거리며 힐끔힐끔 바라보는 곳엔 깨끗한 옷차림을 하고 준수하게 생긴 청년 도사 네 명과 두 명의 중년 도사가 있었다.

조금 전에 객잔에 들어온 그들은 한편으로 방을 예약하고 한편으로는 정갈한 소채를 중심으로 한 식사를 주문한 채 기다리고 있는 중이었다.

그들 중년의 위엄있는 도사들이 무당파의 현천과 화산의 송풍 도장이라는 걸 모악봉이 알 리가 없다.

그들은 교화령 너머에 있던 그 산신당에서 내려온 후 당당하던 기세가 한풀 꺾여 있었다.

화산파의 장로인 청운 노도는 무쌍괴의 죽음 앞에서 덧없음을 느끼고 그 길로 화산으로 돌아가 버렸고, 송풍은 두 사람의 삼대제자를 데리고 교화령을 내려왔다.

무당파의 현천 도장도 비록 의기소침해지기는 했지만 사문으로부터 받은 명이 있는 탓에 어쩔 수 없이 사질들과 함께 도수백과 곤륜삼도의 종적을 찾아 강호를 떠돌고 있는 것이다.

그들은 닷새 전에야 겨우 호주(湖州)에서 도수백과 여곤화의 행적을 발견하고 뒤따르는 중인데, 아직 그들과 이틀 거리나 떨어져 있다는 건 알지 못하고 있었다.

그들이 이틀 전에 상주를 지났다는 걸 알고 장강으로 나가 배를 타려는 것이라고 짐작했을 뿐이다.

모악봉의 불만은 왕소령과 헤어진 이후 지금까지 조금도 가라앉지 않았다.

그는 왕소령이 저를 떼어놓고 사라진 게 곤륜삼도 때문이라고 여기고 있었다.

그 요망한 도사가 온갖 말로 그녀를 꾀어서 데리고 달아난 것이라고 믿으니, 도사를 볼 때마다 원망이 새롭게 생기곤 한다.


그때 왕소령은 기어이 여곤화와 함께 그녀가 목표로 삼았던 안길현까지 갔었다.

그곳에서 도수백이 한 일을 듣고 그가 현상금사냥꾼들을 죽였던 막간산 아래 귀수촌의 그 객잔까지 찾아갔는데, 모악봉이 내내 투덜거렸고, 여곤화 또한 영문을 몰라 잔뜩 낯을 찌푸렸음은 물론이다.

하지만 왕소령은 객잔의 주인을 만나 도수백이 했던 일들마저 모조리 전해 듣고 난 뒤에야 만족했다.

도수백이 패악한 현령을 죽이고 뇌옥을 깨뜨려 억울하게

잡혀온 백성들을 모두 풀어주었다는 게 왕소령을 놀라고 당황하게 했다.

'그는 이제 더 이상 파렴치한 악당이 아니란 말인가?

그런 의문과 함께 자기 자신을 돌아보는 계기가 되었다.

도수백에 대해서, 그의 행위와 자기가 지금 하고 있는 일들을 비교해 보지 않을 수 없었던 것이다.

사문에서 받은 가르침은 언제나 협의지심을 가지고 하늘을 우러러 한 점 부끄러움이 없도록 처신하라는 것이었다.

하지만 왕소령은 지금의 자기가 그렇지 못하다는 걸 인정해야 했다. 원한에 사로잡혀서 스스로를 편협하고 악착같은 여자로 만들어가고 있었음은 물론, 사문마저 욕되게 하고 있지 않은가.

묵묵히 생각에 잠겨 있던 왕소령은 그 자리에서 모악봉을 남의 집 개 쫓듯 쫓아버렸다. 그런 자와 어울리고 있다는 걸 사부님이 아시면 얼마나 실망할 것인가, 하는 생각이 들었던 것이다.

그녀는 착잡한 마음으로 여곤화를 따라 교화령으로 올라갔고, 그 너머의 산신당에서 한바탕 드잡이를 하는 와중에 도수백과 만났으니 인연의 끈이 질기게 이어지고 있는 탓이라고 해야 하리라.


귀수촌에서 쫓겨난 모악봉은 내심 이를 갈며 혼자서 북경으로 향하는 길이었다.

장강에서 배를 타고 갈 작정으로 태호변에 이르렀는데, 호주에서 우연찮게 도수백에 대하여 들었다.

그리고 장강을 향해 올라갈수록 그에 대한 말들이 강호는 물론 민간에까지 무성하게 퍼져 있는 것이어서 크게 놀랐다.

그 말들은 하나같이 도수백이 안길현에서 행한 일에 대한 것이었는데, 어느새 그는 협의지사의 대표인 것처럼 널리 회자(膾炙)되고 있었다.

그가 단칼에 무쌍괴 당부겸의 목을 쳐버린 일까지 곁들여지니 과연 도수백은 천하무적의 고수이면서 의협의 기상으로 똘똘 뭉쳐진 영웅호걸이 아닐 수 없었다.

그 이면에는 소문이 다소 과장되어 있고, 도중문이 내행창의 영향력을 발휘해 널리 퍼뜨린 면도 있었지만 모악봉이 그것까지 알 수는 없는 일이다.

어쨌거나 모악봉은 도수백을 포기할 수 없었다. 몰랐으면 모르되, 그가 이곳을 지나갔다는 걸 알았으니 더욱 그렇다.

그는 도수백이 이처럼 영웅호한으로 사람들의 입에 오르내리고 있으니 그의 목은 더욱 가치있을 것이라고 생각했다.

그 유혹을 뿌리치기 힘든데다가, 그를 찾으면 자연히 왕소령도 찾을 수 있을 거라는 기대감도 있었다.

모악봉이 그런 속셈으로 도수백의 뒤를 쫓고 있을 때, 유빈도 그랬다.

그는 백련지정으로 강호의 고수들을 끌어들여 이용하려고 했었는데, 다름 아니라 귀양(貴陽)의 영복왕부를 치게 하려던 것이었다.

그곳에 숨어서 무언가 흉계를 꾸미고 있는 영복왕을 끌어내기 위해서이다.

그가 강호의 무리를 이용하려는 것은 동창의 무리가 그런 것처럼 내행창 또한 아직은 영복왕이라는 존재를 꺼려할 수밖에 없기 때문이었다.

강호의 힘을 빌려 그들을 밖으로 끌어낸 다음에 적당한 기회를 잡아 제가 손수 영복왕을 처리할 계획을 세웠던 것이다.

그런데 곤륜삼도가 뛰어들어 분탕질을 치는 바람에 모든 게 허사가 되었다. 그 일에 결정적인 역할을 한 자가 바로 도수백이었으므로 유빈 또한 도수백에 대한 원한을 갖고 있었다.

그래서 그는 반드시 제 손으로 도수백의 목을 치고 말겠다고 내심 단단히 벼르고 있기도 했다.

도수백 때문에 제독으로부터 꾸중을 들었고, 두 분 사부의 노여움을 샀던 걸 생각하면 자다가도 벌떡 일어나 이를 갈아 댈 정도였던 것이다.

하지만 지금은 무엇보다 그놈을 설득해서, 안 되면 납치해서라도 제독 앞에 데려가는 게 급했다. 도중문이 그놈을 직접 보고 싶다고 했으니 하늘이 두 쪽 나더라도 그렇게 해야 한다.

복수는 그다음이다.

그런 마음을 품고 유빈 또한 몇 명의 특출한 수하들을 거느리고 도수백의 종적을 쫓아서 호주에 당도해 있었으나 아무도 그것을 아는 자는 없었다.

저도 모르는 사이에 막강한 자들의 표적이 되어서 쫓기고 있었지만 정작 도수백은 그런 사실을 조금도 알지 못하고 있었다.


모악봉이 이런저런 생각들을 하며 조금씩 술에 취해갈 때 반대편에 앉아 있는 무당과 화산의 도사들은 식사를 마치고 객잔 뒤편의 숙사로 들어갔다.

"쳇, 재수없는 도사 놈들 같으니."

모악봉이 비틀거리는 몸을 일으켰다. 그들과 같은 숙사를 써야 한다는 것조차 싫었던 것이다.

그는 한적한 밤거리를 활개치며 걸었다. 술이 거나해졌고, 도사들이 있는 숙사에는 들어가기 싫으니 유곽이라도 찾아갈 작정이다.

활짝 열어젖힌 맨 가슴살에 와 닿는 밤바람이 시원하기만 하다.

갈수록 술이 올라서 그는 어느덧 이리 비틀, 저리 비틀 갈지자걸음을 걷고 있었다.

술이 취하면 늘 그렇듯 호기가 치솟고, 포악해진다. 그래서 아무에게나 시비를 걸어 대판 싸우거나 아니면 가리지 않고 여자를 덮친다. 그건 버릴 수 없는 모악봉의 술버릇이기도 했다.

모악봉은 지금 여자 생각이 간절했다. 아무나 걸리기만 해라 하는 마음으로 충혈된 눈을 이리저리 굴리며 점점 골목 안으로 들어간다.

그리고 그곳에서 그가 바라는 여자 대신 뜻밖의 사람과 부딪쳤다.

어두운 골목을 마주 오던 세 사람의 장한과 스쳐 지나가면서 그중 한 명과 어깨를 부딪쳤던 것이다.

"어?"

무심코 지나쳤던 모악봉이 놀란 소리를 내며 우뚝 멈추어 섰다. 머리꼭지까지 술이 취한 상황에서도 그가 누구인지 생각해 냈던 것이다.

그건 그와 스쳐 지나갔던 청년도 마찬가지였던 듯 걸음을 멈추더니 휙, 돌아섰다.

"당신은?"

모악봉의 눈이 휘둥그레졌다.

그를 본 청년의 얼굴이 야릇하게 일그러진다.

사도욱이었다.

"네가 왜 여기에서 어슬렁거리고 있는 거지?"

'으흐흐흐, 이런 걸 두고 원수는 외나무다리에서 만난다고 하는 거로구만.'

모악봉이 충혈된 눈을 번뜩이며 내심 음흉한 웃음을 흘렸다. 취중이라 사도욱에 대한 원망과 미움이 더 커진 탓이기도 하다. 그래서 그는 현실을 제대로 파악하지 못했다.

사도욱을 바라보는 모악봉은 유들유들하기만 했다. 그전처럼 냉큼 꿇어 엎드려 쩔쩔매기는커녕 두려워하는 기색도 없다.

사도욱이 눈살을 찌푸렸다. 꼴을 보아하니 잔뜩 취해서 인사불성이 될 지경인데 그래도 괘씸하다는 생각을 버릴 수는 없다.

사도욱이 은은한 살기마저 일으키지만 모악봉은 태연하기만 했다.

그가 마지못한 듯 포권한 손을 흔들며 말했다.

"누구신가 했더니 백석평에서 살아남으신 사 번역이었구려? 살아 있는 한 어디서든 만나게 된다더니, 이것 참 공교로운 일이외다. 딸꾹."

말할 때마다 역겨운 술 냄새가 풀풀 날린다. 모악봉은 사도욱이 이미 승진하여 낭두가 되었다는 걸 모르고 있었다.

"이놈이?"

사도욱은 모악봉이 대뜸 기억하고 싶지도 않은 그 백석평 소나무 언덕에서의 일을 말하자 당황했다.

아무리 술이 취해 인사불성이라지만 모악봉의 건방진 태도에도 기가 막힌다.

백석평에서 처음 보았을 때 그는 저승사자라도 만난 듯, 죽었던 제 조상이라도 본 듯 쩔쩔매면서 개처럼 꼬리를 치지 않았던가.

동창의 무사가 되게 해주면 목숨을 바쳐서 충성하겠노라고 애걸복걸하던 자였다. 그런데 오늘은 거만하기가 아랫사람을 대하는 상전 같으니 기가 막혔다.

이놈이 술에 취해서 보이는 게 없거나 실성한 모양이라는 생각밖에는 들지 않는다.

모악봉은 모악봉대로 술기운을 빌어서 사도욱에 대한 원한을 더욱 부풀리고 있었다.

백석평의 갈대숲에서 저를 무슨 벌레 보듯 내려다보던 사도욱의 시선을 잊을 수 없다. 하지만 그때 그는 동창의 번역이라는 신분이었고, 자신은 동창의 무사가 되기 위해 애쓰는 처지였으므로 그의 비위를 맞춰줄 수밖에 없었다.

'하지만 이제는 아니야.'

모악봉의 가슴속에서 흉심이 무럭무럭 자랐다.

사도욱의 목숨을 좌우할 수 있는 열쇠를 제 손에 쥐고 있지 않은가. 언제라도 사도욱의 목이 떨어지게 할 수 있으니, 그 사실을 알면 이제는 이 뺀질뺀질한 놈이 저에게 온갖 아부와 아양을 떨 것이라는 생각에 절로 콧소리가 난다.

"소나무 언덕에서의 싸움은 정말 대단했었죠? 딸꾹."

가까스로 몸을 가누고 서서 넌지시 건네는 말에 사도욱이 잔뜩 눈살을 찌푸렸다. 두 눈에 감돌고 있는 살기가 더욱 짙어진다. 그러나 모악봉은 조금도 눈치 채지 못하고 여전히 느물거렸다.

"딸꾹. 그곳에서 죽은 사람들이 셀 수도 없지. 그런데 이렇게 사 번역과 내가 살아서 다시 만났으니 이런 인연이 어디 있겠소? 안 그래? 딸꾹."

"네놈이 더 이상 살기가 싫어진 모양이구나."

이마를 붙일 듯 다가서서 속삭이는 사도욱의 말이 스산하다. 모악봉이 머리를 흔들었다.

"천만에, 천만에. 죽은 자들이야 어쩔 수 없이 삶에 대한 미련을 끊었다지만 아직 살아 있는 사람이야 어디 그렇겠소? 나는 살고 싶다오. 그것도 아주 잘살고 싶지. 사 번역은 그렇지 않소? 딸꾹."

능글맞게 대꾸하며 바라보는 충혈된 눈에 비웃음이 담겨 있다.

'이놈이 무슨 꿍꿍이지? 설마 미친 건 아니겠지?

사도욱에게 그런 의심이 들지 않을 수 없었다. 아무리 취중이라고 해도 너무나 달라져 있는 모악봉이니 그렇다.

모악봉이 겁도 없이 사도욱의 옷소매를 잡고 흔들었다.

"딸꾹. 이렇게 만나기도 정말 어려운 건데 우리 어디 가서 술이라도 나누며 지난 얘기들을 오순도순 하는 게 좋지 않겠소?"

"……."

사도욱은 이 징그러운 놈을 당장 죽여 버리고 싶었다. 하지

만 대체 이놈이 이렇게 접근해서 죽을지 살지 모르고 까불어대
는 이유가 궁금해져서 가까스로 살의를 참고 있는 중이었다.
　"흐흐, 좋다. 어디 조용한 데로 가자."
　그의 말이 떨어지기 무섭게 뒤에 물러서 있던 두 명의 창위
가 득달같이 달려들어 모악봉을 붙들었다.
　"딸꾹. 아, 아, 이러지 않아도 돼. 달아나지 않을 거니까 말
이야. 딸꾹."
　모악봉이 팔을 뿌리쳤지만 창위들의 낮고 날카로운 위협
이 돌아왔을 뿐이다.
　"시끄러워!"
　"숨통이 끊어지고 싶지 않으면 얌전히 있어라."
　모악봉은 그들에게 잡힌 두 팔을 통하여 항거할 수 없는 힘
이 흘러들어 와 자신의 상반신을 마비시키는 걸 느꼈다. 기혈
이 폐쇄되는 고통 때문에 잔뜩 얼굴을 찌푸리고 굵은 땀을 뚝
뚝 떨어뜨릴 뿐 입을 열어 말할 수도 없다.
　그들이 모악봉을 끌고 간 곳은 골목 깊숙한 곳에 있는 폐가
였다.
　버려진 지 오래된 듯 반 넘어 무너지고 기울어진 집에는 거
미줄이 휘장처럼 늘어졌고, 곰팡내가 진동을 했다.
　잡풀이 무성하게 자란 뒤뜰로 모악봉을 끌고 간 자들이 비
로소 그를 풀어주었다.
　"제기랄, 꼭 이런 데서 회포를 풀어야겠소? 이건 귀신들이

라도 나올 것 같잖아."

모악봉이 저린 두 팔을 번갈아 주무르며 투덜댔지만 돌아온 건 사도욱의 싸늘한 음성일 뿐이다.

"자, 이제 마음 놓고 말해봐라. 네가 나를 찾아온 이유가 뭐지? 또 내가 이곳에 와 있다는 건 어떻게 알았지?"

"제기랄, 내가 그걸 어떻게 알겠소? 순전히 우연이고 하늘이 그렇게 만들어준 일이라니까 그러시네."

모악봉은 비로소 저의 어리석음을 후회했다. 아무리 술에 취해 있었기로서니 동창의 무리들을 조금도 경계하지 않고 객기를 부렸다는 건 스스로 제 무덤을 판 꼴이다. 그걸 느낀 순간 술이 죄다 깨버렸다.

'이거 좋지 않은걸?

그렇게 느꼈지만 너무 늦어버렸다. 둘러봐도 이 귀신 소굴 같은 폐가에는 저와 사도욱 일행뿐, 다른 사람이라고는 없었다.

모악봉은 제가 처한 현실을 자각했다. 여기서 개죽음을 당할 수도 있겠구나 하고 생각하자 등줄기에 식은땀이 배어난다.

魔風俠星
第三章
알 수 없는 마음

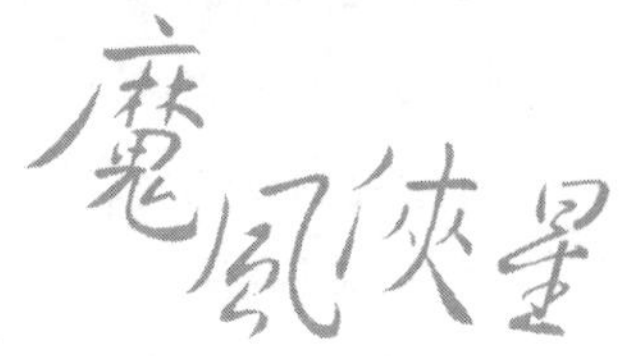

"**흐**흐흐, 나는 처음부터 네놈이 마음에 들지 않았다."

사도욱이 부지런히 눈을 굴리는 모악봉을 놀리듯 능글맞게 웃으며 말했다.

"네 그 못생긴 얼굴도 그렇고, 쥐새끼같이 뺀질거리는 눈은 더 그래. 자, 나에게 하고 싶은 말이 있다고 했지? 해봐."

"아니, 아니, 소인이 술에 취해서 잠시 미쳤던 탓입지요. 소인에게 할 말이 뭐가 있겠습니까요? 헤헤, 그저 오랜만에 불쑥 만나게 되니 너무 반가운 마음에 그만 실언을 했는가 봅니다. 용서해 주십쇼."

모악봉이 즉시 털썩 무릎을 꿇고 앉아 두 손을 모았다. 하지만 그럴수록 사도욱의 낯빛은 더 싸늘해질 뿐이다.

“흥, 네놈에게 꿍꿍이가 있지 않고서야 나에게 감히 헛수작을 부릴 리가 없지. 어서 털어놓지 않으면 바른말을 할 때까지 손가락을 하나씩 잘라 버릴 테다. 열을 세겠어.”

모악봉의 시커먼 얼굴이 창백해졌다. 그는 제가 술에 취해 저승사자 앞에서 재롱을 떨었다는 걸 절실히 느꼈다. 사도욱의 비밀을 손에 쥐고 있다는 생각에 우쭐거렸을 뿐, 그가 뱀처럼 차갑고 교활하며 잔인한 자라는 걸 잊고 있었던 것이다.

‘여기서 살아나갈 수만 있다면 다시는 술을 쳐다보지도 않을 테다.’

뒤늦게 그런 결심을 하지만 과연 사도욱이 그런 기회를 줄지 알 수 없다.

사도욱이 셋을 세었을 때 모악봉은 사색이 된 얼굴로 횡설수설하기 시작했다. 조금 전의 호기는 간데없고, 잔뜩 겁에 질려서 제 본연의 모습으로 돌아간 것이다.

그는 자신이 왕소령을 만나 동행했다는 걸 말했고, 그러다가 도수백에 대한 말을 들었으며, 그가 지금 왕소령과 같이 있을 것이고, 장강에서 배를 타고 어디론가 가려 한다는 것 등을 죄다 털어놓았다.

사도욱이 흥미롭다는 듯 제 턱을 쓸며 모악봉의 횡설수설을 끝까지 들었다.

그는 도수백에 대해서 개인적인 원한 따위는 가지고 있지 않았다. 하지만 보기 싫은 자였다. 그자 때문에 백석평의 소나무 숲으로 출동했고, 그래서 몰살당하는 치욕을 겪었다고 생각하기 때문이다.

왕소령의 일도 그렇다. 그녀가 역적의 자식이라 동창에서 뒤쫓고 있기는 하지만 지금은 그렇게 중요하지 않았다.

첩형 엽건신마저 강호에 나온 지금 동창에서 가장 중요하게 여기고 있는 건 운남에 출현한 백련교의 동향이었다.

그리고 사도욱 개인적으로 관심을 갖고 있는 건 강호에 나타났다는 백련지정에 대한 것이었다.

“그러니까 왕소령이 교화령으로 올라갔고, 도수백이라는 놈도 그랬단 말이지?”

“그렇습지요. 귀수촌의 빌어먹을 객잔에서 그놈에 대한 말을 들었으니까요.”

“그래?”

사도욱의 머릿속에 어떤 광경이 그려졌다. 이곳에 오면서 동창의 첩보망을 통해 접했던 몇 가지 놀라운 일들에 대한 정보들, 백련지정과 그 소재에 관해서 품었던 의문이 풀린다.

‘그들은 교화령 너머에서 만났고, 그곳에서 강호의 인물들과 싸움을 했다. 물론 백련지정을 차지하기 위한 것이겠지. 그리고 그것을 곤륜삼도가 가져갔으며 도수백과 왕소령이 그를 도와주었다. 그런데 곤륜삼도는 백련교와 관련이 있는 인물이고 도수백이라는 놈 또한 그럴 것이다. 그렇다면……’

사도욱은 잘하면 꿩 먹고 알 먹는다는 말처럼 제가 백련교를 찾아내는 공과 백련지정을 가로채는 이득을 함께 볼 수 있을지도 모른다고 생각했다.

'굳이 운남까지 내려갈 필요 없이 도수백과 왕소령을 붙잡아 족치면 될 것이다. 그들은 백련교가 숨어 있는 곳을 잘 알고 있을 테니까.'

그런 소식들을 가지고 나타난 모악봉은 행운의 사자인지도 모른다는 생각이 잠깐 들었다.

하지만 비굴한 모습으로 목숨을 애걸하고 있는 모악봉을 내려다보자 혐오감이 더 커졌다.

사도욱이 기력을 운집하고 천천히 손을 들어 올렸다. 가볍게 눌러서 모악봉의 저 보기 싫은 머리통을 으깨 버릴 작정이다.

그것을 눈치 채지 못할 모악봉이 아니었다. 그는 목숨에 대한 집념으로 악에 치받쳤다. 눈물콧물을 쏟아내던 얼굴에 독기가 피어오른다.

옷소매를 들어 얼굴을 훔친 모악봉이 벌떡 일어나더니 이를 부드득 갈고 나서 말했다.

"좋다, 기어이 네가 나를 죽이려고 하는구나."

"마지막 말을 남길 수 있는 아량은 베풀어주지. 할 말이 있으면 더 해봐라."

"홍, 나는 네가 그날 밤 백석평의 소나무 언덕에서 개처럼 꼬리를 말고 달아나던 걸 다 보았다. 수하들이야 죽거나 말거나 더러운 제 한 목숨만 살리겠다고 뒈져라 달아나더군."

"흐흥."

"너는 이게 무엇인지 알겠지?"

모악봉이 품에서 무엇인가를 꺼내더니 사도욱의 발아래 던졌다.

그로서는 제 목숨을 구하기 위해 마지막 패를 던진 것이다.

"엇!"

과연 그것을 본 사도욱이 크게 놀라 뒷걸음질쳤고, 한쪽에 묵묵히 서 있던 두 명의 창위도 눈을 휘둥그레 떴다.

그것은 하나의 작은 옥패였는데, 손적풍이 지니고 있던 신물이었다. 동창의 당두임을 나타내는 표식이기도 하다.

"설마 이것을 모른다고 하지는 않겠지?"

모악봉이 어깨를 우쭐거리며 말했고 이제는 사도욱의 얼굴이 백지장처럼 창백해졌다.

"너는 이것을 어디에서 훔쳤느냐?"

"흥, 끝까지 시치미를 떼려고? 지금이라도 늦지 않았다. 나는 이것을 두고 너와 흥정할 생각이 있으니까."

"……."

이제는 사도욱의 눈이 쥐새끼처럼 어지럽게 굴렀다.

"흥정이라고?"

"그렇다. 나는 싸움이 있던 다음날 새벽 이름 모를 산중에서 네가 허겁지겁 달려 내려오는 걸 보았어. 소나무 언덕에서 한 십여 리쯤 떨어진 곳이었지, 아마?"

"으으음—"

사도욱은 이놈이 공교롭게도 그날 새벽 숲에서 제가 저지른 일을 보았다는 걸 알았다.

언제부터, 얼마만큼이나 보았는지 궁금하다. 손적풍의 신물을 지니게 된 경위도 의문이었다. 하지만 지금 한가롭게 그걸 캐묻고 있을 수가 없지 않은가.

불안한 눈길을 이리저리 굴리던 사도욱이 모악봉을 잡아먹을 듯 노려보며 물었다.

"무얼 원하는 거냐?"

"흐흐흐, 진작 그렇게 나오셨어야지."

이제는 상황이 바뀌었다는 듯 모악봉이 우쭐대며 뜸을 들였다.

그는 원래 북경으로 가서 첩형이라는 자에게 사도욱을 고발하려고 했다. 하지만 상황이 이렇게 되었으니 당장 발등의 불을 끄는 게 급하다.

머리를 갸웃거리며 잠시 생각하던 모악봉이 결심했다는 듯 말했다.

"동창이고 지랄이고 이제는 다 싫다. 그저 경치 좋은 곳에 고래등 같은 집을 하나 지어놓고 삼처사첩을 거느리며 여생을 편히 즐기고 싶어. 그렇게 해줄 수 있지?"

“말해봐라.”

“십만 냥 정도면 그렇게 살 수 있을 것 같은데 말이야.”

“십만 냥?”

“동창의 위세로 그 정도쯤이야 쉽게 마련해 줄 수 있지 않겠어?”

사도욱이 소리없이 웃었다.

“그렇지. 당두라는 지위를 내세운다면 그 정도 돈이야 쉽게 긁어모을 수 있다.”

“응? 당두? 아니, 당신이 벌써 당두가 되었어? 오라, 손 당두가 죽고 없어졌으니 그 자리를 물려받은 모양이로군. 이거 늦게나마 정말 축하해야 할 일이 아닐 수 없지. 축하하네, 사도욱 당주 각하.”

지독한 비웃음이다. 사도욱은 이를 악물었다. 능글맞게 싱글벙글 웃는 모악봉의 저 낯짝을 뭉개 버리고 싶은 충동을 참기 힘들다.

“그 대가로 내가 입을 다물어준다면 사도욱 당주님께는 오히려 이익일 텐데? 그렇지 않아? 장차 첩형이 되고 제독이 될지도 모르는 유망한 청년이니까 말이야.”

“……”

“덤으로 왕소령까지 당신 품에 던져 주지. 당신도 잘 알겠지? 그 계집애가 창산일화로 꼽히는 절세의 미녀라는 걸 말이야. 게다가 강호의 여협이니 누군들 구미가 당기지 않겠어?”

"가능한 일을 말하는 거냐?"

"물론이지. 그녀를 찾기만 하면 언제든지 데리고 올 수가 있어. 설마 여자를 후리는 내 수단을 의심하는 건 아니겠지?"

사도욱은 그날 소나무 언덕에서 보았던 왕소령을 떠올렸다. 확실히 보기 드문 미인이었다.

그의 구미가 동한다는 듯한 표정을 본 모악봉이 한껏 거들먹거렸다.

"이만하면 좋은 거래 조건인 것 같은데?"

"이 일을 아는 자가 또 있느냐?"

"천만에. 내가 떼돈을 벌어줄 이처럼 기막힌 비밀을 남과 나누어 가질 사람으로 보여? 나만 입을 다물면 그만이니 안심해."

"그렇다면 정말 다행이군. 기특한 놈이다."

머리를 끄덕인 사도욱이 빙긋 웃더니 빠르게 말했다.

"그렇지, 그래. 내가 그날 새벽에 아무도 없는 산속에서 손당두를 죽인 건 하늘이 알고 땅이 알고 너만 아는 일이란 말이지?"

"엇!"

사도욱의 말에 모악봉이 크게 놀랐다. 그가 제 입으로 그런 사실을 말해 버릴 줄은 생각지도 못했기 때문이다.

그의 말을 들은 두 명의 창위도 크게 놀라 주춤 물러섰다. 사도욱을 바라보는 눈길에 의심이 가득 담긴다.

사도욱이 수하들은 무시한 채 친근한 미소를 짓고 모악봉에게 다시 말했다.

"나에게 더 좋은 거래 조건이 생각났어."

"서, 서, 설마……."

"그래, 바로 그거야. 너를 죽여 버리면 세상에 그 일을 아는 사람은 이제 나밖에 없게 된다는 거지. 그게 더 좋을 것 같지 않아?"

"훅!"

모악봉이 뜨거운 숨을 내뱉었다.

어느새 그의 가슴에 사도욱의 손이 깊숙이 박혔던 것이다. 그것이 심장을 움켜쥐는 게 느껴진다.

"이, 이, 이—"

모악봉이 무엇을 말하려는 듯 입을 벌리고 사도욱의 옷자락을 움켜쥐었으나 이내 힘을 잃고 스르륵 주저앉았다.

그의 심장을 터뜨려 버린 사도욱이 핏물이 뚝뚝 떨어지는 손을 뽑았다. 그리고 재빨리 뒤로 덮쳐 간다.

"으악!"

참혹한 비명 소리가 밤하늘에 울려 퍼졌다.

검광이 번쩍인 순간, 자신들이 듣고 본 일에 혼란스러워하고 있던 두 창위가 목과 가슴을 깊이 베이고 쓰러진 것이다.

사도욱은 한순간에 세 명을 해치워 버렸는데, 자신의 수하들마저 조금도 망설이지 않고 죽여 버렸다.

그가 눈을 부릅뜬 채 죽어 있는 모악봉의 얼굴에 침을 뱉었
다.

"미련한 놈. 비밀은 입 밖에 내는 순간 비수가 되어서 되돌
아오는 법이야. 이제라도 그걸 명심해라."

한 번 주위를 휘돌아본 사도욱이 아무 일 없었던 것처럼 태
연하게 폐가를 떠나고, 귀기 서린 어둠 속에는 세 구의 처참
한 주검만 남았다.

*　　　*　　　*

배는 천천히 장강을 거슬러 올라갔다.

서늘한 강바람이 뺨에 와 닿는다.

사람들은 대부분 답답한 선실보다 탁 트인 뱃전에 나와 강
이쪽과 저쪽의 경치를 구경하기에 여념이 없었는데, 그 사람
들 속에 도수백과 왕소령이 섞여 있었다.

"그가 무사히 그곳까지 갈 수 있을까?"

왕소령이 무심한 듯 물었지만 도수백은 그녀의 말속에 깃
들어 있는 근심을 읽을 수 있었다.

"큰형님은 강호의 경험이 풍부하고, 무엇보다 강호에는 그
분의 진면목을 아는 자가 거의 없다는 게 큰 도움이 될 거다.
무사히 둘째 형에게로 갈 수 있을 거야."

도수백은 그렇게 믿었다. 곤륜삼도 여곤화라는 이름을 모

르는 자는 없어도 그의 진면목을 아는 자는 극히 드무니 자신을 감추기가 용이할 것이다.

정작 걱정이 되는 건 자신과 왕소령이라는 걸 도수백은 잘 알고 있었다.

이곳에 오면서 듣고 싶지 않아도 절로 듣게 된 자신에 대한 소문 때문이기도 하다.

'협사라니. 어디 당키나 한 일인가?'

도수백은 자신을 칭송하는 말을 들을 때마다 내심 쓴웃음을 지어야 했다.

그가 생각하는 협사, 협객은 자신의 거칠고 초라한 행색과 비교할 수 없이 고상하며 우아한 풍모를 지닌 고수였다.

의젓하고 항상 여유가 있어야 한다.

풍류를 아는 데다가 열혈의 뜨거운 가슴도 가지고 있어야 하고, 무엇보다 명사를 스승으로 모셨거나 명문의 자제 혹은 제자라는 신분이라야 어울릴 것이다.

하지만 도수백은 거친 야생의 짐승 같은 자였다. 그 자신도 스스로를 그렇게 생각하고 있다.

목숨을 도외시한 겁없는 칼질은 치열할 뿐 여유도 멋도 없다. 그걸 누구보다 그 자신이 잘 알았다.

전장에서나 어울릴 그런 악착같은 투지와 용기를 가지고 있을 뿐 풍류 따위와는 거리가 멀다. 게다가 훌륭한 스승도 없고, 명문정파의 제자도 아니다.

‘누가 뭐라든 상관없어. 하지만 낯이 간지럽군.’

도수백의 귀는 자꾸만 저쪽에 모여 웅성거리는 사람들에게 가 있었다.

그들은 서로 불사귀 도수백이라는 자에 대해서 떠들어대고 있는 중이었다. 입에서 입으로 말이 건너갈 때마다 부풀어 올라서 이제는 도수백이 천하제일의 미남자에 호쾌한 대장부로 탈태환골되어 있었다.

새외 신비고인이 심혈을 기울여 키워낸 제자라고 하는 말을 들으면서 도수백은 낯이 뜨거워져 그곳에 더 있을 수가 없었다.

그가 선실로 내려가자 왕소령이 곁에 붙어 서며 속삭이듯 말했다.

“왜 그래? 재미있는데.”

“그럼 혼자서 마음껏 듣고 와라.”

“그럴까? 가서 몇 마디 거들어줄까? 그가 사실은 황실의 사람인데, 황제의 은밀한 명령을 받고 강호에 나와서 비밀 임무를 수행 중인 절세의 고수라고 말이야.”

도수백이 매섭게 째려보고는 빠른 걸음으로 그녀를 떼어놓았다. 뒤에서 왕소령의 킥킥거리는 웃음소리가 간지럽게 들린다.

*　　　*　　　*

그 무렵 운남 곤명의 서산 기슭에서는 작은 먹구름이 피어나고 있었다.

아름답던 용호관의 참혹한 잔해들 위에서 시작된 먹구름은 점차 널리 퍼져 운남의 하늘을 뒤덮고 천하를 뒤덮을 악몽이 되련만 그것을 아는 자는 아무도 없었다.

천여 명이나 되는 도사들로 늘 북적이던 곳이 지금은 시커멓게 그슬린 주춧돌만 남아 있다.

여기저기 흉측한 몰골로 누워 있는 기둥이며 들보의 잔해들 사이로 잡풀이 악착같이 자라고 있었다.

은은한 종소리와 향 냄새 대신 아직도 매캐한 불 냄새가 남아 있는 곳.

그 폐허의 복판에 한 사람이 우뚝 서 있었다.

산뜻한 백색 도포에 검은 비단 띠를 두르고 검은 관을 썼으며 황금빛 당혜를 신고 붉은 수실을 늘어뜨린 보검 한 자루를 차고 있으니 멀리서도 그 산뜻하고 우아한 모습이 금방 눈에 띌 만했다.

신선이 하강한 듯 고아하고 탈속한 기품이 넘쳐 난다.

그가 하늘을 우러르고 땅을 내려다보며 탄식했다.

"자운아, 자운아, 너는 어쩌자고 이처럼 무참한 일을 저질렀단 말이냐. 한 가닥 사문의 정을 남겨두었기에 오늘날까지 그대가 위엄을 지키며 천수를 누리고 있다는 걸 어찌 모른단 말이냐."

도중문이었다.

그는 자신이 무한한 애정을 갖고 있던 도관이 이처럼 잿더미로 변해 버렸다는 현실 앞에서 허탈해졌다.

자운 노도가 바로 이처럼 자신을 끌어내기 위해서 일부러 용호관을 불태워 버렸다는 건 짐작하지 못한다.

도중문의 눈 깊은 곳에서 분노의 불길이 서서히 타오르기 시작했다. 이내 강렬한 화염이 되어서 화르륵, 쏟아져 나온다.

"사문의 정을 끊고 말 테다."

그가 악문 어금니 사이로 스산하게 말했다.

"나에게 이런 식으로 대하는 걸 이제 더는 용납하지 못해. 매청헌, 내가 당신이 무서워서 숨어 있는 걸로 알고 있다면 큰 오해지. 나는 그래도 하나뿐인 사형으로 당신을 존경하며 살고 싶었어. 하지만 당신은 나를 가만히 놔두지 않는군."

매청헌(梅淸憲).

그것이 자운 노도의 속명(俗名)이었다. 도중문이 망설임없이 자운 노도의 속명을 중얼거린다는 건 그의 마음이 이미 지독한 원한으로 가득 찼다는 증거였다.

그는 천하를 손아귀에 쥐고 싶은 마음은 없었다. 황사(皇師) 왕금(王金)을 도와 대공을 이룬 다음에는 은퇴하여 한가롭게 지내고 싶었는데, 그래서 이곳에 거금과 정성을 들여 용호관을 세웠던 것이다.

그건 이미 왕금과 약속되어 있는 일이기도 했다.

왕금은 도중문이 은퇴한 뒤 용호관에 거하는 걸 허락했고, 그를 도와서 용호관이 천하제일의 도관이 되도록 해주겠다고 약속했다.

무당과 화산을 뛰어넘어 중원의 도맥(道脈)을 잇는 새로운 도파로 탄생하는 것이다.

천하에 흩어져 있는 모든 도관, 도파들을 관장하고 주장하는 대종사가 되는 것. 그것이 도중문의 꿈이었다.

그런데 그 꿈의 발원지가 이처럼 처참하게 짓밟혀 버렸다.

도중문은 잿더미가 되어버린 폐허 속에서 천하의 그 누구보다 지독한 원한을 품은 자가 될 수밖에 없었다. 용호관은 단순한 도관이 아니라 제 꿈이었기 때문이다.

"그는 지금 어디에 있소?"

그가 마음을 가라앉히고 무심한 어조로 물었다. 그러자 저쪽, 까맣게 타버린 나무 둥치 뒤에서 한 사람이 모습을 드러냈다.

그림자처럼 도중문을 따르는 두 명의 봉공 중 좌봉공인 유성추혼 강무명이다.

반백의 머리카락과 수염을 늘어뜨린 붉은 얼굴의 노인이 공손하게 말했다.

"귀양의 왕부에 있는 모양입니다."

“흥, 영복왕부란 말이지? 내 그럴 줄 알았지.”

“지금 우봉공이 그곳으로 가고 있는 중입니다.”

“영복왕부가 복마전으로 변했다던데?”

우봉공인 수라신군 나부춘 혼자서 힘들지 않겠느냐는 의미의 말이다.

유성추혼 강무명이 빙긋 웃었다.

“아무리 복마전이라 한들 그곳에 설마 우봉공을 곤란하게 할 만한 자가 있으리라고는 감히 생각하지 않습니다.”

“자운곡주 매청헌이 있는데도?”

“아직은 그가 드러내 놓고 우리 일에 나서지 않으리라고 봅니다만…….”

도중문이 보일 듯 말 듯 머리를 끄덕였다. 그의 생각도 강 노인과 같았던 것이다.

스스로를 천하제일인이라고 여기는 자운곡주 아니던가. 그가 자부심을 꺾고 몸소 나서서 영복왕(英福王)의 일을 거들 리는 없을 것이다.

자운곡주는 권력에 대한 탐욕을 혐오하는 사람이었다. 지금은 비록 백련교를 등에 업고 영복왕을 부추겨서 황제를 갈아치우려는 야심을 품고 있지만 제 자신의 권력을 탐할 사람이 아니라는 것. 그것이 도중문이 파악하고 있는 자운곡주 매청헌이었다.

그가 왜 그처럼 힘든 일을 하려는 건지에 대해서는 생각하지 못한다. 그게 도중문이나 왕금이 가지고 있는 한계였다.

그들의 눈에는 백성들의 고난이 보이지 않고, 그들의 귀에는 민초들의 원성이 들리지 않는 것이다.

도중문은 자운곡주가 원하는 건 오직 자기와, 자기가 자운곡에서 훔쳐 가지고 나온 천선보경(千仙寶經)일 뿐이라고 믿고 있었다.

그런 그가 벌써부터 드러내 놓고 내행창이며 동창의 일에 간섭하고 나설 리가 없다.

그렇다면 그를 곤란하게 만들어주는 것도 골려주는 일이 될 테니 좋지 않을까? 하는 생각이 든다.

"총령은?"

유빈을 일컫는 말이다.

그는 내행창의 하나뿐인 총령이었다. 모든 무사들을 거느린다.

내행창의 조직은 동창과 달리 단순했다. 제독 아래 두 명의 봉공이 있고 총령이 있다. 속해 있는 무사들의 수도 비교할 수 없이 적었다. 하지만 개개인이 동창의 무사들보다 월등히 뛰어난 고수들이니 소수 정예인 셈이다.

그들에게 주어진 권한마저 막강해서 금의위나 동창에 대한 감찰권까지 가지고 있었다. 그러니 같은 황제 직속의 특무 기관이면서도 상급 기관인 셈이다.

그런 상황에서 동창이 위기를 느끼고 살아남기 위해 안간 힘을 쓰는 건 당연했다. 이미 현 황제의 즉위 초에 해체되었던 경력마저 있으니 더 그렇다.

명 황실이 세워진 이래 동창이 해체된 건 사상 초유의 일이었는데, 가정제는 선뜻 그렇게 해버렸던 것이다. 그러므로 언제 또 해체될지 모른다는 불안감이 동창의 구성원 모두에게 있었다.

지금 그 권한을 손에 쥐고 있는 사람은 왕금이었다. 그가 건의하면 황제는 그대로 따른다.

동창의 제독태감 양우명은 제가 살아남을 수 있는 길은 도중문이 이끌고 있는 내행창보다 더 빨리, 더 큰 공을 세워서 왕금을 기쁘게 하는 일이라는 걸 잘 안다. 그래서 그는 먹고 자는 일도 잊을 만큼 전전긍긍하고 있었다.

제독태감의 그런 심정이 아래에 그대로 전해져서 동창은 달구어진 철판 위에 올라선 쥐처럼 날뛰고 있었다. 동창의 최고 고수이자 실질적인 힘이라고 할 수 있는 첩형 엽건신이 몸소 강호에 나온 것만 봐도 그렇다.

그에 비해 내행창은 느긋하고 침착한 행보를 했다. 조급할 게 없는 것이다.

그 내행창의 수좌인 유빈은 지금 도중문의 사사로운 말 한 마디를 실천하기 위해서 모든 일을 팽개친 채 도수백의 뒤를 쫓고 있었다. 도중문은 그 진행 결과를 물은 것이다.

좌봉공 강 노인이 공손하게 고한다.

"도수백이라는 아이가 장강 연안에 있다는 소식을 듣고 몇 명의 수하와 함께 그리로 향하고 있다 합니다."

"흠, 그럼 머지않아 그놈을 볼 수 있겠군."

도중문의 얼굴에 희미한 웃음이 떠오르는 걸 보며 강 노인은 내심 불안했다. 그가 얼굴 한 번 본 적이 없는 도수백이라는 자에 대하여 지극한 관심과 호감을 가지고 있다는 걸 느낄 수 있었기 때문이다.

그의 마음이 그놈에게 기울어진다면 자신과 나부춘이 공들여 키워낸 유빈의 위치가 흔들리게 된다. 강 노인은 이 문제에 대해서 나부춘과 심각하게 상의해 봐야겠다고 생각했다.

*　　　*　　　*

"북경으로 가겠어."

왕소령의 뜬금없는 말에 도수백이 의아한 눈길을 보냈다.

"당신과 동행하고 있다는 게 자꾸만 나를 괴롭게 해."

"이해한다."

"귀주까지 당신을 따라가려고 했지만 그전에 내가 미쳐 버릴 것 같아."

도수백은 그녀의 갈등과 마음을 이해할 수 있었다.

그것을 솔직하게 말해주는 게 고맙기만 하다.

하지만 그래서 더욱 그녀에 대한 걱정이 커졌다.

"너 혼자 북경에서 뭘 할 수 있지?"

"위험하겠지. 그건 나도 알아. 하지만 당신을 곁에서 바라보면서 아무것도 하지 못한다는 것보다 괴롭지는 않을 거야."

"설마 어리석은 짓을 하지는 않겠지?"

"흥, 당신은 이제 마치 나의 보호자라도 된 것처럼 말하는군. 매사에 잔소리를 해댈 셈이야?"

왕소령이 흘러내린 머리카락 몇 올을 쓸어 올리며 눈을 흘겼다. 하지만 그녀는 자신의 그런 태도와 말과 눈길이 보호자에게 어리광을 부리는 소녀의 그것과 다름없다는 건 잊고 있다.

도수백이 쓰게 웃었다.

"북경에는 너를 잡으려는 자들이 많을 거다. 도와주려는 사람은 한 명도 찾아볼 수 없겠지. 그래서 하는 말이다."

"걱정 마. 설마 내가 혼자서 황궁의 높은 담을 뛰어넘기라도 하겠어?"

그녀의 말에 비로소 조금은 마음이 놓인다. 도수백이 빙긋 웃자 그녀가 외면하고 짐짓 화난 어투로 말했다.

"북경에서 변화가 생기면 바로 연락해 주겠어."

"좋은 생각이다."

도수백은 그녀가 위험을 무릅쓰고 염탐꾼 노릇을 하려는 걸 알았다.

"절대로 너를 드러내서는 안 된다. 불가피하게 싸워야 할 일이 생기면 복면을 써. 그보다는 싸우지 않는 게 최선이겠지만 말이다."

"내가 싸움닭인 줄 알아?"

"아니었어?"

"흥!"

매섭게 눈을 흘긴 그녀가 검을 들고 발딱 일어났다.

화가 난 듯 돌아보지도 않고 씩씩거리며 객잔을 나가지만 그녀의 마음은 쓸쓸하고 서글펐다.

왕소령은 도수백이 달려와 붙잡아주기를 바랐다. 아니, 가지 말라고 한마디라도 해주지 않을까 싶어서 귀를 쫑긋 세우고 있었다.

그러나 도수백에게서는 아무런 반응이 없었다. 뒤돌아보고 싶다. 한 번이면 족할 것이다.

하지만 그녀의 겉모습은 더욱 쌀쌀맞고 냉정하기만 했다. 그렇게 성큼성큼 객잔을 나가는 그녀의 뒷모습에서 도수백은 쓸쓸한 소녀의 마음을 읽을 수 있었다.

그래서 더욱 그녀를 불러 세울 수가 없다.

그가 앞에 있던 술잔을 들어 신경질적으로 입에 털어 넣었다. 향기롭던 술이 독주가 되어 쓰게 넘어간다.

# 魔風俠星

## 第四章

### 현몽암(縣夢庵)의 괴화상

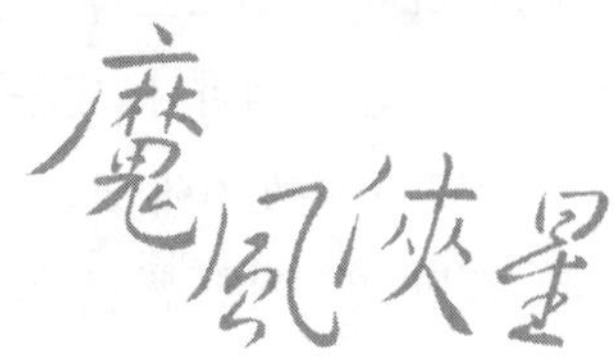

**왕**소령은 화난 사람처럼 객잔을 나오자마자 쪽배를 빌려 타고 사공을 재촉해 호호탕탕 넓은 강을 건넜다. 그리고 지금, 버드나무가 줄지어 있는 강 언덕에 서서 멍하니 저 건너를 바라보고 있다.

아슴아슴하게 보이는 저 언덕 어디엔가 도수백이 창가에 앉아서 홀로 술을 마시고 있을 그 객잔이 있으리라.

누렇게 소용돌이치며 흘러가고 있는 이 강물이 그와 자기 사이에 가로놓인 운명인 것처럼 여겨진다.

넘을 수 없고, 건널 수도 없는 아득한 거리다.

그 거리만큼 그와 자기가 항상 떨어져 있어야 한다는 걸 생각하자 저도 모르게 가슴이 아파왔다. 눈시울이 붉어진다.

시간이 얼마나 지났을까. 그녀가 쓸쓸한 감상에 사로잡혀 버드나무에 기대 있는 동안 날은 이미 어두워져 강 건너의 불빛만 어른거릴 뿐, 오고 가는 배며 사람들의 자취마저 끊어졌다.

왕소령은 비로소 돌아섰다. 강바람에 젖은 머리카락이 이마에 달라붙고 옷자락이 눅눅하다.

어떤 소녀라도 저의 그런 후줄근해진 모습에 눈살을 찌푸리련만, 왕소령은 아무것도 알지 못하는 사람처럼 천천히 들길을 걸어 어둠 속으로 파묻혀 갔다.


*     *     *


보름 뒤, 왕소령은 산동 땅으로 들어서서 태안현(泰安縣)을 향해 가고 있었다.

급할 일이 없는 터라 유람을 나온 사람처럼 이곳저곳 명승을 돌아보고 대찰에 머물기도 하느라 발걸음이 마냥 더디기만 했다.

그렇게 대남촌(大南村)을 지나자 정수리를 누르듯 위압적으로 우뚝 서 있는 커다란 산과 마주하게 되었다.

비구름을 잔뜩 이고 하늘을 찌를 듯 솟아 있는 봉우리들이 병풍을 두른 것처럼 펼쳐져 있는 그 산을 두고 사람들은 귀룡산(龜龍山)이라고 했다. 산 정상에 커다란 암반이 돌출되어 있는데, 그것이 마치 거북이가 산을 깔고 엎드려 있는 것처럼 보였기 때문이다.

귀룡산의 가장 높은 봉우리는 거북이가 단단한 등껍질 속에서 머리를 빼고 기웃거리는 형상이었다. 그래서 그것을 귀몽정(龜蒙頂)이라고 한다.

귀룡산의 주봉이면서 태안현으로 가는 샛길이 그 봉우리 아래로 길게 이어져 있다.

곧 비가 쏟아질 것 같고, 날도 어둑어둑해지고 있는 터라 왕소령은 망설여야 했다. 부근에 묵을 만한 객잔은커녕 인가마저 찾아보기 힘드니 더 난감해진다.

왕소령은 이대로 길을 재촉해 산을 넘을 것인지 말 것인지 고민하며 한동안 귀몽정을 바라보았다.

저 높고 험한 산을 홀로 넘어야 한다는 생각을 하자 저도 모르게 마음이 쓸쓸하고 처량해졌다.

그렇게 우두커니 서 있기를 얼마쯤. 이제 날은 더욱 어두워졌고, 습기를 머금은 바람이 몰려왔다. 금방이라도 밤비가 쏟아져 내릴 것 같다.

머리를 흔들어 상념을 떨쳐 버린 그녀가 마음을 정한 듯 빠른 걸음으로 오솔길을 따라 오르기 시작했다.

갈수록 길이 험해지고 골짜기는 급해진다. 저 아래쪽에서 으르렁거리며 흐르는 개울물 소리가 무섭게 들려왔다. 발아래는 천 길 벼랑인 것이다.

왕소령은 이 깊은 산중에 암자라도 하나 있으려니 하는 생각으로 부지런히 주위를 두리번거렸다.

그렇게 벼랑 위의 비탈길을 따라 올라가기를 얼마쯤. 기어이 후두둑거리며 빗방울이 떨어지기 시작했다.

쏴아아—

변덕스런 산중의 날씨만큼이나 빗줄기도 변덕스럽기 짝이 없었다.

소나기가 되어 퍼붓기 시작하더니 뚝 그쳤다가 다시 부슬부슬 내린다.

왕소령은 마음이 급해졌다. 무턱대고 산속으로 들어올 게 아니라 오던 길을 되돌아가서 가까운 마을이라도 찾아볼 걸 그랬나 보다 하는 후회가 들지만 이제는 돌아가기도 늦었다.

다시 소나기가 퍼붓기 전에 비를 피할 곳을 찾는 게 급했다. 왕소령은 걸음을 빨리하여 비탈길을 달려 올라갔다. 한 굽이를 돌자 머리 위 저 먼 곳에서 깜박이는 불빛이 보였다.

대충 짐작해 보니 오 리쯤 떨어진 곳이었다. 길에서 한참 벗어나 산꼭대기에서 비쳐 오는 불빛이다.

이것저것 가릴 새가 없다.

왕소령은 길을 버렸다. 경공신법을 발휘해서 날듯이 숲을 가로질러 가는데, 나뭇가지에서 가지를 밟고 몸을 날리는 것이 마치 커다란 밤 새 한 마리가 날아가는 것 같았다. 그녀는

사문의 경공신법인 운제표향(雲霽飄香)을 이미 대성하고 있었
던 것이다.

뜨거운 차 한 잔 마실 만한 시간이 지났을 때 왕소령은 가
파른 산비탈을 가로질러 커다란 바위 절벽을 마주 보는 능선
에 설 수 있었다.

그 깎아지른 듯한 바위 절벽 중간쯤에 과연 작은 암자 하나
가 매달리듯 주저앉아 있었다.

원숭이라고 하더라도 저 절벽을 타고 올라가기는 어려워
보이는데, 그곳에 어떻게 길을 내고 바위틈에 어떻게 저런 암
자를 세웠는지 기이하기만 하다.

왕소령은 군데군데 잔도(棧道)가 박혀 있는 절벽 틈의 아슬
아슬한 외길을 조심스럽게 더듬어 갈 수밖에 없었다. 날이 완
전히 어두워졌으므로 안력을 최대한 돋우어도 겨우 발아래가
보일 뿐이니 절로 등줄기에 식은땀이 난다.

한 발만 잘못 디디면 천 길 벼랑 아래로 떨어져 살과 뼈가
흔적없이 흩어져 버릴 것이다. 생각만 해도 끔찍하다.

빗기를 머금은 밤공기 속에 은은한 향 내음이 섞여 다가왔
다. 비로소 암자에 이른 것이다.

칠 벗겨진 암자의 대문은 굳게 닫혀 있었는데 바람에 이리
저리 흔들리는 장명등이 걸려 있고, 그 불빛 아래 '현몽암(縣
夢庵)' 이라는 글자가 양각되어 있는 붉은 현판이 뚜렷이 보였
다.

글자의 획 하나하나가 용이 꿈틀거리는 것 같아서 절로 웅장하고 탈속한 기상을 드러내 보이는 필체였다.

수양이 깊은 명필이 도도한 흥이 일었을 때 붓을 달려 일필휘지한 게 분명하다.

둥근 문고리를 몇 번 흔들자 안에서 굵고 맑은 음성이 들려왔다.

"누구시오?"

"급히 산을 넘는 중인데 날이 어두워지고 비마저 오는지라 하룻밤 묵어갈 곳을 찾고 있는 사람이랍니다."

"응? 목소리를 들어보니 아가씨가 아닌가?"

여인의 몸으로 혼자서 이 험한 산중을, 그것도 한밤중에 배회하고 있다는 게 수상쩍게 여겨졌으리라.

왕소령이 다시 말했다.

"잠시 비만 피해 가도록 해주시면 충분히 사례하겠어요."

"이곳은 나 혼자 지키는 암자이고 나는 남자인데 아가씨와 하룻밤을 지냈다는 말이 새나간다면 무슨 낯으로 중노릇을 할 수 있겠소?"

"스님 혼자뿐이라니 더 잘 되었군요. 스님이 입을 다물고 제가 입을 다물면 누가 알겠어요?"

"하늘이 알고 땅이 알고 이 산이 알 것이며 귀신들이 죄다 알 테니 비밀이란 지켜질 수 없는 거라오."

이쯤 되자 왕소령에게 오기가 생겼다. 어떻게 생긴 중인지는 모르지만 문을 열어줄 생각은 하지 않고 시시덕거리는 걸 즐길 모양이니 그렇다.

"흥, 나는 하늘도 두렵지 않고 땅도 무섭지 않은데 귀신 따위가 걱정되겠어요? 당장 문을 열지 않으면 부수고라도 들어갈 테니 후회하지 마세요!"

"어허, 그렇게 부처님께 귀의하고 싶은 마음이 간절하다니 선재로구나. 남의 집 문을 열기보다 남의 돈 궤짝 열기가 더 어렵고 그것보다 열 배는 어려운 게 남의 마음을 여는 거라네. 하지만 속세의 울타리를 박차고 나와 부처님전의 문을 열고 들어가기는 백 배나 더 어려운 법이지. 그런데 그대는 한낱 아녀자의 몸으로 그처럼 발심(發心)이 장하니 장차 나한(羅漢)의 반열에 능히 오르겠구나. 선재로다, 선재야."

"흥, 무슨 헛소리!"

얼굴도 보이지 않는 중의 걸걸한 음성에 장난기가 깃들어 있는 걸 느낀 왕소령이 기어이 발끈 화를 냈다.

한 발을 번쩍 들어 힘껏 문을 걷어차는 순간, 기다렸다는 듯 대문이 안으로 왈칵, 열리는 것 아닌가.

왕소령은 자칫 중심을 잃고 흉한 꼴을 보일 뻔했다.

그녀가 놀라고 분해서 입술을 깨물고 노려보는 곳에 시커먼 중 한 사람이 우뚝 서서 흰 이를 드러내고 히죽 웃고 있었다.

곰처럼 커다란 덩치에 덕지덕지 기운 포대자루 같은 승복을 걸치고 굵은 새끼줄을 허리띠 삼아 질끈 동여맸으며, 맨발이다.

그 우악스러워 보이는 몸집에 흠칫 놀란 왕소령이 비로소 중의 얼굴을 똑바로 바라보았다.

통방울같이 불거져 나온 두 눈에 붉은 기운이 이글거리고, 주먹코는 술에 절어 빨갛게 변해 있으며, 부풀어 오른 것처럼 두툼한 입술이 시커멓다.

얼굴을 온통 뒤덮다시피 하고 있는 구레나룻과 새집처럼 헝클어진 머리카락에 이르러서는 이게 과연 중의 모습인가? 하는 의문이 절로 들었다.

중이라기보다 흉악한 산적의 몰골이고, 파계승이라면 그만한 파계승이 없어 보인다.

"응?"

그 중이 히죽히죽 웃던 얼굴을 딱딱하게 굳히고 눈을 크게 떴다. 그러자 가뜩이나 험악하던 인상이 더욱 험악해지는 것이어서 왕소령은 저도 모르게 주춤주춤 물러섰다.

제가 암자에 찾아온 게 아니라 대요괴가 숨어 있는 곳의 문을 연 것 같다. 아니면 겁없이 염라전(閻羅殿)에 뛰어들어 야차귀(夜叉鬼)라도 만난 것이리라.

잠시 주춤했던 비가 다시 폭우가 되어 사정없이 퍼붓고, 벼랑을 파서 낸 한줄기 위태로운 길을 따라 폭포수 같은 물이 흘러 떨어졌다.

왕소령은 제 몸을 두드려 대는 굵은 빗방울마저 잊었다. 당황하고 지나치게 긴장해서 등줄기에 식은땀이 돋는다.

"너는 창산의 왕소령이 아니냐?"

"앗!"

그런데 난데없이 그 괴이하고 흉악하게 생긴 중이 제 이름을 부르는 것 아닌가.

왕소령이 이제는 혼절할 듯 놀라서 입을 딱 벌리고 숨 쉬는 것마저 잊었다.

괴승이 껄껄 웃는다.

"크하하하, 세상이 코딱지만 하다더니 딱 맞는 말이다. 원숭이 새끼가 날고 뛰어봐야 부처님 손바닥 안에서 벗어나지 못하는 법이야."

"당신은, 당신은……."

왕소령의 머릿속에 비로소 번갯불처럼 스쳐 가는 생각이 있었다. 그녀가 더욱 놀라고 당황해서 몸마저 비틀거렸다.

"어, 어, 조심해. 그러다가 미끄러지면 너에게 날개가 달렸다고 해도 황천행을 면치 못할 거다."

괴승이 다급하게 말하며 성큼 다가왔다. 왕소령은 고양이와 마주친 쥐처럼 꼼짝할 수 없었다.

괴승.

머리카락이 더부룩하게 자랐고, 구레나룻이 무성해서 언뜻 알아보지 못했지만 그는 창산의 법화사에 있던 원도 화상이 분명했다.

왕소령은 제가 스스로 범굴에 기어들어 왔다는 걸 느꼈다. 창산을 떠나던 날 밤 법화사에 숨어들어 가 불을 질러 버렸던 일을 원도가 모를 리 없으니 그렇다.

"들어가자."

어느새 다가온 원도 화상이 주춤거리는 왕소령의 팔목을 꽉 움켜쥐었다.


다음날 새벽. 세상을 온통 가두어 버린 짙은 안개 속에서 장엄한 독경 소리가 쏟아져 나와 귀몽정을 뒤흔들었다.

현몽암은 안개 속에 둥둥 떠 있는 것처럼 신비해 보이고, 그곳에서 흘러나와 산 메아리를 타고 쩌렁쩌렁 울려 퍼지는 독경 소리는 더욱 신비하다.

맑고 청아하며 뜨거운 그 소리는 마치 천상에서 보살들이 법창(法唱)이라도 하는 것인 양 엄숙하고 간절했다. 그 소리에 귀만 기울이고 있어도 절로 해탈의 기쁨을 맛보게 될 것 같다.

밤새 악몽에 시달리던 왕소령은 저 먼 하늘에서 들려오는 것 같은 그 소리에 조금씩 의식을 찾아갔다.

점점 더 크고 웅장하게 들려오는 독경 소리에 마음이 뜨거워지고 머릿속이 텅 비어간다.

내가 죽어서 극락에 와 있는 건가? 하는 의문이 들 지경이었다.

독경 소리가 끝나갈 즈음 그녀는 비로소 제가 낡은 이불을 덮고 승방의 초라한 나무 침상에 홀로 누워 있다는 걸 알았다.

갑자기 밀려온 적막이 깊은 물속인 것처럼 가슴을 억누른다.

'내가 왜?'

왕소령은 제가 왜 이곳에 이렇게 누워 있는 건지 어리둥절하기만 했다. 지난밤에 있었던 일들이 밤새 시달렸던 악몽과 뒤섞여 꿈인지 아닌지 모호했던 것이다.

그래서 눈만 깜박이고 있는데 승방의 문이 덜컹, 열리더니 험상궂게 생긴 화상이 얼굴을 쑥, 들이밀었다.

"아!"

왕소령이 깜짝 놀라 침상에서 뛰어 일어났다. 비로소 지난밤의 일들이 꿈이 아니었다는 걸 알게 된다.

"당신……."

"히히, 이년아, 일어났으면 냉큼 기어나와서 마당도 쓸고 아침밥도 짓고 해야지. 설마 나더러 밥을 지어 대령하라는 건 아니겠지?"

"……."

대뜸 이년, 저년 해대는 데에 기가 막혀서 왕소령은 할 말을 잃었다.

아직까지 누구에게 욕은커녕 험한 소리도 들어보지 않고 커오지 않았던가.

"뭐 하고 자빠졌어? 얼른 기어나오지 못해!"

원도 화상이 눈을 부라렸다. 마치 오래전부터 데리고 있던 종을 부리는 듯 자연스럽다.

왕소령은 그런 원도 화상 앞에서 성질을 부리지 못했다. 제가 지은 죄가 있기 때문이기도 하고, 지난밤에 놀랐던 일로 인해 완전히 기가 꺾여 있기 때문이기도 하다.

던지듯 빗자루를 안겨준 원도 화상이 히히, 웃었다.

"잘 어울린다. 그것 봐. 검을 들고 있는 것보다 훨씬 보기 좋잖아? 얼마나 사랑스럽고 따뜻해 보여? 그러니 정성을 다해서 먼지 한 올 없이 깨끗하게 잘 쓸어라. 그다음에는 주방에 들어가서 먹을 걸 준비해. 커흠."

큰기침을 한 원도 화상이 뒷짐을 지고 어슬렁거리며 암자 뒤편으로 돌아갔다.

왕소령은 기가 막힌다는 얼굴로 그런 화상을 물끄러미 바라보기만 했다. 그러다가 한숨을 폭, 쉰다.

"에휴, 내가 이게 지금 뭐 하는 짓이람."

잔뜩 눈살을 찌푸렸지만 어쩔 수 없다는 듯 비질을 하기 시작했다. 손바닥만 한 뜰이다. 몇 번 비질을 하자 더 쓸 게 없다.

아침 하늘이 밝아오기 시작하고 있었다. 물끄러미 붉게 물들어오는 산정을 바라보던 왕소령의 눈에 희미한 미소가 번졌다.

"도수백의 사부란 말이지?"

창산에 있을 때는 원도 화상이 그저 땡중의 왕초쯤 되는 걸로 여기고 살아왔다. 사부님이 그런 화상을 공경하는 게 이상하고 신기하게 여겨졌을 뿐이다. 그런데 그가 도수백의 사부이고, 도수백이 단칼에 무쌍괴를 베어버릴 만큼 무시무시하게 변하지 않았던가.

"대체 너의 정체가 뭐냐? 이 땡초야."

왕소령이 암자 뒤편을 향해 매섭게 눈을 흘겼다. 흥, 흥, 거리고 콧방귀를 뀌다가 혀를 낼름 내민다.

"커흠!"

암자 뒤에서 화상의 요란한 헛기침 소리가 들려오자 왕소령이 깜짝 놀라 빗자루를 내던지고 급히 주방으로 달려갔다.


"제기랄, 도대체 간이 맞는 게 없잖아. 이건 짜고 저건 싱겁고, 이건 뭐 맛이 있는 건지 없는 건지 알 수가 없다. 밥은 또 왜 이렇게 뻣뻣해?"

잔뜩 인상을 쓰고 투덜거리며 밥을 입 안 가득 퍼 넣고 몇 번 우물거렸는데 으적, 하고 돌 씹히는 소리가 난다.

왕소령이 목을 집어넣고 어깨를 움츠렸다. 원도 화상의 얼굴이 점점 일그러진다.

"어이쿠, 내 이빨."

에퉤퉤, 하고 함부로 밥알을 뱉어낸 원도 화상이 젓가락을 내팽개치고 벌떡 일어났다. 씩씩거리며 왕소령을 노려본다.

왕소령은 고개를 숙인 채 밥을 깨작거렸다. 돌을 씹게 될까 봐 먹기가 겁난 것이다. 슬며시 나물 한줄기를 입에 넣고 오물거리더니 저도 인상을 찌푸린다.

"이것아, 음식 솜씨가 이래 가지고 어떻게 시집을 갈 테냐? 설마 낯짝 반반한 걸로 버틸 셈은 아니겠지? 자고로 음식 솜씨 좋고 바느질 솜씨 좋은 여자가 시집가서도 오래도록 사랑받는 법인데 너는 영 젬병이다. 이런 줄 알면 누가 너를 데려가겠어? 도대체 검을 휘두르는 것 말고 네가 할 줄 아는 게 뭐냐?"

'쳇, 쪼잔하기는.'

왕소령이 열을 펄펄 내는 원도 화상을 힐끔 흘겨보았다.

'그까짓 돌멩이 하나 씹었다고 저렇게 날뛸 게 뭐람. 사내가 너그러운 데가 있어야지. 화상아, 그러니 너도 평생 여자 얻어서 장가가기는 틀렸다. 그런 줄 알면 어떤 여자가 너에게 시집오려고 하겠어? 쳇.'

중은 원래 혼인하지 않는다는 걸 알지만 속상해서 투덜거리는 건데, 마음속으로 아무리 지독한 욕을 한들 원도 화상이 알 리가 없다.

겉으로는 그녀의 표정이 어디까지나 시무룩하고 울듯이

애처롭기만 해서 측은지심이 절로 생겼다.

"에휴, 좋다. 음식 솜씨야 차차 익히면 되고, 밥 짓는 것도 여러 번 해보면 점차 나아지겠지."

"예?"

"노력하란 말이다. 노력없이 나아지는 건 아무것도 없느니라."

"그러니까 스님 말씀인즉, 저더러 계속 이 짓을 하고 있으라는 건가요?"

"왜? 청소하고 밥 짓고 빨래하는 게 어때서?"

"하─"

왕소령이 기가 막힌다는 얼굴로 한숨을 내쉬지만 이미 그렇게 결정되었다는 듯 원도 화상은 태평하기만 했다.

"여자의 본분으로 돌아가는 게야. 네 나이가 지금 몇이냐?"

"스물한 살 되었어요."

"늦었네."

"예?"

"이제야 여자가 되는 공부를 해야 하니 엄청 늦지 않았느냐?"

"저는 그런 공부 필요 없는데요?"

"쯧쯧, 대체 네 사부와 사모는 너를 어떻게 가르친 거냐?"

"……"

“네 사부는 그렇다 치더라도 네 사모는 너무했구나. 다 자란 계집애에게 여자가 해야 할 일은 하나도 가르치지 않은 것 같으니 말이다.”

“사문의 무공을 가르쳐 주시고 배웠으니 된 거 아닌가요?”

“이것아, 이 한심하고 불쌍한 중생아.”

“……?”

“네 꿈이 뭐냐? 장차 뭐가 되고 싶어?”

“가문의 복수를 하는 거지요. 그것만 이룰 수 있다면 무엇이 되든 상관없어요.”

왕소령이 비장하게 말하자 원도 화상이 딱하다는 듯, 불쌍한 중생을 본다는 듯, 한심하다는 듯이 그녀를 바라보았다.

“아직도 네 마음이 그렇게 꼬부라져 있으니 백 마디 말이 소용없겠다.”

왕소령은 화상의 이글거리는 눈길을 똑바로 받을 수가 없었다. 그녀가 슬며시 외면하자 화상이 여태까지와는 달리 근엄한 얼굴을 하고 엄숙하게 말했다.

“한 달만 이곳에서 밥 짓고 빨래하고 청소하며 살아라.”

“그 말씀에는 따를 수 없군요.”

“어째서?”

“어젯밤 신세진 건 오늘 아침에 청소하고 밥 지어 올린 걸로 갚았다고 생각해요.”

“그래서? 그냥 가겠다고?”

"저는 바쁜 일이 있는 몸이라 한가롭게 이곳에서 스님과 노닥거리고 있을 수가 없군요."

"흥, 들어올 때는 네 마음대로 왔지만 갈 때는 그렇게 되지 않을 거다. 보내주고 안 보내주고는 내 마음대로야."

"힘으로 저를 붙잡아두실 건가요?"

"필요하면 부처님께서도 힘을 쓰시지."

"그래도 저는 가겠어요."

왕소령이 검을 쥐고 발딱 일어서자 원도 화상이 흐흐, 하고 음흉한 웃음을 흘렸다.

'제가 아무리 절세의 고수라고 해도 내가 가겠다고 마음먹으면 막을 수 없을걸?'

왕소령은 그렇게 생각했다. 저의 경공신법이 이미 대성지경에 이르렀으니 원도 화상을 따돌릴 수 있을 것이라고 단단히 믿는 것이다. 화상의 크고 뚱뚱한 몸집을 보면 더 그런 자신감이 생긴다.

그녀가 승방의 문을 박차고 나가지만 화상은 흘흘, 웃기만 할 뿐 움직이지 않았다.

뜰로 내려선 왕소령은 그게 의아했다.

'왜 잡지 않는단 말인가? 혹시 무슨 꿍꿍이라도?'

왠지 마음이 불안해지지만 떨쳐 버린다.

두어 번만 힘껏 몸을 솟구치면 이 작은 암자의 담을 뛰어넘을 수 있다. 그러면 벼랑 중간에 걸려 있는 잔도인데, 한 사람이 겨우 지나갈 정도이니 커다란 몸집의 화상보다 날렵한 저에게 더 유리하다고 생각했다.

그녀가 운제표향의 경공신법을 한껏 발휘하여 몸을 솟구쳐 쏜살같이 밖으로 향했다.

두 번 몸을 솟구쳐 가볍게 담을 넘어 현몽암을 벗어났지만 그때가 되도록 뒤를 쫓는 화상의 기척이 없다.

"흥, 순전히 허풍이었어. 죄다 개소리였지 뭐야."

원도 화상에 대한 비웃음이 절로 난다.

한 점의 미련도 없으니 발길이 나는 듯 가벼웠다. 그렇게 벼랑을 파고 만든 아슬아슬한 외길을 달려가던 왕소령이 깜짝 놀라 급히 멈추어 섰다.

"누구냐!"

저 앞쪽, 잔도 위에 우뚝 서 있는 사람을 본 것이다. 새벽빛에 잔뜩 그늘이 져서 흐릿하게 보인다.

정체를 알 수 없는 자가 뚝 떨어져 나온 바윗덩이처럼 잔도 위에 버티고 서 있으니 길이 가로막힌 셈이다.

그가 그늘 밖으로 걸어나오며 히죽 웃었다.

"히히, 너는 어디로 가려는 것이냐?"

"앗!"

왕소령이 깜짝 놀라 한 걸음 물러섰다. 원도 화상이기 때문이다. 언제 자신을 앞질러 왔던 건지 알 수 없고 믿을 수 없다. 그는 원래 암자에 있지 않고 밖에 있었던 것 같았다.

놀람으로 가슴이 뛰지만 여기서 물러서기에는 자존심이 허락하지 않는다.

"저리 비키세요!"

왕소령이 날카롭게 소리치자 원도 화상이 또 히죽 웃었다.

"나는 이렇게 가만히 서 있을 테니 정 가고 싶으면 네가 비켜 가면 될 거 아니냐?"

"음—"

왕소령의 얼굴이 더욱 일그러졌다.

한 사람이 겨우 서 있을 수 있는 좁은 길이라 비켜서 지나가거나 할 수가 없는 것이다.

"정말 이러시기예요? 도대체 나에게 무슨 원한이 있기에 괴롭히는 거지요?"

말을 해놓고 나니 스스로 쑥스러워진다. 법화사를 불질러 버렸는데 어찌 원한이 없을 것인가.

"어린 녀석이 말귀가 어둡구나. 내가 한 달 동안 청소하고 밥 짓고 빨래하라고 했으면 그렇게 하는 거야. 너는 나에게 진 빚도 있지 않느냐? 그걸 갚는 거라고 생각하면 될 텐데?"

'이크!'

화상의 말에 왕소령은 가슴이 뜨끔했다. 역시 그가 자기의 소행을 알고 있었기 때문이다.

왕소령은 그래서 화상이 더 무서워졌고, 현몽암이 더 끔찍해졌다. 빨리 이곳을 벗어나고만 싶다.

"인연이라는 게 마음대로 될 수 있는 게 아니니라. 네가 제 발로 현몽암에 찾아온 게 우연인 줄 아느냐? 다 부처님께서 과거를 돌아보고 그 인과로 앞일을 예비하시려고 지금 네 등을 떠밀고 계신 것이야. 그러니 네 힘으로는 벗어날 수 없느니라."

말을 하면서 천천히 걸어온다.

왕소령은 마음이 급했다.

쨍—

그녀가 선뜻 보검을 뽑아 들었다. 귀몽정 너머에서 쏟아져 들어오는 아침 햇빛을 받아 창백한 검신이 보석처럼 빛난다.

"비키지 않으면 후회하게 될 거예요."

매섭게 협박하지만 원도 화상은 꿈쩍도 하지 않았다. 이글거리는 눈으로 뚫어지게 바라보더니 음침하게 말한다.

"아무리 미련한 중생이라고 해도 그렇지, 부처님에게 검을 겨누다니? 도대체 세상이 어떻게 돌아가고 있는 것이냐?"

"헛소리! 나는 그저 이곳을 떠나고 싶을 뿐이에요!"

"흐흐, 귀여운 것아. 네가 그렇게 앙탈을 부릴수록 더 붙잡아두고 싶어지는걸? 사실 그동안 혼자 있느라고 심심했거든."

"나는 스님을 찌르고 싶지 않아요. 그러니 어서 비켜주세요."

그녀가 절박한 표정으로 말하지만 원도 화상은 꿈쩍도 하지 않았다. 오히려 재미있어하는 표정이다.

"어라? 도수백 저놈이 어떻게 여기에 왔지?"

갑자기 화상이 깜짝 놀라서 왕소령의 어깨 너머를 바라보며 호들갑스럽게 말했다. 도수백이라는 말에 왕소령이 저도 모르게 뒤를 돌아보았다.

아무것도 없다.

그 순간 원도 화상이 병아리를 낚아채듯 왕소령에게 달려들었다.

"앗!"

그녀가 깜짝 놀라 급히 뒷걸음질쳤지만 원도 화상의 소맷자락 펄럭이는 소리를 들었을 뿐이다.

그의 두 손이 마치 촘촘하고 커다란 그물이라도 된 것처럼 그녀의 온몸을 가두어놓는다.

왕소령은 경악했다. 화상의 솜씨가 이처럼 재빠르고 위력적일 줄 몰랐던 것이다.

"비겁해!"

그녀가 소리치며 힘껏 검을 휘둘렀다.

사문의 검법 중 쾌속제일로 꼽히는 은하일획(銀河一劃)의 수법을 펼치자 유성 같은 검광이 와르르 쏟아져 팔방풍우의 기세로 주위를 휩쓸어갔다.

"흠ㅡ!"

그녀의 반격이 의외로 재빠르고 날카로운 데 놀란 듯 원도 화상이 한 소리 침음성을 흘렸다.

두 발을 겨우 딛고 서 있을 수 있는 좁은 잔도 위에서 싸운다는 건 원숭이라고 해도 꺼려할 일이다. 하지만 원도 화상은 물러서려 하지 않았고, 왕소령 또한 저를 속인 화상에 대한 악감정이 치솟아 공세를 멈추려 하지 않았다.

눈부시게 빠른 검광이 화상이 뿌리는 꼬질꼬질한 옷소매의 그물을 갈기갈기 찢으며 더욱 사납게 쏘아진다.

"제법이다. 점창파의 검법이 아직 녹슬지 않았구나."

그녀의 검법 조예가 생각보다 깊다는 걸 알아본 원도 화상이 흥이 인 듯 더욱 빠르게 두 손을 휘저었다. 옷자락 펄럭이는 소리가 위맹하게 들리는 중에 쉭쉭거리는 장력이 어지럽게 때리고 밀어온다.

왕소령이 이를 악물고 눈을 부릅떴다.

자신의 검법은 이미 사부의 모든 진전을 이어받아 십성의 성취를 눈앞에 두고 있다고 자신하는데 이 괴물 같은 화상이 여전히 맨손으로 상대하니 놀랍기만 하다.

게다가 장력이 갈수록 위맹해지고 기세가 흉흉해지지 않는가. 보검마저 두려워하지 않는 듯, 다섯 손가락을 갈퀴처럼 웅크리고 그것을 잡으려 든다.

'도대체 어떻게 이런 일이?'

왕소령의 머릿속은 극도로 혼란해졌다.

"아깝다, 아까워. 공력이 부족해 검법의 정교함을 십분 살리지 못하는구나.”

원도 화상이 여유있게 평을 하기까지 한다.

“이얏!”

불끈 오기가 숫구친 왕소령이 찢어질 듯한 고함을 지르며
더욱 힘차게 검을 찔러 넣었다. 그러자 새파란 검기가 두어
자나 쭉, 뻗어나가 장막을 찢듯 원도 화상의 장력을 가른다.

“허! 어린것이 정말 놀랍구나!”

원도 화상이 진심으로 감탄하며 움켜쥐었던 좌권을 활짝
펴더니 다섯 손가락을 번갈아 튕겼다.

쉬익, 쉬익, 하는 날카로운 지풍이 다섯 개의 쇠뇌가 되어
쏘아지고, 왕소령의 보검에서 따다당! 하고 요란한 소리가 터
져 나왔다.

우우우웅—

검이 부러질 듯 요동을 치며 웅장한 울음을 토해낸다.

“아! 탄지신통!”

그것이 소림의 칠십이종절기 중 하나이고, 극강한 지법으
로 이름 높은 탄지신통(彈指神通)이라는 걸 안 왕소령이 크게
놀라 소리쳤다.

한 가닥 맹렬한 기운이 검막을 뚫고 들어와 가슴 앞 단중
혈(膻中穴) 속으로 파고든다.

몸이 그 즉시 뻣뻣해졌다. 호흡이端 딱 막히고 의식이 가물
거린다.

왕소령이 중심을 잃고 기우뚱거렸다. 아차, 하는 순간 한 발이 미끄러지며 천 길 벼랑 아래로 몸이 기운다. 그대로 떨어진다면 형체조차 찾아보기 힘들게 되리라.

아슬아슬한 순간 원도 화상이 히히 웃으며 비조처럼 덮쳐와 그녀의 뒷덜미를 낚아챘다.

"에잇!"

고함과 함께 힘을 써서 집어 던지자 왕소령의 몸이 공깃돌처럼 가볍게 허공을 날아갔다. 화상이 발끝으로 잔도를 찍고 바람처럼 그것을 쫓아 몸을 날린다.

한 번 던져서 현몽암의 대문 앞까지 왕소령을 날린 화상이 떨어지는 그녀를 낚아채더니 가볍게 또 한 번 던져 올렸다.

떨어지는 힘을 교묘하게 비틀어 제 힘은 거의 들이지 않고 허공으로 되돌려보내는 솜씨가 신비롭기만 하다.

그렇게 사량발천근(四兩發千斤)의 수법으로 왕소령을 던진 원도 화상이 훌쩍 현몽암의 담을 뛰어넘었다. 그리고 뜰 복판에 우뚝 서서 머리 위로 떨어져 내리는 왕소령을 받아 안는다.

두 번이나 그렇게 허공을 새처럼 훌훌 날았지만 왕소령은 아무것도 느끼지 못하고 있었다.

魔風俠星
第五章
이어지는 인연

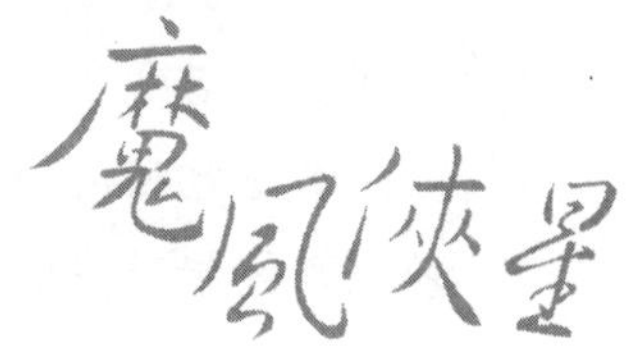

**왕**소령이 천천히 의식을 찾았다.

귓가에 중얼거리는 소리가 들려온다.

눈에 익은 승방 안인데, 원도 화상이 밝은 햇빛이 흘러들어오는 탁자에 앉아서 이를 잡고 있었다.

불살생(不殺生)의 계가 무심하기만 하다.

엄지손톱으로 이를 톡, 톡, 눌러 죽일 때마다 핏물이 튀는 것이 어지간히 통통한 놈들인 모양이다.

"극락왕생해라, 아미타불……."

"네 업장을 벗겨주는 것이니 나를 원망하지 말거라, 아미타불……."

"이크, 한 놈을 놓쳤구나. 에구, 아까워라, 부처님이 네 흉측한 꼴을 가엽게 여겨 해탈시켜 주려 하건만 제 스스로 마다하니 어쩔 수 없도다. 아미타불……."

한 마리를 눌러 죽일 때마다 중얼거리는데, 온전한 정신을 가진 사람이라고 여겨지지 않는다.

"이제 저를 어쩌실 거지요?"

왕소령이 침상에 일어나 앉아서 그렇게 묻자 원도 화상이 돌아보고 히죽 웃었다.

"뭘 어째? 깨어났으니 부처님이 원하시는 대로 순종해야지."

"……."

"부처님은 네 몸을 공양하라고 하신다. 그러니 따르도록 해."

"뭐라고요?"

원도 화상의 말에 왕소령이 깜짝 놀라 날카롭게 소리쳤다.

"지금 그게 무슨 뜻인가요?"

"쯧쯧, 어린것이 말귀를 못 알아듣는구먼. 이것아, 네 몸뚱이를 공양으로 올리란 말이다."

"당신, 당신, 설마……."

왕소령이 새파랗게 질린 얼굴로 옷섶을 단단히 여민 채 몸을 웅크렸다. 원도 화상은 이제 그녀를 돌아보지 않았다. 여전히 낡은 옷자락을 뒤적여 이를 찾아내며 중얼거린다.

"전생의 인연이 그러하니 어찌할꼬……. 나도 어쩔 수 없고, 너도 어쩔 수 없는 일이니라. 네 한 몸 바쳐서 남을 기쁘게 하면 그 또한 공덕을 쌓는 일이 아니겠느냐? 지겹게 이어져 오는 업장의 사슬이 그로 인해 끊어질지도 모르는 일이지. 그렇게 맘 편히 생각해라."

말을 마치기 무섭게 한 손을 등 뒤로 돌리더니 돌아보지도 않고 손가락을 튕겼다.

왕소령은 화상의 탄지신통에 의해 진탕되었던 기혈이 아직 안돈되지 않아 온몸에 힘이 없는 상태였다. 제 눈으로 화상이 지력을 날리는 걸 보면서도 피할 수가 없다.

"으음—"

마혈을 제압당한 그녀가 맥없이 쓰러졌다. 다가오는 원도화상을 바라보는 눈길에 원망과 독기가 가득하다.

"이, 이 흉측한 중놈 같으니, 뭘 하려는 거지? 저리 가!"

목청껏 소리치지만 겨우 알아들을 수 있는 중얼거림이 되어 나올 뿐이다.

"저리 가! 내 몸에 손대지 마!"

"시끄럽다. 더 떠들면 아혈마저 점해 버릴 테다."

화상이 눈을 부라렸다. 몸을 움직일 수 없는 왕소령은 너무 분하고 수치스러워 눈물만 줄줄 흘렸다.

설마 이 염치없는 화상이 저에게 음욕을 품었을 줄이야 꿈에도 생각지 못했던 일이다.

원도 화상이 손을 뻗어 그녀를 안아 들었다. 히히 웃더니 승방의 문을 박차고 달려나간다.

귓전에 씽씽거리는 바람 소리가 들리고, 눈앞의 풍경이 미친 듯 뒤로 밀려났다.

왕소령을 옆구리에 낀 원도 화상은 아슬아슬한 잔도를 평지 달리듯 했는데, 왕소령으로서는 상상도 할 수 없었던 일이라 놀란 중에도 절로 탄복하게 된다.

'이 찢어 죽일 중놈의 무공이 이처럼 높으니 그 마수에서 벗어날 수가 없겠구나.'

그녀의 볼을 타고 눈물이 줄줄 흘러내렸다. 원도 화상에게 욕을 당할 수밖에 없다고 생각하니 당장 죽을 수 없는 게 한이다.

화상이 잔도를 박차고 훌쩍 뛰어올랐다. 커다란 독수리가 먹이를 움켜쥐고 비상하는 것 같다.

두 발을 번갈아 걷어차며 깎아지른 절벽 위를 날듯이 타고 올라가는데 마치 평지를 달리듯 했다.

그때쯤에야 왕소령의 머릿속에 이상하다는 생각이 들었다.

화상이 저를 욕보이기로 마음먹었다면 아무도 없는 암자를 두고 굳이 이처럼 험하고 위태로운 곳을 택할까? 하는 의문이 든 것이다.

이십여 장을 쏜살같이 달려 올라간 화상이 우뚝 멈추어 섰다.

"다 왔다."

그렇게 말하고 원도 화상이 그녀를 일으켜 세웠으므로 왕소령은 비로소 제가 시커멓게 입을 벌린 동굴 앞에 서 있다는 걸 알았다.

안은 깜깜해서 끝이 보이지 않았고, 입구가 작고 비좁아 한 사람이 배를 깔고 기어서야 겨우 비집고 들어갈 만하다.

원도 화상이 솥뚜껑 같은 손으로 왕소령의 명문혈을 덮었다. 그 즉시 불처럼 뜨거운 열기가 스며들어 빠르게 소주천의 길을 따라 지나간다. 그러자 막혀 있던 혈도들이 거침없이 뚫렸다.

그때마다 왕소령이 불에 덴 것처럼 깜짝깜짝 놀라 몸을 움찔거렸다. 그러더니 길게 한숨을 내쉰다.

시원하고 상쾌한 감각에 제 몸이 허공에 둥둥 떠 있는 것처럼 느껴졌던 것이다.

그리고 그녀는 곧 의식을 잃고 축 늘어졌다.

마혈을 풀어준 대신 혼혈을 점한 원도 화상이 그녀를 끌며 동굴 안으로 어렵게 기어들어 갔다.


습기로 번들거리는 동굴은 희미한 빛으로 인해 더욱 음침해 보였다.

깊이가 십여 장쯤 되는 동굴이었는데, 일 장 남짓한 좁은 입구를 빠져나오자 안이 갑자기 넓어졌다. 호리병처럼 생긴 동굴이었던 것이다.

이십여 명이 모여 설 수 있을 만한 공간 가운데 석대(石臺)가 있고 그 위에 한 사람이 가부좌를 틀고 좌정해 있었다.

검은 옷자락이 무릎을 덮었고, 검고 흰 수염이 가슴 앞까지 늘어져 있으며 창백한 안색에 눈썹이 길게 늘어진 도사였다.

곤명의 용호관에서 자운 노도와 일전을 치렀던 마도흑선(魔道黑仙) 장유기(張裕奇)다.

자운 노도의 태허금정신공(太虛金精神功)에 심각한 내상을 입고 달아났는데, 이곳에 숨어서 정양을 하고 있었던 것이다.

"눈을 떠라!"

그의 앞에 우뚝 선 원도 화상이 버럭 소리쳤다. 그러나 장유기는 깊은 잠에 든 사람처럼 여전히 눈을 감은 채 고요하다.

"쳇, 네놈이 죽은 척하겠다는 거냐? 오냐, 그러면 부처님 손으로 진짜 죽여줄 테다."

흑선 장유기의 파리한 입가에 보일 듯 말 듯한 미소가 떠올랐다.

입술만 달싹이며 느리고 조용하게 말한다.

"너 덩치만 큰 땡중은 도대체 철들 기미가 없구나. 내가 너 때문에 언제까지 골치 아파해야겠느냐?"

"흥, 주둥아리는 살아 있어서 잘도 지껄이는군. 그나저나 걱정이다."

"……."

"꼴을 보아하니 좋아지기는커녕 이 며칠 사이에 더욱 나빠졌다. 조만간 네놈을 땅에 묻어야 할 것 같은데……."

"휴― 내 명이 여기까지이니 어쩌겠느냐? 너는 슬퍼할 것 없다."

"염병할 놈, 누가 슬퍼한대?"

원도 화상이 흰창이 드러나도록 눈을 흘기고는 냉랭하게 말했다.

"땅에 파묻으면 몸뚱이가 썩을 텐데, 네놈의 그동안 닦은 공력이 아깝단 말이다."

흑선 장유기가 천천히 눈을 떴다. 원도 화상을 바라보는 눈길에 온갖 회한이 어려 있다.

두 사람 사이에 한동안 침묵이 흐르고, 장유기가 한숨을 쉬며 외면했다. 장유기 본인도 자신이 얼마 살지 못하리라는 걸 알고 있었던 것이다.

원도 화상의 눈꼬리가 파르르 떨렸다. 안타까움이다.

"자운 늙은이의 태허금정신공이 이처럼 지독하니 과연 하늘 아래 가장 끔찍한 도사라는 말을 들을 만하구나."

장유기가 쓴웃음을 지었다.

"그를 욕할 것 없다. 모든 건 내 스스로 가져온 일이니 나의 어리석음을 욕하고 원망해야겠지.”

“그러기에 왜 도중문 같은 놈의 말을 들어? 차라리 그 염병할 놈을 쳐죽였더라면 영웅호한이라는 칭송이라도 들었을 것 아니냐? 지금 네 꼴이 이게 뭐냐?”

“은원을 정리하는 과정이었을 뿐이니 그를 탓할 것도 못 된다. 모든 건 다 내가 자초한 일이야.”

“네놈의 욕심은 아니었고?”

원도 화상의 말에 장유기가 고개를 숙였다. 그의 창백한 얼굴에 부끄러워하는 빛이 떠오른다.

지그시 노려보던 원도 화상이 꾸짖듯 말했다.

“그 나이가 되어서도 욕심을 버리지 못하고 애증에서 벗어나지 못했으니 참 한심하다.”

“……”

“좋다. 네가 스스로 너를 망쳤으니 아무도 탓하지 않겠다. 하지만 저승에 가더라도 네가 가진 건 아까우니 여기 놓아두고 가라.”

“뭐라고?”

원도 화상이 발아래 의식을 잃고 쓰러져 있는 왕소령을 발끝으로 툭툭 찼다.

비로소 그녀에게 천천히 시선을 돌린 흑선 장유기가 의아해한다.

“그 아이는 누구냐?”

"네 업장을 마무리해 줄 기특한 아이지."

"……?"

"점창파의 제자이고 백화선고(白花仙姑) 단목향(段木香)의 제자이기도 하다."

"뭐라고?"

흑선 장유기가 크게 놀라 몸을 떨었다.

쓰러져 있는 왕소령을 바라보는 눈길에서 불이 뿜어지는 듯하다.

한동안 그렇게 왕소령을 바라보던 장유기가 길게 한숨을 쉬었다.

원도 화상이 히히 웃으며 말한다.

"너는 나에게 감사해야 해. 네놈이 지저분한 업장을 이처럼 깔끔하게 마무리 짓고 죽을 수 있도록 배려해 주었으니까 말이다. 이처럼 너 같은 악당에게도 무한한 자비를 베푸는 걸 보면 나는 정말 부처님의 화신이 맞는가 보다. 히히히—"

장유기가 쓰게 웃고 손을 모아 포권했다.

"고맙네. 돌이켜 보면 나는 늘 자네에게 신세를 지기만 했지 한 번도 자네를 위해 공을 세우지 못했으니 정말 미안하네. 이 빚은 저승에서 갚도록 함세."

"나는 주고 너는 받았으니 그걸로 된 거지. 어쨌거나 나머지 일은 이제 네놈이 알아서 해라. 커흠."

원도 화상이 큰기침을 하고 거들먹거리며 동굴을 나가고

나자 장유기는 물끄러미 왕소령을 내려다보았다. 그녀를 바라보는 그의 얼굴에 회한과 안타까움, 후회와 절망, 그리고 분노의 기색이 번갈아 떠올랐다.

한참 만에야 그가 길게 탄식하고 시선을 돌렸다.

그의 눈앞에 자신이 살아온 지난날들이 주마등처럼 지나간다.

"휴―"

다시 한 번 길게 탄식한 그가 두 손바닥으로 석대를 가볍게 쳤다. 그의 몸이 허공에 둥실 떠오르고 천천히 왕소령의 곁에 내려앉는데, 여전히 가부좌를 튼 자세 그대로였다.

왕소령은 지독한 꿈을 꾸고 있었다.

커다란 바위에 온몸이 꽁꽁 묶인 채 꼼짝할 수 없는데, 주위에 불이 붙더니 세상이 온통 불타오르고 있었다.

그 뜨거운 불길 속에서 그녀는 무어라고 소리치고 비명 지르며 벗어나기 위해 몸부림쳤다. 하지만 바위는 꿈쩍도 하지 않고, 그녀를 묶은 쇠줄은 너무 튼튼해서 끊을 수가 없다.

불길이 드디어 그녀의 몸을 태우기 시작했다. 온몸이 타 들어가고, 넘실거리는 불길의 뜨거움이 몸속으로 파고든다. 그 지독한 고통 때문에 그녀는 이제 비명도 지르지 못했다.

이렇게 죽는다는 생각에 눈물만 뚝뚝 떨어뜨릴 뿐이다.

그때 한줄기 시원한 바람이 불어왔다. 습하고 선선한 것이 빗기를 머금은 바람이다. 그리고 이내 폭우가 쏟아지기 시작했다.

그것이 그녀의 정수리를 적시더니 얼굴과 목과 가슴을 시원하게 하고 온몸을 상쾌하게 해주었다.

불길로 인해 달아오르던 고통이 빗물에 씻겨 사라지고 한여름 낮에 차가운 물속에 뛰어든 것처럼 시원해진다.

"아!"

그녀가 놀람의 소리를 지르며 번쩍 눈을 떴다.

제일 먼저 음침한 동굴의 번들거리는 벽이 눈에 들어온다. 그리고 등 뒤에 닿아 있는 손길을 느꼈다.

왕소령은 제가 원도 화상에게 제압당해 의식을 잃었던 걸 기억해 냈다. 그런데 지금은 단정하게 앉아 있었고, 등 뒤에서 누군가가 자신의 명문혈에 손바닥을 대고 있으니 의아해진다.

그 사람의 손바닥을 통해서 한줄기 서늘하고 질긴 기운이 끊이지 않고 흘러들어 오고 있었다. 그것이 제 스스로 살아서 움직이는 것처럼 전신 삼백육십 대혈을 뚫으며 멋대로 운행하고 있다.

발끝에서 정수리까지 아무런 거리낌 없이 오르내리는 기운이 점차 거대해지고, 그럴수록 왕소령은 날아갈 듯한 상쾌함을 느꼈다.

정신과 기력이 모두 충만해져서 이대로 우화등선할 수 있을 것 같은 기분이 되었을 때 등 뒤에 닿아 있던 손길이 슬며시 떨어진다.

"말하지 마라."

등 뒤에서 다급하게 이르는 소리가 들려왔다.

"정신을 모으고 의식을 집중해라. 네 안에 있는 기운이 흩어지지 않도록 너의 의념으로 통제해야 한다. 그렇지 않으면 대공이 허사가 되지. 어서 운기조식에 몰입하도록 해라."

완강하고 근엄한 음성이다.

왕소령은 무엇이 어떻게 된 일인지 생각하기 전에 그 말을 따를 수밖에 없었다. 상쾌하게 움직이던 기운이 등 뒤의 손이 떨어지자마자 난마처럼 제멋대로 날뛰려 했기 때문이다. 그렇게 되면 어떤 결과가 올지 그녀는 잘 알고 있었다.

외부에서 흘러들어 온 기운을 통제하지 못하면 그것이 본연의 기운마저 끌어내며 제멋대로 날뛰게 된다. 그러면 영영 회복할 수 없는 내상을 입거나 주화입마에 걸려 폐인이 되고 마는 것이다.

왕소령은 즉시 온 정신을 자신의 내면에 집중시키고 사문의 심법인 열양구공(烈陽九功)의 구결에 따라 천천히 기운을 이끌어갔다.

그녀는 아홉 단계로 이루어진 신공의 여덟 단계에 이르러 있었는데, 신공을 운기하자 거대한 기운이 하늘을 찌를 듯이 치솟는 것이어서 깜짝 놀랐다.

왕소령은 그것이 제 본연의 내공이 아니라는 걸 알았다. 누군가가 엄청난 내력을 제 몸 안에 심어준 것이다.

그녀는 강호에 이체전공(異體傳功)이라고 하는 신묘한 공부가 있다는 걸 들어 알고 있었다. 자신의 공력을 다른 사람의 몸 안에 심어주는 것인데, 그만큼 자신은 공력의 손실을 입게 되므로 시전하는 자에게는 해롭기 짝이 없는 공부다.

하지만 누군가가 그런 해를 무릅쓰고 자기의 공력을 전해주었다는 걸 알고 궁금증이 크게 일었다.

그러나 왕소령은 눈을 뜨고 뒤돌아볼 수가 없었다. 한 번 열양구공을 운기하여 기운을 이끌자 그것이 거대한 물줄기가 되어 도도하게 흘러갔기 때문에 잠시도 한눈을 팔 수 없었던 것이다.

그녀는 기운을 이끌어 대주천을 했다. 생사현관이 막힘없이 통하는 게 느껴진다.

이처럼 생사현관을 뚫는 일은 평생 신공을 운기해도 이룰까 말까 한 일이다. 그만큼 어렵고 드문 일인데 그녀는 자신도 모르는 사이에 이루었으니 놀랍고 기뻤다.

한 사람이 이체전공의 수법으로 다른 사람에게 자신의 내공을 넣어준다고 해서 그의 내공이 그대로 옮겨가는 건 아니다.

주는 사람은 열을 주지만 받는 사람에게는 겨우 서넛이 전해질 뿐인데, 왕소령처럼 대성지경을 목전에 두고 있는 사람에게는 그것만으로도 커다란 혜택이 아닐 수 없다.

그녀는 제가 누군가의 도움을 받아 저도 모르는 사이에 스스로는 뚫을 수 없는 생사현관을 단번에 뚫어버리고 사문의 신공을 대성했다는 걸 깨달았다.

왕소령이 더욱 집중하여 운기하기를 얼마쯤 했을까. 그녀의 몸에서 은은한 기운이 뿜어져 나와 안개처럼 그녀를 감싸기 시작했다.

왕소령은 자신의 한계를 훌쩍 뛰어넘어 꿈에서나 그리던 삼화취정(三花聚頂), 오기조원(五氣造元)의 경지에 이르게 되었던 것이다.

그런 기쁨도 잠깐, 그녀는 점점 몰아지경에 이르러 스스로를 잊고 우주 삼라만상을 잊은 채 운기삼매경에 빠져 들어갔다.

"목향, 나는 이제야 그대에게 진 빚을 갚을 수 있게 되었구려."

그런 왕소령을 지켜보던 흑선 장유기가 음울한 음성으로 그렇게 중얼거렸다.

"당신은 나로 인해 많은 좌절과 절망을 겪었고, 많은 고생을 했지. 하지만 그때 나는 내 잘못을 조금도 알지 못했다오. 돌이켜보면 그렇게 후회스러울 수 없지만 이제 와서 어쩔 수 있겠소?"

마치 눈앞에 백화선고 단목향이 있기라도 한 것처럼 애절한 눈길로 허공을 바라보며 중얼거리는 것이 미친 사람 같왔다.

"내가 종남산을 뛰쳐나온 것도 생각해 보면 이리로 나를 이끌어오기 위한 운명이라는 놈의 장난이었던 듯싶소. 그래서 오늘 이 자리에 이르기까지 그처럼 많은 세월 동안 스스로를 괴롭히고 당신을 괴롭혔으니 이제 나는 죽어서도 당신을 볼 면목이 없구려."

그 무렵 왕소령은 두 차례의 대주천을 마치고 조금씩 본래의 의식을 되찾고 있었다. 그런 그녀의 귓가에 흑선 장유기의 중얼거림이 아득하게 들려왔다.

"그 요녀의 꾐에 빠져 젊은 날을 허망하게 보냈고, 드디어는 종남신검(終南神劍)이 종남광검(終南狂劍)으로 바뀌는 수모까지 겪었으니 나의 팔자도 참 기구했지."

'이 사람은 대체 누구인가?

그의 중얼거림을 들으며 왕소령의 의식 속에 그런 의문이 들었다.

"하— 애증이란 젊은 날의 덫과 같아서 누구도 그것을 피해갈 수 없으니 어쩌랴. 다만 흔들리지 않는 굳은 마음으로 오직 한 길을 바라보는 것뿐인데, 나는 원래 정이 많은 철부지였던지라 그렇지 못했구나."

흑선 장유기의 한탄은 계속되었다. 그는 자기의 지나온 날들을 지금 이 순간 모두 떠올리고 안타까워하며 후회하는 것이다.

왕소령이 숨을 고르고 천천히 뒤를 돌아보았다. 저만큼 떨어진 어둠 속에 축축한 동굴 벽에 등을 기대고 앉아 있는 노도사가 보인다. 낯선 얼굴이다.

"목향, 내 소원은 오직 하나, 지금이라도 당신의 고운 모습을 멀리서나마 한 번 보는 것이라오. 하지만 당신은 나의 그런 욕심까지도 허락하지 않겠지."

왕소령은 그가 말하는 사람이 자신의 사모인 백화선고 단목향이라는 걸 알았다.

사모는 사부인 사일검협 편옥수와 부부의 연을 맺은 지 이미 오래전이지 않은가. 그런데 이 낯선 도사가 사모를 왜 저렇게 애절하게 그리워하는 건지 알 수가 없다.

"요녀의 꾐에 빠져 당신을 버리고 사문에서마저 쫓겨났으니 나의 죄는 죽어서도 갚기 어려울 것이오. 게다가 그때의 업장 때문에 이처럼 도중문에게 이용당할 수밖에 없었으니……."

왕소령은 넋을 잃고 중얼거리는 노도사가 안쓰러웠다. 그가 자신에게 큰 은혜를 베푼 사람이라는 데에 더욱 안타까워진다.

"하지만 나는 그자마저 미워할 처지가 되지 못하는구려. 죽음의 구렁텅이에서 나를 구해준 은혜가 있으니 사내가 은혜와 원한을 분명히 하지 못하고서야 어디 대장부라고 할 수 있겠소?"

왕소령은 그가 지금 과거와 현재를 구분하지 못하는 혼란

상태에 빠져 있다는 걸 알았다.

그는 죽어가고 있었던 것이다.

급히 다가간 왕소령이 장유기를 부축했다. 그녀를 물끄러미 바라보던 흑선 장유기가 처연하게 한숨을 쉰다.

"휴— 하지만 죽기 전에 이렇게라도 그녀에게 죄지은 걸 갚았으니 역시 은원을 분명히 한 것이지."

"노선배님, 당신은 대체 누구신가요? 어떻게 제 사모님을 알고 있는 거며, 무엇 때문에 저에게 이처럼 큰 은혜를 베풀고 스스로는 죽어가는 거지요?"

"그녀는, 그녀는 잘 있느냐?"

"제 사모님 말씀인가요?"

"백화선고 단목향 말고 내가 궁금해할 사람이 또 누가 있겠느냐?"

"사모님은 창산에서 사부님과 함께 편안히 잘 지내고 계십니다. 두 분의 금실이 아직까지도 새신랑 새신부 같아서 모두가 부러워하지요."

"그녀는 지금도 해맑은 얼굴을 하고 있느냐?"

"지금은 많이 늙으셨답니다. 하지만 얼굴만은 아직 고운 자태가 그대로 남아 있어서 사람들이 모두 이상하게 생각하지요."

"그렇겠지, 암, 그렇고말고."

고개를 끄덕거리고 무어라고 알 수 없는 말을 웅얼거리던 장유기가 다시 물었다.

"그녀는 혹시 나에 대하여 말하지 않더냐?"

"저는 노선배님이 누구신지 모르고 있습니다. 그러니 사모님께서 말씀하셨는지 아닌지 알 수 없군요."

"나는 마도흑선이라고 불렸던 장유기니라."

"아!"

왕소령이 깜짝 놀라 물러앉았다.

그녀도 마도흑선 장유기가 얼마나 대단했고, 그의 명성이 얼마나 쟁쟁했는지 들어 알고 있었던 것이다.

종남파의 희망이라고 불렸던 그가 젊은 나이에 사문에서 쫓겨나고 강호에서는 마도(魔道)에 빠져 모두의 지탄을 받는 처지로 전락한 끝에 일찍 세상에서 모습을 감추어 버렸다는 걸 모르는 사람은 없다.

왕소령은 사모가 그를 이야기할 때면 고운 얼굴 가득 슬픔이 담기고, 안타까움으로 눈물을 글썽였다는 걸 기억했다.

사모는 그를 가리켜 사랑에 모든 걸 걸었지만 결국 사랑이 그를 망쳐 버렸다고 하지 않았던가. 그래서 가장 비극적인 사람이라고 하던 사모의 말이 귀에 쟁쟁 울린다.

왕소령은 그때마다 사모와 장유기라는 도사와의 관계가 궁금했지만 감히 물어보지 못했다.

하지만 지금 그녀는 장유기의 넋두리를 듣고 그와 사모와의 관계를 짐작할 수 있었다.

그들은 서로 사랑하는 사이였는데, 중간에 한 요악한 여자가 끼어들어 그들 사이를 망쳐 놓은 게 분명했다. 그래서 타락한 장유기가 악행을 저질렀고, 강호의 공적이 되어 곤경에 처했을 때 도중문이 그의 목숨을 구해주는 은혜를 베풀었으리라.

결국 그것 때문에 그는 지금 이렇게 죽어가고 있지만, 그 일이 있게 된 원인은 역시 그가 말하는 요녀일 것이다.

머릿속에서 대충의 상황을 정리한 왕소령이 물었다.

"그 요녀가 누구지요?"

"수라옥녀(修羅玉女) 상초혜(商椒嚖)."

"수라옥녀 상초혜?"

들어보지 못한 이름이다.

그녀가 고개를 갸웃거리는데, 장유기가 꺼져 들어가는 음성으로 말했다.

"땡중에게 들으니 너의 점창검법은 대성지경에 이르렀다고 하더구나. 따로 나의 절기를 가르쳐 줄 시간도 없으려니와 그럴 필요도 없다. 다만 너에게 부족한 건 내공의 정순함이었는데 이제 나의 모든 것을 너에게 전해주었으니 너는 네 사모와 사부의 뒤를 이어 점창파의 이름을 영광스럽게 할 것이다."

"노선배님께서 스스로의 안위를 돌보지 않으시고 저에게 내력을 모두 전해주셨으니 저는 마음이 무거울 뿐입니다."

"흘흘, 나는 자운곡주에게 크게 당해 며칠 살지 못할 몸이었다. 죽으면 혼과 함께 내공도 흩어져 허공으로 돌아가 버릴 테니 아까운 일이지. 그전에 너에게 베풀어줄 수 있었으니 다행이다. 그로 인해 나는 네 사모에 대한 미안함을 조금이나마 씻을 수 있었으니 마음 편하게 죽음을 맞이할 수 있다. 과연 이 모든 것이 인연이고 인과라는 땡중의 말이 옳아."

왕소령은 그가 자신의 고강한 내력으로 내상을 붙들어둔다면 좀 더 오래 살 수 있으련만 그것을 포기했다는 걸 알고 더욱 그에 대한 연민이 샘솟았다.

그녀는 또한 원도 화상이 저와 장유기 사이에 다리를 놓아주었다는 걸 알았다. 네 몸을 공양하라고 했던 게 이런 것이었음을 알자 잠시나마 화상을 오해했던 일이 부끄러워진다.

내 몸을 이용해 장유기의 한을 풀어주었으니 그에게는 덕을 베푼 일이고 자신은 그 대가를 넘치도록 받았다고 해야 하리라.

그런 생각으로 그녀가 놀라고 당황하며 부끄러워하는데 귓전에 장유기의 음성이 다시 들려왔다.

"나에게 부탁이 하나 있는데 들어주겠느냐?"

"말씀하세요. 제 힘이 닿는 한 반드시 이루어 드리겠습니다."

"네가 여협의 길을 걷다 보면 장차 반드시 수라옥녀 상초혜를 만나게 될 것이다."

"좋아요. 그러면 그 요녀를 죽여서 노선배님의 한을 풀어 드리겠어요."

"틀렸다, 틀렸어."

흑선 장유기가 힘없이 머리를 흔들었다.

"나는 네가 그녀를 한 번 살려주기 바라는 것이다."

"예?"

"비록 미워하고 원망하지만 그래도 한때는 지극히 사랑했던 사람이다. 그녀를 위해서도 무언가 남겨주지 않을 수 없지."

"그녀는 노선배님을 망쳐 놓은 사람인데 그녀를 위해서 그런 음덕을 베풀어줄 필요가 있을까요?"

"너는 어려서 아직 사랑의 열병을 앓아보지 못했으니 내 마음을 이해할 수 없을 것이다."

그의 음성에 죽음의 그늘이 짙게 드리우고 있었다. 다급해진 왕소령이 마구 머리를 끄덕이며 빠르게 말했다.

"알았어요. 선배님의 말씀대로 하겠습니다."

"그리고 전해다오, 나는 오직 그대와의 아름다운 추억을 간직하고 죽었노라고."

장유기의 눈에서 빠르게 생기가 꺼져 갔다.

"그리고 미안하다고…… 네 사모에게…… 내 말을……."

점점 희미해지던 말이 끝을 맺지 못한 채 멎었고, 장유기의 고개가 옆으로 힘없이 떨어졌다.

왕소령은 그의 눈가에 맺혀 있는 눈물을 보았다.

사랑이 대체 무엇이기에 이처럼 나이 들어서까지도 안타까워하고 그리워하는 것인지 모를 일이다.

장유기의 쓸쓸한 죽음은 왕소령의 마음마저도 슬프게 했다. 젊은 날의 그는 다정다감했던 사람이었다고 짐작하자 안쓰러움이 더해진다.

도대체 세상을 놀라게 했던 이 기이한 도사와 원도 화상, 그리고 사모와 수라옥녀 상초혜 사이에 어떤 일들이 있었는지 궁금하지만 이제는 더 물어볼 수도 없다. 마도흑선 장유기의 몸에서 혼백이 떠나 버렸기 때문이다.

원도 화상은 장유기와 친분이 돈독했던 게 틀림없었다. 그랬기에 그를 숨겨주었으리라. 하지만 죽음을 목전에 둔 장유기 앞에서 그처럼 태연했으며, 오히려 내공을 물려주고 죽으라는 요구까지 했으니 그 무심한 심정은 도를 깨우쳐서인지, 무정하기 때문인지 알 수 없다.

탄식한 왕소령이 장유기의 유체 앞에 꿇어 엎드려 깊이 절하고 그의 극락왕생을 빌어주었다.

동굴 앞에서 왕소령은 망설여야 했다.

잔도를 거슬러 현몽암으로 원도 화상을 찾아가야 할지 말아야 할지 마음을 선뜻 정할 수 없었기 때문이다.

화상은 원수를 은혜로 베풀었다.

비록 놀라게 하고 짓궂게 놀리기도 했지만 그게 화상의 천성이라는 걸 이제는 알 수 있게 되었다.

“하—”

길게 탄식한 왕소령이 현몽암이 있는 곳을 향하여 깊이 머리 숙여 절을 했다.

화상이 무슨 까닭으로 이처럼 외진 곳에 찾아와 몸을 숨기고 있는지 모르나, 그가 세상을 등진 이상 굳이 찾아가 번거롭게 할 필요가 없다고 여긴 것이다.

자신에게 베풀어준 이 큰 은혜는 언제고 갚을 날이 있을 것이다. 그때가 오면 좋고, 오지 않아도 그만이라고 생각하자 마음이 편해졌다.

"인연이 이처럼 이어져 있으니 언제고 다시 만나게 되리라고 믿습니다. 그때까지 부디 보중하시기 바랍니다."

눈앞에 원도 화상이 있는 것처럼 정색을 하고 말한 왕소령이 허공을 향해 날카로운 휘파람을 불어댔다.

그 소리가 마치 용음(龍音)처럼 구름을 뚫고 멀리까지 퍼져나간다.

왕소령은 한 번 그렇게 탁한 기운을 뽑아내고 나자 몸과 마음이 훨씬 가벼워진 것을 느꼈다. 날아갈 것만 같다.

그녀가 발끝으로 땅을 박차고 허공에 몸을 날렸다.

쉬익, 하는 바람 소리가 들리더니 그녀의 신형은 깎아지른 벼랑을 아랑곳하지 않고 쏘아진 살처럼 까마득히 멀어졌다.

魔風俠星
第六章
엽건신(葉乾信)과의 조우(遭遇)

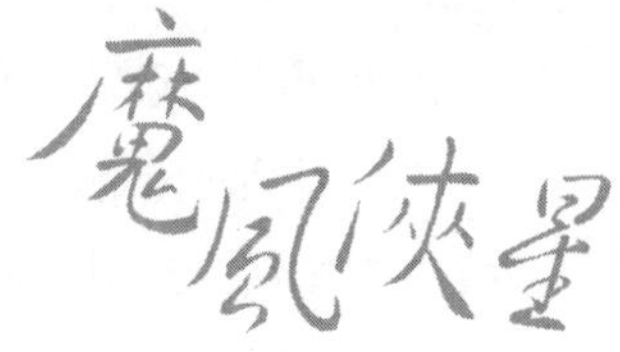

**길**을 간다.

사람은 사람이 만들어놓은 길을 가고, 짐승은 짐승이 만들어놓은 길을 간다.

산과 골짜기와 숲을 어지럽게 가르고 있는 땅 위의 길과 보이지 않는 공중의 길.

수많은 사람과 짐승들이 쉼없이 가고 오는 그 길에는 그만큼의 이야기들이 함께 가고 온다.

자기만의 이야기를 가지고 살아가는 사람들.

그 사람들 중의 한 명이 지금 홀로 한적한 산길을 터벅터벅 걸어가고 있는 중이었다.

도수백이다.

보름 전에 진강구에서 배를 탔는데, 장강을 느릿느릿 거슬러 올라가 무한(武漢)에 이르렀고, 거기에서 다시 배를 바꾸어 타고 남쪽으로 내려와 악양(岳陽)에 이른 것이다.

악양은 바다처럼 넓은 동정호의 푸른 물빛이 하늘에 배어드는 곳이다.

그곳에서 물길은 크게 세 갈래로 갈라지는데, 하나는 북서 방향에서 비롯되어 삼협을 만들고 의창(宜昌)을 지나오는 장강의 본류이고, 하나는 남서에서 흘러내려 오는 원강(沅江)으로, 귀주에서 발원하여 호남을 지나 이곳까지 수천 리 길을 흘러온다. 다른 하나는 상강(湘江)인데, 형산을 끼고 장사(長沙)를 지나 남쪽에서 흘러내려 오는 강이다.

어젯밤을 악양성에서 보낸 도수백은 동정호가 내려다보이는 언덕을 향해 이른 아침의 텅 빈 길을 걸어 올라가고 있었다.

악양루로 향하는 것이다.

그는 자기보다 하루나 이틀쯤 앞섰을 곤륜삼도 여곤화를 생각하고 있었다.

여곤화가 진강구에서 혼자 가겠다고 했을 때 도수백은 굳이 그를 붙잡지 않았다.

여곤화는 사람들의 눈에 띄지 않고 움직여야 하는데 자기와 함께 있으면 그게 불가능해질 것이기 때문이다. 자신이 좋든 싫든 어느덧 강호의 주목을 한 몸에 받고 있는 유명인사가 되어 있는 탓이다.

그래서 여곤화가 먼저 진강구를 떠났고, 도수백은 다음날 그곳을 떠났다.

무한으로 향하는 배를 타고 장강의 누런 물살을 천천히 거슬러 올라오는 동안 아무 일도 일어나지 않았다.

도수백은 자신의 신분을 드러내지 않기 위해 칼마저 봇짐 속에 감춘 채 배에서 꼼짝하지 않았던 것이다.

그리고 나흘 전 무한에 도착해서 그날 밤으로 배를 갈아타고 악양까지 흘러왔다.

이곳에서 물길이 갈라진다.

도수백은 여곤화가 악양까지는 저와 같은 경로를 통해 이동해 왔을 것이라고 짐작했다. 그리고 여기서 갈리게 된다.

천천히 소나무 무성한 언덕을 걸어 올라가 악양루에 앞에 선 도수백은 감회가 남달랐다.

악양루는 삼 층의 누각으로, 삼국 시대에 오나라가 동정호에서 훈련하는 수군을 지휘할 장군대로 처음 건축했다.

그 후 몇 대에 걸쳐 새로 지었는데, 등 뒤에 산을 두고 앞에는 강과 호수를 내려다보는 조망이 뛰어나 많은 사람들이 찾는 명소가 되었다.

평소 시인 묵객들의 발길이 끊이지 않는 곳이지만 나른한 늦여름 이른 아침의 시간에는 한산하기만 했다.

천천히 누각에 오른 도수백은 난간에 팔을 괴고 서서 안개의 장막 저편에 흐릿하게 드러나는 풍경을 물끄러미 바라보았다.

형주를 지나 의창으로 향하는 장강의 누런 물줄기가 아침빛을 받아 하얗게 반짝이고, 부지런한 배들이 천천히 오르내리는 모습이 그림처럼 보인다.

어제나 그제쯤 여곤화도 이 누각에 올라 이렇게 저 아래의 풍경을 감상하고 있었을지도 모른다.

그 생각을 하자 눈에 보이는 모든 게 정감있게 다가왔다.

천천히 난간을 더듬으며 걸음을 옮기던 도수백이 우뚝 멈추어 섰다. 손바닥에 와 닿는 나무 난간은 수많은 사람들의 손때가 묻어 매끈거렸는데, 한 부분에 이르자 거칠거칠한 감촉이 느껴졌던 것이다.

손바닥을 치우고 들여다보니 깨알 같은 글자가 파여 있었다. 새긴 지 얼마 되지 않은 듯 난간의 하얀 속살이 드러나 있다.

세상은 음험하고 사람들은 더욱 그렇다네. 매사에 조심해서 한을 남기지 않도록 하게. 백로(白鷺)가 물가에 서서 웃는 낯으로 물고기를 부를 날이 머지않았네. 초심을 굳게 지키지 않으면 후회가 남으리. 다시 만나 술잔 기울일 날이 언제일까. 동정호의 물이 마르지 않는 한 우리 굳은 맹세도 끝나지 않으리.

　도수백은 그 글귀를 새긴 사람이 바로 곤륜삼성 여곤화라
는 걸 짐작할 수 있었다.

　자신이 이곳에 올 것을 알고 흔적을 남겨둔 것이다.

　셋째가 혹시 실수할까 봐 경계하고 걱정하는 대형 여곤화
의 마음이 그대로 전해져서 도수백은 가슴이 뭉클해졌다.

　여곤화는 초자생을 만나기 위해 삼협을 거슬러 올라갈 것
이니 의창 방면으로 향하는 장강의 본류를 탔을 것이다.

　도수백은 그가 어제나 그제쯤, 이곳에 홀로 서서 발아래 보
이는 동정호를 바라보고, 장강을 바라보며 이 글귀를 새겼다
는 걸 짐작했다.

　그의 모습이 눈앞에 보이는 것 같아 왈칵 그리움이 샘솟는
다.

　이곳에서 물길이 서로 갈리듯 여곤화와 자신의 길도 갈린
다. 한 번 그렇게 갈라지고 나면 언제 다시.만나게 될지 기약
이 없으니 절로 이별의 슬픔이 배어든다.

　도수백이 감상에 빠져서 점점 밝아오는 하늘 아래 반짝이
는 동정호를 바라보고, 저 멀리 안개 속에 뿌옇게 떠 있는 군
산을 바라보다가 북서쪽으로 길게 이어져 있는 장강을 바라
보았다.

　여곤화는 지금쯤 의창을 지나고 있을지도 모른다. 그렇
다면 서릉협의 그 험한 물길을 힘겹게 헤쳐 나가고 있을 것

이다.

도수백이 머릿속으로 그 광경을 그려보며 여곤화에 대한 추억에 잠겨 있을 때, 그가 있는 악양루 삼층 누각으로 몇 사람이 올라왔다.

"무량수불―"

도수백이 천천히 돌아본 곳에 네 명의 도사가 늘어서 있었다. 도수백은 그들이 교화령의 산신당에서 보았던 도사들이라는 걸 기억해 냈다.

화산의 송풍과 무당의 현천 도장이 두 명의 젊은 제자들과 함께 찾아온 것이다.

"나에게 볼일이 있소?"

도수백이 대뜸 묻자 현천 도장이 살짝 눈살을 찌푸렸다.

다시 한 번 도호를 중얼거린 그가 근엄한 신색으로 말했다.

"교화령의 산신당에서는 그대가 부상 입은 아가씨를 돌보고 있기에 모른 척했었지."

"흥."

"그렇지 않았다면 그대가 어찌 비급을 가지고 무사히 그곳을 떠날 수 있었겠나?"

"그래서 이제는 나 혼자 몸이니 마음 놓고 찾아왔다 이거요? 비급을 빼앗으려고?"

현천 도장의 얼굴이 살짝 붉어진다.

"자네는 그게 어떤 물건인지 알고 있겠지?"

"백련교의 보물이라고 알고 있소."

"그렇다면 그게 강호에 어떤 해악을 끼칠지도 잘 알겠군?"

"비급이 당신들 손에 들어가면 강호에 이로운 물건이 되고, 다른 사람의 손에 들어가면 해로운 물건이 된다는 거요?"

"악당의 손에 그것이 들어가 흉악한 짓에 쓰일까 봐 걱정하는 것일세."

"진심이오?"

"출가인은 거짓말을 하지 않네."

"그렇다면 도장이 보기에 내가 악당인 것 같소?"

"자네의 협의지심이 이미 세상에 널리 알려진 걸로 보아 꼭 그렇다고는 할 수 없겠지."

"그럼 곤륜삼도 여곤화가 악당이오?"

"그는 성정이 괴팍하고 출몰이 기이하지만 강호의 평판으로 볼 때 악당은 아닐 것이네."

"그렇다면 도장은 아무 걱정 할 게 없겠구려? 비급이 나에게 있든 곤륜삼도에게 있든 흉악한 짓에 쓰일 염려는 없으니 말이오."

"그건, 그건……."

현천 도장이 잔뜩 눈살을 찌푸리고 말을 더듬는다. 도수백이 비웃듯 그를 바라보며 다시 말했다.

"만약 그 비급이 그대들 도사가 아니라 백련교로 돌아간다면 어떻소?"

“그건 안 되네.”

현천 도장이 단호하게 말했다.

“백련교는 모두가 알고 있듯이 명백한 마교의 집단이네. 백성을 현혹하고 세상을 어지럽게 할 뿐인데 그들에게 날개를 달아줘서야 되겠나?”

“흥!”

도수백이 싸늘하게 코웃음 쳤다.

“그들이 마교라고 누가 정한 것이오?”

“조정에서 누대에 걸쳐 그렇게 공표했고, 강호의 승도속(僧道俗) 제파가 그렇게 정한 데에는 이론이 있을 수 없네. 그들이 그동안 세상을 혈세(血洗)한 게 어디 한두 번이던가?”

“그렇다면 조정에서는 그동안 오직 민간의 행복과 백성의 복지를 위해 힘써왔다는 말이구려?”

“그건…….”

“또 강호의 명문정파들은 자신들의 명예나 이권과는 상관없이 강호의 대의를 좇아 민초들의 편에 서서 불의에 대항해 싸웠겠구려? 그렇다면 그들이 백련교를 두고 그렇게 부르는 게 당연하지.”

“…….”

“왜 말을 하지 못하시오? 내가 혹시 잘못 알고 있는 것이오?”

다그치지만 현천 도장은 차마 입을 열지 못했다.

도수백이 비웃음이 가득 담긴 눈으로 도사들을 하나하나 바라보며 다시 말했다.

"비급은 나에게 없소. 하지만 있다고 하더라도 결코 그대들에게 내주지 않겠소."

"곤륜삼도에게 있는가?"

묵묵히 한쪽에 서 있던 화산의 송풍 도장이 싸늘한 얼굴로 나섰다.

도수백이 그를 똑바로 바라보며 대답했다.

"그렇소."

"그는 어디에 있는가?"

"그가 있는 곳을 가르쳐 주면 곧 비급이 있는 곳을 가르쳐 주는 격인데 어찌 말할 수 있겠소?"

"어리석다!"

송풍의 꾸짖음이 서릿발 같았지만 도수백은 눈 하나 깜짝하지 않는다.

"벌써 강호에 교화령의 소문이 널리 퍼져서 수많은 사마의 무리가 비급을 뒤쫓고 있다는 걸 모르는가?"

"그 사마의 무리가 무섭소, 아니면 백련교가 무섭소?"

"무슨 뜻으로 자꾸 백련교를 거론하는 거냐?"

"대답이나 하시오."

이제는 도수백의 눈길에도 힘이 실렸다.

송풍과 현천 도장이 눈앞에 있지만 조금도 기죽지 않는다.

두 도장은 교화령의 사당에서 도수백이 단칼에 무쌍괴 당부겸의 목을 쳐버리는 걸 똑똑히 보았고, 잊지 않고 있었다.

도수백에 대하여 은연중에 꺼려하는 마음이 깃들어 있는 터라 그의 당돌함이 불쾌하지만 잔뜩 눈살을 찌푸렸을 뿐 함부로 윽박지르지 못했다.

현천 도장이 다시 달래듯 말했다.

"그대의 마음이 곧고 굳다는 건 이미 잘 알고 있네. 강호의 정의를 세우고 강호가 사마의 손에 떨어지지 않도록 하는 게 곧 백성의 삶을 편하게 하는 일도 되지 않겠나? 잘 생각해 보게."

"나는 비급이 백련교에서 나왔으니 백련교로 돌아가기를 원하오."

"무엇이?"

"민초의 삶이 어렵고 관의 핍박이 심해질 때마다 떨치고 일어나 황제와 조정의 대신들을 꾸짖고 그들의 간담을 서늘하게 해준 건 그대들 화산이나 무당파의 도사들이 아니라 백련교였소. 그들은 수많은 피를 흘려가면서 황제의 폭정에 저항했지. 나는 지금의 세상에 필요한 것은 그들의 힘이지 그대들 명문정파의 대의명분이 아니라고 생각하오."

"감히 그런 말을 하다니! 너 또한 마교의 무리와 다름없구나!"

"백련교는 황제의 치세를 부정하고 천하를 무질서의 혼란

속에 빠뜨리는 걸 목표로 삼고 있다는 걸 모른단 말이냐?"

"그들이 미륵불을 내세워 혹세무민함으로써 기존의 질서와 성현들의 가르침을 헛된 것으로 돌리는 건 어리석은 백성들을 죄다 무지몽매한 암흑으로 이끌기 위함이다. 그러니 불가에서는 그들을 사교라 하는 것이고 우리들 도가에서는 마교라 하는 게 당연하다."

"백련교는 무지하고 순박한 농민들을 부추겨 조정에 반역하게 하지만 그들이 일으킨 수많은 반란이 남겨준 게 무엇이더냐? 결국 애꿎은 농민들의 피로 이 땅을 붉게 적신 것밖에 없다. 너는 정말 그 사실을 모른단 말이냐?"

현천과 송풍 두 도장이 번갈아가며 열을 올려 일장 훈시를 했다.

도수백은 입을 꾹 다문 채 묵묵히 그들의 말을 듣기만 했다.

그는 백련교에 몸담지 않았기 때문에 그들의 교리가 어떻고, 그들의 삶이 어떤지 잘 알지 못한다.

하지만 그의 머릿속에 박혀 있는 건 백련교도들만이 용기를 내어 세상의 불의와 관의 핍박에 저항한다는 것이었다. 그건 부정할 수 없는 역사적 사실이기도 하다.

그들을 사특한 무리로 몰아서 핍박하는 건 언제나 기득권의 논리였다. 부와 권력과 명예를 쥐고 있는 자들에게 그것을 민초들에게 돌려주라고 하는 건 그 자체로 대역무도한 것일 수밖에 없다.

도수백은 그런 기득권자들의 논리를 받아들일 수 없었다. 그에게는 지금 눈앞에 버티고 서 있는 화산과 무당파의 도사들 또한 강호의 기득권자들이다. 그들은 백련교를 못마땅하게 여기는 게 당연하지만 도수백에게는 그렇지 않았다.

"나는 비급이 당신들에게 떨어지는 걸 원치 않소."

단호하다.

현천과 송풍 도장의 얼굴이 분노로 일그러졌다.

"그렇다면 할 수 없지. 말로써 교화하려 했으나 받아들이지 않으니 힘으로 바로잡아 줄 수밖에."

현천 도장이 싸늘하게 말하고 한 걸음 물러섰다.

도수백도 보따리 속에서 숨겨두고 있던 칼을 꺼낸다.

현천이 도수백의 정면을 가로막았고, 송풍 도장은 천천히 자리를 옮겨 우측의 방위를 차지했다. 눈치만 보고 있던 젊은 두 명의 도사가 좌측을 봉쇄한다.

도수백은 등 뒤에 악양류의 난간을 두고 삼면으로 포위된 형세였다. 몸을 뺄 곳이 없으니 싸움이 벌어진다면 오직 죽이거나 죽을 뿐이다. 흉악한 국면이 되는 것이다.

"마지막 기회다. 비급의 소재를 털어놓기만 한다면 우리는 아무 짓도 하지 않고 곱게 물러갈 것이다."

현천 도장이 최후의 통첩을 했다. 도수백이 차갑게 웃는다.

"명심해라, 쓸모없는 말코도사들아. 칼을 뽑으면 그 순간 내 앞에 있는 자들은 모두 적일 뿐이다. 그러므로 내 칼에는 용서나 자비가 없다."

친구에게는 칼을 뽑지 않는다. 상관없는 사람에게도 그렇다.

칼을 뽑았을 때는 싸우겠다는 마음이 있기 때문이고, 반드시 죽이겠다는 지독한 마음이 있기 때문이다. 그렇다면 그 앞에 놓인 자는 적일 수밖에 없다.

도수백의 넘치는 자신감과 기백 앞에서 현천과 송풍은 자기도 모르게 멈칫거렸다.

그들은 무당과 화산의 비전 절기를 충분히 익혀 강호에서 이미 절정의 고수로 이름을 날렸고, 각자의 사문에서도 지도자의 위치에 있었다.

하지만 이처럼 거칠고 삭막한 적을 맞아 싸우게 되자 역시 마음이 떨리는 건 어쩔 수 없었다.

죽이거나 죽을 뿐인데, 그 어느 쪽이든 썩 내키지 않는 일 아닌가. 내가 죽을 수도 있다는 걸 생각하면 이런 싸움이 더 끔찍하게 생각될 수밖에 없다.

하지만 이 기회를 놓치면 영영 백련지정을 찾을 수 없게 될지도 모른다는 불안감이 그들의 마음을 독하게 해주었다.

"고집이 그렇게 세니 스스로 화를 불러들이는 꼴이다. 우리를 원망하지 말아라."

송풍 도장이 그렇게 말하며 선뜻 등에 지고 있던 송문고검을 뽑아 들었다.

그는 도수백을 탓하는 듯한 말을 했지만 실은 무리와 함께 협공하겠다는 선언을 한 것이다.

훗날 구설수에 오르더라도 미리 상대에게 알렸다는 변명거리를 만들기 위해서이다.

도수백이 피식 웃었다.

"한 명을 죽이나 열 명을 죽이나 살인을 한다는 데에는 차이가 없지. 그대들 말코도사들은 조력자를 더 불러와도 상관없다."

"흥!"

현천 도장도 검을 뽑아 들고 매섭게 코웃음을 쳤다. 마음에 꺼림칙함이 있었는데, 자신들을 얕잡아보는 도수백의 말을 듣고는 그게 모두 사라져 버린 것이다.

그들의 분위기가 일촉즉발의 위험으로 치달았다. 누구든 숨 한 번만 거칠게 내쉬어도 터져 버릴 것이다.

그때 삼층으로 훌쩍 뛰어오르는 몇 사람이 있었다.

"다들 꼼짝하지 마라!"

오르기 무섭게 버럭 소리치는 기세가 사뭇 사납다.

잔뜩 공력을 끌어 모으고 있던 현천과 송풍 도장이 눈살을 찌푸리고 천천히 돌아본 곳에 다섯 사람의 장한이 우뚝 서 있었다.

그들을 본 도수백도 눈살을 찌푸렸다.

그들 중 한 명의 얼굴을 기억해 낸 것이다. 사도욱이었다.

"잘됐다. 동창의 개들까지 왔구나. 하지만 너희들은 한걸음 늦었으니 저쪽에 처박혀서 기다리도록 해라. 우선 이 말코 도사들을 상대한 다음에 너희들도 상대해 주마."

이죽거리는 도수백의 말속에는 한 점의 두려움도 없었다. 그는 상대가 열 명이 되든 백 명이 되든 상관하지 않으려는 것처럼 보였다.

그것을 용기라고 해야 할지 만용이라고 해야 할지 언뜻 갈피를 잡을 수 없어서 현천과 송풍 두 도장은 물론 사도욱마저 어리둥절해서 도수백을 바라보았다.

"홍!"

코웃음을 친 사도욱이 옆으로 물러서더니 제 뒤에 있던 깨끗한 인상의 장한을 가리키며 현천과 송풍 도장 등에게 엄숙하게 말했다. 도수백은 철저히 무시한다.

"소개드리겠소. 이분은 동창의 좌첩형인 엽건신, 엽 대인이올시다."

"억!"

그의 말에 현천과 송풍이 크게 놀라 저도 모르게 비명성을 터뜨리며 물러선다.

도수백도 흠칫 놀랐지만 곧 평정심을 되찾고 가만히 엽건신을 바라보았다.

검을 차고 있으니 무사라고 생각될 뿐, 겉으로 보아서는 얌전한 선비처럼 보이는 사내였다.

삼십대 후반이라고 들었는데, 드러난 얼굴은 이십대의 그것처럼 깨끗하고 단정하다.

도수백은 그의 모습에서 그가 결코 녹록치 않은 공력을 소유한 자라는 걸 쉽게 짐작할 수 있었다.

저 태연하고 기품있는 태도며 은연중에 주위를 압도하는 깊은 눈빛과 여유는 고수만의 지닐 수 있는 관록인 것이다.

하긴, 동창의 최고 실력자라는 자리에 오른 자가 평범할 리가 없다.

그런 생각이 도수백에게 호기심과 함께 한번 겨루어보고 싶다는 호승심을 가져다주었다.

도수백은 아직 제 칼이 얼마나 무서운 것인지, 어디까지 통할 것인지 짐작하지 못하고 있었다.

싸우면 이겼고, 반드시 베었지만 어제와 오늘이 다르듯 몇 달 전과 지금은 하늘과 땅처럼 달라져 있다는 걸 알 뿐이다.

그 눈부신 발전에 스스로도 놀라는 한편 두려워지기도 한다. 그래서 '저만한 자라면 내 칼을 마음껏 시험해 볼 수 있지 않을까?' 하는 생각이 절로 들었던 것이다.

이글거리는 도수백의 눈길에 그런 생각이 담겨 있다는 걸 엽건신은 잘 알 수 있었다.

그가 여전히 무심한 시선으로 도수백을 바라보며 빙긋 웃었다. 넘치는 자신감이 드러난다. 그건 도수백이 가지고 있는 것과 같은 것이었지만 그 색깔은 전혀 달랐다.

도수백에게서는 야수의 강렬함으로 드러나는데 엽건신에게서는 온화한 여유로움으로 드러나고 있는 것이다.

엽건신이 부드러우나 완고한 음성으로 말했다.

"이곳은 동창에 의해 폐쇄되었다. 나는 저자에게 볼일이 있으니 상관없는 자들은 즉시 떠나라."

조용한 음성이었지만 현천과 송풍에게는 거역할 수 없는 명령이었고 위협이며 협박이었다.

그들은 동창의 위세가 어떤지 잘 알고 있었다.

그들과 맞서 싸우기에는 부담이 된다. 사문에서 그것을 허락할 리도 없거니와, 허락한다고 해도 동창을 적으로 삼기에는 이쪽의 희생이 너무 크다.

동창을 상대한다는 건 곧 황궁의 힘을 상대한다는 것이고, 그 결과는 관병의 힘을 끌어내는 것이 된다. 일이 그렇게 번지면 그때는 강호의 알력 다툼에 그치지 않고 자칫 반역의 죄명을 쓰기 십상이었다. 화산과 무당이 아무리 세력이 큰 강호의 문파라고 해도 배겨날 수가 없다.

"끄응—"

현천 도장이 된 숨을 내쉬고 검을 거두자 송풍도 아쉬운 탄식을 하며 물러섰다.

동창의 최고위직인 첩형이 몸소 나섰으니 그들이 아무리 무당과 화산의 중진이라고 해도 버틸 수 없는 것이다.

당당했던 두 문파의 도사들이 한구석에 물러서서 눈치만 보는 처량한 신세로 전락했다.

이제 그들은 엽건신의 안중에 없다. 그는 오직 도수백에게 눈길을 맞추고 있을 뿐인데, 수많은 생각을 하련만 차갑고 서늘한 얼굴에는 한 올의 표정도 떠오르지 않았다.

도수백의 얼굴도 점차 무심해져 갔다. 마치 앞에 아무도 없는 것처럼 태연해지더니 드디어 허공을 바라보듯 엽건신을 마주 본다.

'이놈은 듣던 것 이상이군.'

엽건신은 그런 도수백의 무심함에서 무서움을 느꼈다. 부동심(不動心)이라고 할 만한 것인데, 도수백에게서 그것을 보자 경각심이 더욱 생긴 것이다.

그가 가지고 있는 도수백에 대한 선입견은 '거친 야수 같은 자'라는 것이었다.

거침없고 사납기 짝이 없지만 어디까지나 길들지 않은 포악함일 뿐, 진정한 고수의 면모와는 거리가 멀다고 생각했다. 하지만 그런 자에게서 부동심이 보이지 않는가.

'한번 시험해 보고 싶다.'

엽건신은 저도 모르게 그런 충동을 느꼈다.

검을 뽑아 싸워본 지가 언제이던가. 강호에는 그가 몸소 상대할 자가 그리 많지 않았다. 그래서 외롭기도 했다.

그런데 참으로 오랜만에 상대가 될 만한 자를 만났다.

'과연 나의 검초를 얼마나 받아낼까?'

그런 의문과 함께, '나는 저놈의 칼을 얼마나 받아낼 수 있을까?' 하는 엉뚱한 궁금증도 인다.

엽건신의 검을 쥔 왼손에 저도 모르게 힘이 들어갔다. 손등의 힘줄이 불끈 일어선다.

한쪽에서 눈치만 보고 있던 사도욱은 의아해졌다. 그는 도수백의 무심함에서 부동심을 읽지 못했다. 엽건신과 그와의 차이다.

그의 눈에는 도수백이 헛된 객기를 부리는 걸로만 보였다. 엽건신 앞에서 저렇게 태연하게 서 있다는 게 그렇다.

그런 도수백과 마주 서서 긴장하고 있는 엽건신에 대해서도 이해할 수 없다.

'첩형께서 감각을 잃었나?'

오랫동안 동창 안에만 있었을 뿐 강호행을 하지 않았으니 그럴 만도 하다고 멋대로 짐작한다.

'미친놈, 제 분수를 모르는 망아지 같은 놈.'

도수백에 대해서는 그런 생각이 들었다. 그것이 그에 대한 증오를 더 깊게 한다.

제가 나서서 보기 좋게 저놈을 쳐 넘긴다면 엽건신은 더욱 자신을 신뢰할 것이라는 생각이 든 순간,

“속하에게 맡겨주십시오!”

사도욱이 더 망설이지 않고 앞으로 나서며 호기롭게 외쳤
다.

魔風俠星
第七章
덧없음이라는 것

'**건**방진 놈.'

엽건신이 보일 듯 말 듯 눈살을 찌푸렸으나 속마음을 내색하지는 않았다.

지나친 충성심은 때로 역겨움을 가져다준다. 그것이 눈에 보이는 것일 때는 더욱 그렇다. 그게 가진 자의 오만함이다.

그래서 가진 자들은 오히려 적당히 뻣뻣하고 적당히 반항적인 수하에게 더 관심을 갖게 되는 건지도 모른다.

마음속에 사도욱에 대한 혐오가 있었지만 엽건신은 내색하지 않고 물러섰다. 그게 공을 세운 수하에게 자신이 베풀어주는 배려라고 생각했다.

"흐흐흐, 놈, 그때는 백련교의 비호를 받아서 잘도 빠져나
갔지?"

사도욱이 곤명부 전지(滇池)의 소나무 언덕에서 있었던 동
창과 백련교도 간의 싸움을 상기시켜 주었다.

도수백이 차가운 미소를 짓는다.

"꽁지가 빠지도록 달아난 건 바로 손 당두라는 자와 네놈
아니었던가?"

"흐흥, 백련교의 개가 말이 많구나. 지금이라도 순순히 분
다면 목숨은 부지할 수 있도록 해주겠다."

"뭘?"

"운남에 있던 너의 동료들은 쥐새끼들처럼 죄다 흩어져 사
라졌더군. 하지만 네놈은 그들이 어디로 숨었는지 알겠지?"

"알면 내가 너 동창의 개에게 말해줄 것 같으냐?"

"흐흐흐, 그 말은 알고 있다는 걸 시인하는 거로군. 그렇다
면 상관없다. 나에게는 네놈의 입을 열 수많은 방법이 있으니
까."

일단 잡기만 하면 온갖 고문을 가해서라도 입을 열게 할 자
신이 있었다.

매 앞에 장사 없다고, 고문 앞에서 버틸 자는 없는 것이다.
호방한 무장을 개로 만들고, 지조있는 선비를 돼지새끼로 만
드는 것쯤이야 일도 아니다.

고문 앞에서는 아무리 충신 열사라고 해도 입을 열지 않고

서는 배기지 못한다.

　저쪽에서 그들의 말을 들은 현천과 송풍 두 도장이 깜짝 놀라 소리쳤다.

　"아니, 저놈이 백련교도란 말이오?"

　그들은 도수백이 설마 백련교와 관련있는 자이리라고는 생각하지 못했던 것이다.

　"그래서 저놈이 내내 마교를 두둔했었군."

　송풍 도장이 부드득 이를 갈았다. 진작 눈치 챘었다면 그렇게 시간을 끌지 않고 그냥 들이쳐서 끝장을 냈을 거라는 아쉬움 때문이다.

　그랬더라면 동창이 끼어들기 전에 일을 끝냈을지도 모른다.

　그런 후회가 도수백에 대한 증오를 새롭게 불러일으키는 것이어서 현천과 송풍 또한 어깨를 들썩였다. 당장이라도 달려나가 저놈을 요절내고 싶다는 충동을 참기 힘들다.

　'이제 보니 곤륜삼도 여곤화도 마교의 인물이었어.'

　비로소 알게 된 사실에 불에 덴 듯 마음이 급하고 초조해졌다.

　도수백의 말을 들어보니 여곤화가 백련지정을 가지고 갔다지 않던가. 그렇다면 마교의 손에 비급이 들어간 것이다.

　그들이 서둘러 산에서 내려온 게 바로 그와 같은 일을 막기 위함이었는데 가장 우려하던 일이 현실로 드러났으니 제 발등을 찍은 심정이 되었다.

'그때 이것저것 체면 차리지 말고 저놈과 여곤화를 죽여 없애야 했다.'

그런 후회 때문에 더욱 그렇다.

교화령의 사당에서 도수백을 막지 않았던 건 대의명분 때문이었다.

부상당한 여자를 그가 안고 있었기 때문이고, 그 부상당한 소녀가 점창파의 제자인 것 같았기 때문이다.

강호의 정의를 부르짖는 명문정파의 제자로서 그런 상황에서 도수백을 핍박한다는 건 차마 하지 못할 일이었기에 곱게 보내주었는데 이제는 그 일이 자신들의 어리석음으로 드러났다.

'그렇다면?'

현천과 송풍 두 도장이 서로 마주 보았다.

'저놈이 그 소녀를 잘 아는 듯했고, 그 소녀는 여곤화와 한 패였다. 그런데 그녀의 무공으로 보아 점창파의 제자가 분명하니 그렇다면……?'

거기까지 생각이 서로 일치한 것이다.

그들의 안색이 새파랗게 질렸다.

점창파가 마교와 연관되어 있다는 짐작 때문이었다.

점창파는 강호를 지배하는 구대문파 중 하나 아닌가. 구대문파는 여태까지 강호의 정기를 수호한다는 동지 의식으로 똘똘 뭉쳐 있었는데 점창파가 남모르게 마교와 관계를 맺고 있었다는 건 기가 막힌 일이다.

'이 일을 사문에 알려야 한다.'

현천과 송풍은 이제 그 생각으로 몸과 마음이 달아올랐다.

구대문파가 즉시 회합을 갖고 이 문제에 대하여 상의를 해야 할 것이고, 점창파에 대표를 보내 진위를 조사해야 한다.

그래서 사실로 드러난다면 점창파는 당장 구대문파에서 제명될 것이고, 공적의 낙인이 찍힐 것이다.

이건 강호가 뒤흔들릴 만한 큰 사건이 아닐 수 없었다.

하지만 그러기 위해서는 우선 이곳을 떠나야 하는데, 엽건신의 허락을 받지 않고서는 그럴 수 없다.

'언제부터 우리가 동창의 눈치를 보는 신세가 되었나.'

송풍 도장에게 그런 불만이 생겼다. 그래서 곱지 않은 눈으로 현천 도장을 남몰래 흘겨보는 건 무당파의 현 위치 때문이었다.

무당파는 태조 영락제 때부터 관과 밀접한 관계를 맺고 있었다. 영락제가 거금을 투입해 지금의 무당산에 도관을 세우고 증축하던 때부터 예견된 일이기도 했다.

그 뒤 영락제는 도록사(道錄司)라는 관청을 두어 천하의 도관, 도파를 모두 관장하게 했는데, 대대로 그 도록사의 수장은 태감으로 불리는 환관의 수뇌부 인물들 중에서 선출되었다. 그리고 무당파를 대표하는 인물이 태감을 보좌해서 실질적인 영향력을 행사했으니, 천하의 도문 도관들이 모두 무당파의 영향력 아래 놓여 있다고 해도 과언이 아니었다.

그러니 무당파에서는 언제나 관의 눈치를 볼 수밖에 없었고, 동창의 입김에 영향을 받았다.

화산이나 공동, 청성과 종남파 등은 독립적인 위치에 있었으나 도교의 문파라는 점에서 역시 관의 영향으로부터 자유로울 수 없는 게 사실이었다. 그건 곧 크든 작든 무당파의 입김을 의식하지 않을 수 없다는 것이기도 하다.

송풍이 내심 그런 불만으로 곱지 않은 시선을 현천에게 던지고 첩형 엽건신에게 던졌다.

그런 송풍 도장의 마음을 모를 리 없지만 현천은 내색할 수 없었다. 무당과 화산의 오랜 동지 관계와 친밀도에 자칫 금이 갈 수 있기 때문이다.

현천 도장이 정중하게 포권하고 엽건신에게 말했다.

"첩형께서 이곳에 오셨으니 우리는 그만 물러나는 게 좋을 듯싶습니다."

"도장은 어디로 가시려오?"

"강호의 일이 수상하니 사문으로 돌아가 근신하면서 대비하려 합니다."

"그럼 뜻대로 하시구려."

엽건신이 빙긋 웃어주었다. 그러자 차갑고 무심하기만 하던 그의 얼굴이 귀공자의 그것처럼 고상하고 귀품있는 따뜻함으로 바뀐다.

'이 사람의 기도가 이처럼 출중하니 과연 강호를 호령하는 절대고수의 면모가 아닐 수 없구나. 그가 강호에 나왔으니 또 어떤 변화가 생기려는지……'

현천 도장이 속으로 탄식하고 돌아서자 송풍 도장과 젊은 도사들이 말없이 그의 뒤를 따랐다. 송풍 도장은 끝내 엽건신과 눈을 마주치지 않았고, 떠나면서도 그에게 포권조차 하지 않았다.

그들이 사라지고 나자 악양루 안의 공기는 더욱 흉흉해졌다.

사도욱이 검자루에 손을 올려놓은 채 도수백을 노려보고, 세 명의 창위가 다섯 걸음 뒤에 포진했으며, 엽건신은 그들의 밖에서 한가롭게 바라보고 있었다.

그들 세 명의 창위는 엽건신을 호위하는 임무를 맡은 자들인데, 그건 그들이 동창의 수많은 고수들 중에서도 단연 뛰어난 자들이라는 의미이기도 하다.

사도욱 또한 만만한 자가 아니니, 도수백은 어쩌면 네 명의 고수를 한꺼번에 상대해야 할지도 모르는 처지였다. 하지만 그는 여전히 태연하고 담담했다.

"해봐."

턱짓으로 사도욱을 가리키며 말하는 것이 오만하기까지

하다.

사도욱이 혐오의 시선으로 바라보며 느긋하게 말했다.

"백련교의 무리가 어디에 숨어 있는지 그것만 말해. 그러면 너의 개 같은 목숨은 붙여주겠다."

"알고 싶은 게 그것뿐이냐?"

도수백은 의아했다. 사도욱의 말을 들어보건대 그가 백련지정에 대해서는 조금도 관심이 없는 것 같았기 때문이다.

처음 그들이 이곳에 나타났을 때 도수백은 그들 또한 현천도장의 무리처럼 백련지정을 뒤쫓는 것인 줄 알았는데 그렇지 않으니 이상하다.

도수백이 머리를 갸웃거리자 사도욱이 다시 채근했다.

"운남에서 사라진 백련교의 소재를 말해라. 물론 비밀은 철저히 지켜주겠다. 아무도 네가 발설했다는 걸 알지 못할 거야. 상금도 듬뿍 내려주지. 원한다면 금의위의 무장으로 천거도 해주겠다. 어때? 목숨을 내놓는 것과, 풍요로운 혜택을 받는 것 중에 어떤 게 너에게 이롭겠느냐?"

마음이 설렐 만한 유혹이다. 하지만 도수백은 뿌리 깊은 바위처럼 흔들리지 않았다.

"계집애처럼 종알거리기를 좋아하는 놈이로구나. 다 필요 없고 나는 오직 한 가지를 원할 뿐이다."

"말해봐라."

"네놈의 목."

"……!"

도수백은 사도욱이 무명암의 소나무 숲에서 왕소령을 핍박하던 걸 잊지 못하고 있었다. 수전에 맞아 고통스러워하는 그녀를 꽁꽁 묶어놓고 비웃던 사도욱의 모습이 떠오른다.

그리고 그가 데리고 왔던 동창의 무사들에 의해 저 또한 죽음 직전에 이르지 않았던가. 그놈들은 생전 처음 상대해 보는 검진이라는 것을 펼쳐서 자신을 꼼짝하지 못하게 가두고 조롱하며 비웃었다.

그때의 일을 생각하자 원한이 전의(戰意)와 살기로 변하여 도수백의 가슴에 가득 찼다.

칼자루를 움켜쥔 그의 손등에 힘줄이 불끈 일어섰다. 어금니를 질끈 물고 노려보는 눈길에서 불길이 화르륵 피어오른다.

저의 말이 무시당한 데 대한 사도욱의 노여움도 걷잡을 수 없이 커졌다.

저놈을 죽일 수 없다는 게 불만이지만 한껏 분풀이는 해줄 수 있다는 생각에 그 또한 전의를 증폭시켰다.

'좋아, 팔이나 다리 하나쯤 잘라 버리는 걸로 참아주지.'

그에게는 자신이 있었다.

그때 동창의 무사들과 싸우던 도수백의 모습을 그 또한 기억하고 있기 때문이다.

그가 아는 도수백은 그게 처음이자 마지막이었다. 그래서 그의 머릿속에는 그때의 인상이 남아 있을 뿐이다.

그때의 도수백은 거칠고 용맹하며 사납기는 했지만 두려워할 것 없는 자에 지나지 않았다. 충분히 이길 수 있는 자였던 것이다.

그 후로 도수백이 어떻게 변했는지, 그의 칼이 얼마나 더 무서워졌고, 승리를 향한 그의 집념이 얼마나 더 지독해졌는지는 알 수가 없다.

사도욱은 그가 무쌍괴 당부겸을 단칼에 쳐 넘겼다는 말을 들었지만 별로 신경 쓰지 않았다.

당부겸이 어린놈이라 방심하고 있었던지, 아니면 도수백이 비겁한 암수를 썼을 것이라고 짐작했기 때문이다.

그렇지 않고서야 그가 어찌 소문처럼 당부겸을 쳤을 수 있을 것인가.

그는 그렇게 생각할 뿐, 더 이상 도수백에 대하여 알려고 하지도 않았다. 여전히 그의 머릿속에는 얕잡아보는 생각이 가득한 것이다.

"여전히 말이 통하지 않는 놈이로군."

사도욱이 어쩔 수 없다는 듯 어깨를 으쓱하며 일행을 돌아보았다. 몸마저 비스듬히 트는 것이 어떻게 하면 좋겠느냐고 물어보려는 것 같기도 하다.

'흥!'

하지만 도수백은 내심 코웃음을 치고 있었다.

저런 몸짓이 거짓이라는 걸 누구보다 잘 아는 것이다. 상대를 방심하게 하고 기습하기 위한 얄팍한 잔꾀다.

그런 도수백의 예상은 어긋나지 않았다.

쉿!

짧고 격한 바람 소리와 함께 사도욱이 어느새 검을 찔러 넣었다.

그가 검을 뽑는 걸 보지 못했을 만큼 쾌속하기 짝이 없는 발격(拔擊)이었다.

그러나 이미 예상하고 있던 도수백에게 그것은 스스로 올가미에 걸려드는 것과 다름없었다.

왼발에 체중을 싣고 쓰러질 듯 몸을 기울이자 쉿쉿거리며 차가운 검봉이 그의 그림자를 찌르고 지나갔다.

그 순간 도수백의 칼이 칼집을 벗어났고, 팽이처럼 회전하며 옆으로 돌아나간 탄력이 그대로 칼끝에 실렸다.

피잉—

무시무시한 일격.

그것은 사도욱이 보여주었던 쾌검에 뒤지지 않는 쾌도였다. 그 맹렬함과 지독함이 오히려 사도욱의 쾌검을 압도한다.

"앗!"

지켜보던 자들이 모두 경악의 탄성을 터뜨렸다.

쾅!

커다란 굉음이 터지고,

"흐윽!"

사도욱의 격한 신음성도 함께 터져 나왔다.

그가 본능적으로 몸을 비틀며 빗나간 검봉을 틀어 도수백의 일격을 받아냈는데, 칼에 실린 힘을 감당하지 못하고 보검이 두 동강이 되었던 것이다. 그리고도 남은 힘이 가슴으로 밀려들어 숨을 쉴 수가 없다.

'이건 뭔가?'

사도욱의 부릅뜬 눈 가득 의문이 떠올랐다. 와락 다가오는 도수백의 번쩍이는 눈길에 처음으로 두려움을 느낀다.

한줄기 뇌전이 머릿속으로 파고드는 것 같은 눈빛. 그것을 느끼고 떤 순간 모든 생각과 느낌과 감각이 뚝, 끊어져 버렸다.

파앗!

그의 목을 치고 나온 칼이 제 힘을 이기지 못하는 듯 허공으로 날아 둥근 무지개를 뿌린다.

"억!"

"저것!"

남아 있는 자들이 다시 한 번 경악의 외침을 터뜨렸다. 둥실 어깨 위에서 떠오르고 있는 사도욱의 머리통이 비현실적으로 보였다. 그리고 뒤따르는 선연한 핏줄기.

쾅!

몸을 바로 세운 도수백이 머리 위에 칼을 치켜든 채 힘껏 발을 굴렀다. 악양루가 온통 뒤흔들릴 만큼 큰 힘이 사방으로 쏟아져 나간다.

그러한 힘의 집중과 폭발을 진각이라고 하지만 도수백은 알지 못했다. 그저 폭발 직전에 이른 자신의 증폭된 기운을 한 번의 발구름으로 쏟아냈을 뿐이다.

가슴이 후련해지고 호기가 하늘 끝까지 치솟았다.

일격.

단 한 번의 격돌로 승부가 났다.

도수백의 그 맹렬한 칼은 도대체 어떻게 된 건지 다들 믿지 못했다. 내가 헛것을 본 게 아닐까? 하고 의심한다.

하지만 쿵, 하는 소리를 내며 저만큼 떨어져 뒹구는 사도욱의 머리통과, 밋밋해진 어깨를 한 채 여전히 서 있는 이상한 몸뚱이는 현실이다.

그리고 번갯불 같은 도수백의 눈길이 곧장 쏟아져 들어오고 있다.

"으음—"

엽건신이 제일 먼저 정신을 차렸다. 그리고 깊은 탄성을 신음처럼 흘렸다.

그는 이렇게 무지막지하고 무식한 싸움은 본 적이 없었다. 그걸 눈앞의 야수 같은 자가 해냈다는 걸 인정하지 않을 수 없다.

와라! 하고 소리치는 듯 도수백이 이글거리는 눈으로 쏘아본다. 악다문 입이 소리없는 기합성을 터뜨리고 있다.

"비켜라."

엽건신이 차갑게 일갈했다.

막 도수백을 향해 달려들려던 세 명의 호위가 움찔하고 몸을 굳혔다.

스르룽—

엽건신의 검이 천천히 검집을 빠져나왔다. 싸늘한 검광이 차가운 불꽃인 것처럼 주위를 밝힌다.

'얼마 만에 검을 뽑아보는 것인가.'

엽건신은 자신과 생사를 함께해 온 보검의 질감을 손바닥을 통해 온몸으로 느꼈다. 흥분으로 가슴이 달아오른다.

검도 그런 주인의 마음을 읽은 듯, 오랜만에 맛보는 신선한 공기에 기뻐하는 듯, 잊어버리고 있던 피맛을 그리워하는 듯 지이잉, 하고 울었다.

호위들이 좌우로 갈라지고, 엽건신은 어둠을 뚫고 생겨난 한줄기 길을 바라보았다.

오직 자신과 도수백 사이로 환하게 뚫려 있을 뿐, 그 밖의 모든 사물은 어둠 속에 잠겨 버렸다.

검을 쥐고 상대와 마주 선 순간 엽건신에게는 오직 도수백만이 있을 뿐이었다. 과거와 현재의 모든 시간과 기억들이 지워져 버렸고, 모든 소리와 의지가 사라져 버렸다.

그러다가 결국 상대는 물론 자기 자신의 존재감마저 사라져 버리게 되리라.

철저한 무심이고 무념의 상태로 곧장 뛰어드는 것이다.

그것이야말로 진정한 부동심이다.

검의 오의(奧義)에 이른 자만이 가질 수 있는 것. 그것을 엽건신은 참으로 오랜만에 스스로에게 증명해 보이고 있는 것이다.

희열이 구름처럼 피어난다.

'바로 이거야.'

엽건신은 자기 자신에게 조용히 말해주었다.

바로 이 느낌, 이 커다란 희열 때문에 검을 놓지 못하고, 언제나 강자와 목숨을 걸고 싸우기를 원하는 것이다.

그와 마주 서 있는 도수백은 엽건신의 그런 흥분을 느꼈다. 차갑게 가라앉아 있지만 활화산처럼 위태로운 흥분이고 기질이다. 그것이 저 냉랭하고 단정한 모습 속에 감추어져 있는 엽건신의 본질이라고 생각한다.

'고수!'

도수백은 저도 모르게 속으로 그렇게 부르짖었다. 온몸이 긴장으로 터져 나갈 것 같았다.

이와 같은 고수는 처음 대해본다. 왈칵, 한줄기 두려움이 등줄기를 때리며 치달리는 것이어서 깜짝 놀랐다.

전장을 종횡무진으로 달릴 때도, 수많은 적들 한복판에 뛰어들 때도 이러한 두려움을 느껴본 적은 없었다.

강호에 나와 고수라는 자들을 상대로 몇 번의 싸움을 했지만 지금처럼 긴장해 본 적도 없었다.

천천히, 지겨울 만큼 느리게 제 가슴을 겨누어오는 엽건신의 검봉을 바라보면서 숨이 막힌다.

'드디어 죽게 되는가?

도수백에게 불쑥 그런 생각이 밀려들었다.

내가 상대할 수 없는 고수라는 생각이 그를 옭아매기 시작한 것이다.

식은땀이 이마를 적시는 걸 느끼지도 못한다.

엽건신이 검을 수평으로 세웠다. 그리고 천천히 내뻗기 시작했다.

도수백과의 거리는 여섯 걸음 남짓.

그에게도 도수백에게도 호흡을 끊는 순간 단번에 사라져 버릴 공간에 지나지 않다.

'일격이다.'

도수백은 엽건신이 노리는 의중을 읽었다. 그는 도수백이 사도욱에게 그렇게 했듯이 단번에 승부를 가리려는 게 틀림없었다.

'그렇다면 나도 깨끗하게.'

도수백 또한 그렇게 생각했다. 어금니를 악물고 눈에 더욱 힘을 신는다.

죽거나 살거나 한 번의 칼질로 끝내 버리는 것이다. 그게 깨끗하고 호쾌하다.

그런 각오로 도수백이 머리 위 높이 치켜들고 있던 칼을 천천히 끌어 내렸다. 가슴 앞에 세우고 발끝에 온 신경을 집중한다.

일촉즉발의 순간,

"그만!"

엉뚱한 곳에서 엉뚱한 외침이 터져 나왔다.

도수백은 물론 엽건신마저 자신들만의 텅 빈 공간 속으로 난데없이 뛰어든 훼방꾼에게 깜짝 놀라 한 걸음씩 물러섰다.

비로소 어둠에 가려져 있던 사물들이 몸부림을 치듯 일제히 드러나고, 두 사람 사이에 가로놓였던 삶과 죽음의 길이 꺼지듯 사라져 버렸다.

한바탕 보이지 않는 태풍이 휩쓸고 지나간 것처럼 황폐해진 그 공간의 저쪽에서 도수백은 아찔한 현기증을 느꼈다.

비틀거리더니 겨우 몸의 중심을 잡고 섰는데, 그러느라고 다시 한 걸음을 물러서고 말았다.

온몸에 기력이 일제히 빠져나가 버린 듯한 허탈감이 그를 무기력하게 만들었다.

천천히, 힘겹게 고개를 돌려 소리난 곳을 바라보았다. 엽건신도 느릿느릿 몸을 틀어 그곳을 바라본다.

거기 한 사람이 우뚝 서 있었다.

'유빈……'

도수백이 속으로 중얼거렸다.

계단이 시작되는 곳에 우뚝 서 있는 사람은 교화령의 신당에서 보았던 바로 그 청년, 유빈이었다.

도수백이 그를 알아보는 것처럼 엽건신 또한 그를 알아보았다. 도수백보다 훨씬 더 잘, 더 명확하게 안다.

"유 총령."

엽건신의 준수하던 얼굴이 보기 흉하게 일그러졌다.

유빈이 그에게 가볍게 포권한다.

"설마했는데 정말 엽 첩형께서 몸소 와 있었군요. 뜻밖이올시다."

엽건신이 마지못한 듯 마주 포권했다.

"유 총령이 이곳에 올 줄은 나도 몰랐던 일이오. 역시 저자 때문이오?"

"그렇습니다."

유빈의 말과 태도에는 가볍고 유쾌함이 배어 있었다. 그것을 대하는 엽건신의 차갑고 단아하던 모습에 짜증스럽다는 기색이 역력히 떠올랐다. 하지만 유빈은 상관없다는 여전히 듯 유들유들하기만 했다.

엽건신은 눈앞의 오만한 젊은 놈이 도중문의 총애를 받는 자이고, 그가 장악하고 있는 내행창의 총령이라는 걸 잘 알고 있었다.

동창이 내행창의 눈치를 보는 형편이니 한 수 접어주고 들어갈 수밖에 없다. 아무리 속으로는 불만이고 괘씸해도 내색할 수 없는 것이다.

하지만 어렵게 따라잡은 도수백을 양보하기도 마음이 편치 않은 일이다.

엽건신이 망설이는 걸 본 유빈이 웃으며 다시 말했다.

"도 제독의 명입니다. 제독께서는 그를 직접 보겠다고 하십니다."

"으음."

엽건신이 침음성을 흘리고 비로소 검을 거두었다.

유빈의 말에서 도중문이 가까운 곳에 와 있다는 걸 눈치 챈 것이다.

그와 마주치면 입장이 곤란해지거니와, 마주치고 싶은 생각이 조금도 없다.

"돌아가자."

어쩔 수 없게 된 엽건신이 아쉬운 눈길을 한 번 도수백에게 던지고 미련없이 돌아섰다.

그들이 모두 사라질 때까지 기다렸던 유빈이 도수백에게 천천히 다가왔다.


도수백은 아직 엽건신에게서 받은 정신적인 충격에서 완전히 회복하지 못하고 있었다.

'그와 같은 자가 동창에 있었단 말인가?

그런 놀람으로 가슴이 뛴다.

그런 한편 마음속에서는, '언젠가는 오히려 그자가 놀라게 될 것이다. 반드시 그렇게 해주고 만다'. 그런 오기가 불끈 치솟았다.

"잘 지냈나?"

"응?"

유빈의 말에 비로소 정신을 차린 도수백이 얼떨떨한 얼굴로 그를 물끄러미 바라보았다.

"나와 함께 가자."

"뭐라고 하는 것이냐?"

"흐흐, 너무 놀라 넋이 나간 모양이군."

"이놈이?"

"멍청한 놈. 동창의 첩형이 할 일이 없어서 너 같은 놈을 상대하는 건 줄 알았어? 너 같은 놈이 감히 그의 상대가 될 거라고 생각한 거냐?"

"뭐라고?"

"그는 심심했던 거야. 가볍게 몸을 풀어볼 생각이었겠지. 흐흐, 그런데 네놈은 크게 놀라서 혼백이 달아날 지경이 되었으니…… 네 목숨은 내가 살려준 거나 마찬가지다. 그러니 나에게 감사해야 할걸?"

"으으음—"

한껏 놀리고 비웃는 유빈의 말이 한마디 한마디 비수가 되어서 도수백의 가슴에 박혔다.

그는 변명이나 대꾸를 할 수가 없었다. 가슴 가득 억울하고 원통하며 분했지만 현실을 인정해야 한다.

'나는 그의 노리개였다.'

그런 자괴감이 사도욱을 일격에 쳐버리던 호쾌함과 투지를 사라지게 했다.

우물 안 개구리에 불과했다는 자책감 때문에 더욱 괴롭다.

일그러지는 도수백의 얼굴을 물끄러미 바라보던 유빈이 다시 빙글빙글 웃으며 말했다.

"분하냐? 그렇겠지. 하지만 그렇게 억울해할 것 없어. 좌첩형과 마주 서서 버텼다는 것만으로도 너는 대단하니까."

도수백이 비로소 유빈의 눈에 눈을 맞추었다. 그를 찬찬히 바라본다.

도수백은 눈앞의 청년이 내행창의 총령이라는 걸 알았다. 그리고 내행창에는 한 명의 총령이 있을 뿐이라는 것도 안다.

'그렇다면 이놈은 얼마나 대단하단 말인가?

그런 의문이 들지 않을 수 없었다.

교화령 너머의 신당에서 보았을 때는 별로 위협적인 자 같지 않았다. 곤륜삼도 여곤화와 엇비슷한 무위로 싸우지 않았던가.

하지만 동창을 억누르는 내행창의 최고 수뇌라면 달라야한다. 적어도 동창의 첩형과 같거나 그를 능가하는 실력자라야 하지 않겠는가.

하지만 겉으로 보이는 유빈은 그때나 지금이나 다름없이 유들유들하고 문약해 보였다. 절대고수라는 느낌이 오지 않는다.

도수백은 유빈이 동창의 첩형과 비교해 뒤처지는 실력을 지녔으면서도 내행창의 총령이라는 직위에 있는 건 순전히 도중문의 영향력 때문일 것이라고 짐작했다.

그리고 도중문을 뒤에서 밀어주고 있는 황사 왕금의 입김 때문이리라.

생각을 정리한 도수백이 칼을 거두고 무심해진 얼굴로 돌아왔다.

"무엇 때문에 나를 찾아온 거냐?"

"여기는 끔찍하다. 아래층으로 내려가서 이야기하자."

유빈이 목과 몸이 따로 떨어져 있는 사도욱의 주검을 힐끔 거리고 잔뜩 눈살을 찌푸렸다.

# 魔風俠星

## 第八章

### 백로(白鷺)의 웃음

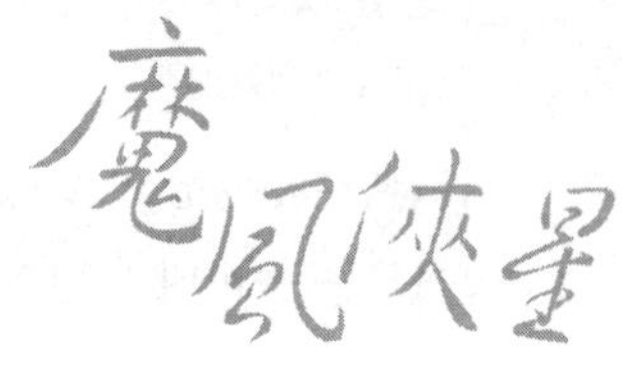

'**만**나볼까?

그런 생각이 드는 한편,

'함정이라면?'

하는 의심도 함께 든다.

"제독께서는 순수한 마음이시다. 그러니 두려워하지 않아
도 돼."

"두려워한다고? 내가?"

"핫하, 네 얼굴에 다 써져 있다. 하지만 부끄러운 일이 아
니야. 누구든 내행창의 제독에게는 두려움을 느끼니까 말이
야. 동창의 좌우 두 첩형도 마찬가지다. 그러니 네 녀석이야

더 말할 것 없지.”

“비웃는 거냐?”

“천만에, 영광으로 알라는 거다. 천하의 도 제독께서 보고 싶어하는 놈이니까 말이다.”

“으음—”

도수백이 낯을 잔뜩 찌푸리고 침음성을 흘렸다.

도중문이 저를 부른다는 건 생각지도 못했던 일이다. ‘그가 왜?’ 하는 의문과 함께, ‘오히려 잘된 일 아닌가?’ 하는 생각도 들었다.

그를 죽이려고 결심한 터 아니던가.

그에게 다가갈 수 있는 길이 없어서 고민하던 참인데 그가 자신을 부른다니 이와 같은 기회는 또 없을 것이다.

그의 면전에서 칼을 뽑아 후려치면 끝난다.

‘하지만……’

도수백은 자신의 그 생각을 붙들고 더욱 망설이며 갈등할 수밖에 없었다.

도중문이 아무런 생각 없이 저를 불렀을 리가 없기 때문이다.

‘나 같은 것쯤은 어린아이처럼 여기고 있는지도 모른다.’

그럴 것이라고 생각했다.

그는 모산파의 도사이고, 자운곡주 매청헌의 사제라고 했다. 자운곡주의 무위가 어떤지 도수백은 잘 알고 있었다.

그 늙은 도사는 가히 천하제일인이라고 할 만하다. 그러니 도중문 또한 무시할 수 없는 고수일 게 틀림없었다.

동창의 좌우 첩형을 능가할지도 모른다.

'그렇다면 나는 살아 돌아오기 힘들겠군.'

죽는 게 두렵지는 않았다. 그렇게 된다면 저의 무능력함에 더 화가 날 것이다.

죽여야 하는 자에게 놀림을 당하리라는 것. 도수백은 그게 더 끔찍하고 증오스러웠다. 그래서 망설인다.

"자, 어떻게 할 테냐?"

"가지 않겠다면?"

"흥, 너에게는 선택권이 없어. 네 발로 걸어갈지, 멧돼지처럼 꽁꽁 묶여서 갈지 그걸 택할 수 있을 뿐이다."

"무엇이?"

도수백이 사납게 노려보지만 유빈은 빙글빙글 웃기만 했다.

"잘 생각해 봐. 어떤 게 현명한 일인지 말이다. 설마 그만한 생각도 할 줄 모르는 멍청한 놈은 아니겠지?"

충동질을 하더니 혼잣말처럼 다시 중얼거렸다.

"하긴, 나는 네가 칼 힘만 믿고 설쳐 대는 멍청이라면 더 좋겠다."

"끄응—"

된 숨을 내쉰 도수백이 어쩔 수 없다는 듯 말했다.

"앞장서라."

"그래, 잘 생각했어. 역시 아주 멍청이는 아니었구나."

유빈이 섭선을 활짝 펼쳐 화락화락 부쳐 대며 입을 크게 벌리고 소리없이 웃었다.


악양루 앞의 넓은 마당에는 쥐새끼 한 마리 얼씬거리지 않았다.

동창의 무리들이 유객(遊客)들의 접근을 막았다더니, 그들이 싹 사라졌지만 여전히 고요한 것이 이제는 내행창의 고수들이 그렇게 한 것이다.

도수백은 제가 고집을 부리고 떠났더라도 무사히 이곳을 빠져나갈 수 없었다는 걸 알았다.

저쪽, 나무 그늘에 한가롭게 서 있는 두 명의 사내를 보았기 때문이다.

그들은 내행창의 무사가 틀림없었는데, 만만치 않은 예기를 흘리고 있었다. 동창의 창위들과는 비교할 수 없는 날카로움이고 두터움이다.

'내행창에는 소수의 정예가 모여 있다더니 과연 그렇군.'

도수백은 그들 두 사람을 본 것만으로도 내행창이 지니고 있는 힘을 짐작하기에 충분했다.

그런 자들을 통솔하고 있는 유빈에 대해서 다시 생각하게 한다.

악양루의 언덕 아래에 두 필의 말이 이끄는 마차 한 대가 준비되어 있었다.

유빈이 마차의 문을 열어주고 짐짓 상전을 모시는 듯한 태도로 과장되게 손짓하며 허리를 굽실했다.

끝까지 조롱하는 것이지만 도수백은 더 이상 그와 말씨름하고 싶은 마음이 싹, 사라졌다.

말없이 마차에 올라타자 유빈이 그의 옆자리에 앉았다. 그 즉시 마부가 채찍을 휘둘러 말을 재촉한다.

마차 안은 칠흑처럼 어두웠다. 창문을 꼭 닫고 그 위에 두터운 휘장이 쳐져 있어서 빛 한 점 흘러들어 오지 않았던 것이다.

이래서는 마차가 저를 어디로 데리고 가는 건지 알 수가 없다. 하지만 도수백은 이왕 이렇게 된 것 마음을 편히 먹기로 했다.

이미 호랑이 등에 올라탄 형국이라 달리 뛰어내릴 방법이 없는 탓이기도 하다.

마차는 덜컹거리는 산길을 한동안 달리더니 저자에 들어선 듯 마차 바퀴가 청석 위를 구르는 소리가 났다. 사람들의 떠들어대는 음성이 빠르게 다가오고 멀어져 간다.

그렇게 시끄러운 저자가 지나고 다시 조용해졌다. 악양부 중에서도 한적한 어떤 길인 게 틀림없다.

절그럭거리며 언덕을 올라가는 마차 바퀴 소리와 말발굽

소리만 단조롭게 들려오기를 얼마쯤, 마차가 속도를 뚝 떨어뜨리더니 턱진 곳을 넘어가는 듯 심하게 요동쳤다. 그리고 잠시 후 드디어 멎었다.

덜컹.

문이 활짝 열리자 갑자기 쏟아져 들어오는 햇빛 때문에 눈이 부셨다. 도수백이 잔뜩 눈살을 찌푸린 채 마차에서 내렸다. 세 명의 사내가 기다리고 있다가 뒤따라 내리는 유빈에게 궁신의 예를 올린다.

말은 한마디도 없었다.

유빈이 턱을 끄덕여 보이고 앞장섰다. 도수백은 장에 나온 촌닭처럼 눈만 끔벅거리며 그를 따를 수밖에 없다.

대저택이었다.

정원이 마치 깊은 숲 속처럼 아늑했는데, 잘 자란 나무들이 빽빽하고 그 사이로 오솔길이 나 있었다.

한참을 걸어 월동문을 넘어서자 태호석으로 한껏 멋을 낸 넓은 연못이 나왔다. 잔디가 곱게 깔린 정원은 조금 전에 지나온 곳과는 달리 깔끔하게 정리되고 손질되어 있었다.

절로 상쾌한 기분이 들게 하는 후원이다.

가지가 넓게 퍼진 아름드리 매화나무들이 드문드문 서 있는 작은 언덕을 넘어서자 저만큼 떨어진 곳에 그림 같은 별채 한 동이 있었다.

처마가 날아갈 듯하고, 그곳에 매달려 있는 풍경이 작은 바람에도 흔들리며 맑은 소리를 흘리고 있는 곳이다.

"여기부터는 너 혼자 가야 한다."

유빈이 걸음을 멈추고 눈짓으로 별채를 가리키며 낮게 말했다.

도수백은 저 안에 도중문이 있다는 걸 알았다. 그가 부르지 않는 이상 아무도 십 장 안으로 다가갈 수 없는 모양이다.

도수백은 천천히 별채를 향해 다가갔다. 그가 다섯 장 떨어진 곳에 이르자 아무도 없는 것 같던 별채의 기둥 뒤에서 한 사람이 슬며시 걸어나왔다.

무심한 눈길을 도수백에게 보낸다.

하지만 도수백은 그것이 경계와 경고의 의미를 띠고 있다는 걸 잘 느낄 수 있었다. 조금이라도 허튼짓을 하거나, 그럴 기미만 보여도 즉시 목을 쳐버리겠다는 무언의 협박이다.

도수백의 입술꼬리가 살짝 치켜졌다. 싸늘한 비웃음을 띤 채 더욱 천천히 걸어 다가갔고, 세심하게 주위를 살폈다.

다시 한 명의 장한이 소리없이 모습을 드러내더니 도수백이 다가오기를 기다리고 있다가 굳게 닫혀 있는 청당의 문을 조금 열어준다.

도수백은 그자를 스쳐 지나가면서 눈길도 주지 않았다. 그자 또한 보지 못하고 느끼지 못한 것처럼 아무 내색도 하지 않는다.

도수백은 어두컴컴한 청당 안으로 들어서며 이상한 일이

라고 생각했다.

자신이 보란 듯이 칼을 차고 있지만 아무도 가로막지 않았기 때문이다. 병장기를 풀어놓으라고 하지 않았고, 몸수색도 하지 않는다.

'너 하고 싶은 대로 한번 해보라는 뜻일까?'

그런 생각이 들었다.

그렇다면 그건 네가 무슨 짓을 해도 이곳에서는 부처님 손바닥 위에 놓인 손오공 꼴을 면치 못한다는 지독한 오만이 아닐 수 없다.

상대가 그렇게 나올수록 기가 죽기는커녕 오히려 오기가 불끈 솟구치는 도수백이다.

그가 보란 듯이 칼자루를 툭툭 두드리고 어깨를 건들거리며 청당 복판으로 걸어나갔다.

검은 석판이 가지런하게 깔린 청당 안에는 맑은 향 냄새가 은은히 떠돌고 있었다.

붉은 기둥들이 좌우에 네 개씩 서 있을 만큼 크고 넓은 청당이다.

그 넓은 청당이 텅 비어 있었다. 도수백이 들어온 것을 알 텐데도 나와보는 자 하나 없다.

청당 북면에는 다섯 개의 계단을 가진 단(壇)이 있고, 그 위에 산수를 새겨 넣은 열두 폭 향나무 병풍을 등지고 자단목으로 만든 의자와 서탁이 놓여 있었다.

귀에 이명이 울릴 정도의 적막 속에서 멍하니 서 있기를 얼마나 했을까.

단 뒤쪽에서 비로소 저벅거리는 발소리가 들려왔다. 그리고 곧 한 사람이 왼쪽에서 걸어나와 단으로 오르는 계단 아래에 우뚝 섰다.

나이를 짐작할 수 없는 흑의노인이었다.

도수백은 그 노인의 눈길을 감당할 수 없었다. 마치 비수가 되어서 미간을 찌르는 것 같았는데, 그처럼 강렬한 눈빛은 처음 접해본다.

'대단하다!'

절로 그런 생각이 들고 감탄하지 않을 수 없었다.

흑의노인은 언제나 그림자처럼 도중문을 호위하는 좌우봉공 중 좌봉공인 유성추혼 강무명이었다.

그가 유빈의 두 사부 중 한 사람이면서 황궁에서 가장 무서운 두 명의 고수 중 한 명이라는 걸 도수백이 알 리가 없다.

'대체 얼마나 대단하기에 저와 같은 사람을 수하로 부린단 말인가?'

도수백에게 그런 궁금증이 생겼다.

도중문에 대한 호기심이 더욱 커진다.

흑의노인은 말없이 도수백을 쏘아볼 뿐이고, 도수백도 뱃심을 든든히 한 채 노인을 무시하고 서 있으니 더욱 무겁고 지루한 침묵이 흘렀다.

향 한 자루가 탔을 만큼 시간이 흐르고 나서야 한 사람이 병풍 뒤에서 소리없이 나타나 넓은 옷자락을 떨치고 자단목 의자에 앉았다.

'도중문이다!'

도수백이 내심 소리치며 눈을 부릅뜨고 그 인물을 똑바로 바라보았다.

머리에 일월관을 쓰고 발등을 덮는 검은색 장포를 걸쳤으며 금색 비단 띠를 두르고 불진(拂塵)을 든 모양이 엄숙하고 장엄하다.

붉은 기운을 띤 얼굴에 검은 눈썹이 관자놀이까지 길게 뻗쳐 있는데, 곧게 솟은 콧날과 윤기 도는 입술은 노인의 그것이라고 믿기 힘들었다.

도수백은 처음 보는 도중문의 풍모에 감탄했다.

저처럼 신선같이 생긴 사람이 황제의 눈과 귀를 가리고 백성을 핍박하는 원흉 중 한 명이라는 게 믿어지지 않을 지경이다.

눈빛이 온화하고 부드러웠다.

도수백은 마차에 타고 이 저택에 들어선 이래 지금까지 한 번도 망설이거나 두려워하는 기색을 보인 적이 없고, 고개를 숙이지도 않았다.

흑의노인 강무명 앞에서도 고개를 숙이지 않았고, 도중문에게도 그렇다.

　무례하다면 지나치게 무례하고 오만한 것일 테지만 강무명은 거기에 대해서 아무 말이 없고 도중문도 그랬다.

　"네가 불사귀 도수백이라지?"

　한참 만에야 도중문이 부드러운 음성으로 말했다.

　그와 같은 일은 극히 보기 드문 일이라 강무명의 안색이 미미하게 변했지만 도수백은 도중문을 뜯어보느라 미처 눈치채지 못했다.

　"그렇소."

　그의 대답 또한 극히 퉁명하고 무례하다. 다른 사람이 그랬다면 당장 목이 떨어질 일인데 도중문은 빙긋 웃기만 했다.

　"네가 안길현의 현령을 죽이고 뇌옥을 깨뜨렸다던데, 사실이냐?"

　"그렇소."

　"네가 무쌍귀 당부겸의 목을 쳤다던데 사실이냐?"

　"그렇소."

　"흠, 네 칼이 그 정도로 사납고, 협심마저 지녔으니 가히 호한이라 할 만하구나."

　도중문은 도수백의 무례함을 꾸짖기는커녕 오히려 칭찬했다. 감탄했다는 듯 머리마저 끄덕인다.

　"들기로 네가 백련교의 무리와 작당했다던데 그것도 사실이겠지?"

　"그들과 작당한 바는 없으나 깊은 관계를 맺고 있기는 하오."

거침없는 도수백의 대답에 도중문이 또 희미하게 미소 지었다.

"깊은 관계를 맺고 있다면서 작당하지 않았다는 건 무슨 말인고?"

"우선 작당이라는 말 자체가 그릇된 말이니 나는 동의할 수 없소."

"잘못된 말이라고?"

"작당이란 불량한 무리가 흉심을 품고 은밀히 결합한 걸 의미하는 말이오."

"백련교가 그렇지 않단 말이냐?"

"그렇지 않소."

단호하다.

눈빛마저 적의를 띠고 이글거리는 것이어서 도중문이 의아하다는 얼굴을 했다.

"나의 눈에는 오히려 동창이니 내행창이니 하는 것들이 작당한 무리로 보일 뿐이오."

단 아래 서 있는 노인의 눈에서 시퍼런 불길이 쏟아졌다. 하지만 도수백은 보지 못한 척 무시하고 제 말을 다 했다.

"어리석은 황제를 등 뒤에 두고서 온갖 위협과 협박으로 민초들을 벗겨 먹으니 저희들의 배는 터지도록 부르겠지만 산하는 피폐하고 민초들은 유민이 되어 고향에서 쫓겨나기 일쑤요. 부모와 자식이 생이별하는 고통을 황궁에 처박혀 연일 연회나 베풀며 즐기는 무리가 어찌 알겠소?"

"이놈!"

유성추혼 강무명이 기어이 참지 못하고 노성을 터뜨렸다.

두 주먹을 불끈 쥔 것이 당장 달려들어 도수백의 머리통이라도 후려칠 것만 같다.

하지만 도수백은 태연했고, 도중문도 그랬다.

그가 가볍게 손을 저어 강무명을 제지하고 말했다.

"더 할 말이 있느냐?"

"백성들의 고난이 극에 달할 때마다 백련교가 일어나 반기를 들었으니 그것은 백련교의 의지가 아니라 백성들의 염원이 그렇게 하도록 한 것이오."

"너는 마치 백련교의 사자가 되어서 내 앞에 온 것 같구나?"

"나는 다만 지금의 세상이 얼마나 험악하고 강호의 백성들이 얼마나 궁핍한지 알려주고자 할 뿐이외다."

"그래서 황실을 뒤엎고 그들이 황제와 대신 자리에 오른다면 세상이 지금보다 나아질 것 같으냐?"

"……."

도중문의 그 한마디는 도수백을 어리둥절하게 했다.

도수백은 백련교가 민초들을 대신해서 폭정에 항거한다는 것만 생각했을 뿐 그 뒤의 일에 대해서는 깊이 생각해 보지 않았다.

그가 아는 한 권력이라는 것은 부패할 수밖에 없는 것이었다. 사람의 욕망이 그렇게 만든다.

백련교는 미륵하생을 꿈꾸고 모두가 평등한 참된 복지의 세계를 꿈꾼다.

하지만 그것이 현실에서 과연 이루어질 것인가? 하는 데에 있어서는 그렇다고 장담할 수 없었다.

종교 집단의 이상은 이상으로만 머물 때에 가치가 있다. 만약 그것이 현실이 된다면 그것 또한 고통스럽고 추해질 것이다.

흰 눈이 하늘을 떠나 땅에 떨어졌을 때와 같다.

처음에는 아름답고 황홀하나 곧 녹아서 질척거리고 흙탕물과 섞여 더러워지면 오히려 길을 어지럽히는 흉물로 변해 버리지 않던가.

그때는 아무도 눈을 아름답다고 하지 않는다.

도중문이 느긋하게 말했다.

"그들의 일을 가지고 너와 언쟁하고 싶지 않다."

나는 너와 같은 위치가 아니라는 자부심이 깃들어 있는 말이다.

하긴, 도수백은 한낱 야인일 뿐 아닌가. 권력을 한 손에 쥐고 있는 자와 옳고 그름을 논쟁할 상대가 되지 못한다.

"나의 관심은 오직 너에게 있느니라."

"나의 관심도 당신에게 있소이다."

"그렇다면 그건 이야기해 볼 가치가 있겠군."

"먼저 당신이 나를 불러들인 이유를 말해보시오."

"네가 탐나기 때문이다."

"흥!"

도수백은 거침없고, 도중문도 그랬다. 마음에 미진함을 남겨두지 않고 빙빙 돌려 말하지도 않는다.

"나는 너를 종으로 부리고 싶다."

수하와 종은 다르다.

도수백은 그 말의 의미를 생각하지 않을 수 없었다.

수하는 공적인 관계 속에 있지만 종은 사적인 소유물이다.

도수백은 도중문이 자기를 사적으로 소유하고 싶어한다는 걸 알았다. 모욕감이 커진다.

노려보는 그의 눈길을 무시한 채 도중문이 말을 계속했다.

"네가 백련교를 잊고 나를 위해 헌신한다면 반드시 커다란 대가를 받게 될 것이다."

"……."

"장차 강호가 내 수중에 떨어질 텐데, 그때는 너에게 명예와 권세를 나누어 주겠다."

"흥, 과분한 말씀이오."

"원한다면 너는 한 문파를 세울 수도 있을 것이고, 한 지역의 패자로 군림할 수도 있을 것이며, 나를 대신하여 백문백파(百門百派)의 무리들을 호령할 수도 있을 것이다. 그 얼마나 통쾌할 것이냐?”

“지금까지 아무도 그런 일을 한 적이 없는데, 만약 정말 그렇게 된다면 과연 통쾌할 것이오.”

“그렇다. 황궁과 황제의 일을 따지는 건 골치 아플 뿐이지. 백련교가 다 무엇이란 말이냐? 그들이 원하는 건 황제를 죽이고 세상을 바꾸려는 것이지만, 반란에 성공하여 그들의 세상이 된다면 그곳에도 역시 황제가 있어야 하고 대신들과 장군이 있어야 하며, 그들을 감찰할 기관이 있어야 할 것 아니겠느냐? 결국 지금과 달라질 게 무엇이란 말인고? 제도와 법식과 형률을 바꿀 수는 있겠지. 하지만 권력의 속성과 본질 그 자체는 바뀌지 않는 것이다. 그게 인간 세상의 한계인 게야. 그걸 뛰어넘어야 진정한 평등과 복지를 이 땅에 구현할 수 있을 것인데 사람의 탈을 벗지 못하는 이상 그렇게 할 수가 없다. 나도 마찬가지고 너도 마찬가지지.”

“……”

“어떤 세상이 되든 가난한 자는 여전히 있을 것이며 핍박받는 자 또한 여전히 있을 것이다. 권력을 쥔 자가 있으면 부를 축적한 자도 있을 것이다. 그 둘은 서로 다른 게 아니야. 나무가 있으니 그늘이 생기듯 한쪽이 있으니 다른 한쪽이 있을 뿐이지. 그걸 인정하고 받아들인다면 오히려 세상이 편해질 것이고 네 자신이 편해질 것이다.”

도중문은 달변이었다. 미리 연습이라도 해놓았던 것처럼

막힘없이 줄줄 쏟아져 나오는 말들을 듣고 있자니 머릿속이
혼란해진다.

"듣기 싫어!"

도수백이 제 귀를 틀어막고 버럭 소리쳤다.

그에게는 도중문의 말들이 악마가 달콤하게 속삭이는 것
으로 여겨졌다.

마음속에 갈등이 생기는 순간 이미 경계를 한 발 넘어 그의
마수 속으로 빠져 들어가게 된다.

그 갈등마저도 없애야 하고, 그것이 찾아들지 못하도록 굳
은 마음을 지켜야 하는 것이다.

"내가 원하는 건 오직 한 가지뿐이다!"

도중문이 빙긋 웃었다.

"말해봐라."

"바로 이것!"

발작하듯, 도수백의 손이 칼자루에 닿았다. 그 순간 허공을
바라보며 꼼짝하지 않고 있던 강무명의 눈길이 도수백에게
향했고, 도수백의 몸은 흐린 잔상을 남긴 채 퍽, 하고 꺼지듯
허공으로 떠올랐다.

극한의 정신력으로 마음을 붙잡으며 온몸의 기운을 한순
간에 폭발시키듯 해서 칠성제운보(七星梯雲步) 중의 경공신법
인 제운비월(梯雲飛月)을 펼친 것이다.

"훙!"

귓가에 강무명의 냉랭한 코웃음 소리가 들려왔다. 도수백은 그것을 무시했다. 그가 노리는 것은 오직 단 위에 넓은 옷자락을 펴고 태연히 앉아 바라보는 도중문일 뿐이다.

핏—

언뜻 눈앞에 먹구름이 덮쳐 오는 것 같은 착각이 생긴다.

그것을 도수백의 칼이 차가운 빛을 뿌리며 갈랐다.

그의 칼빛이 창백하게 번쩍이는 뇌전이 되어 먹구름을 찢은 것 같았다. 그리고도 남은 힘이 맹렬하게 뻗어나간다.

하지만 그건 도수백의 눈에 남은 잔상이고, 머릿속에 그려진 자신의 생각에 불과했다.

한순간을 열, 백으로 쪼갠 것보다 짧은 순간에 이루어진 것이라 현실인지 나의 상상인지 잘 구분되지 않는다.

따당—

뒤늦게 귀청을 찢을 듯한 날카롭고 맑은 쇳소리가 들려왔다. 머릿속에 새겨진다.

"어억!"

그리고 도수백의 입에서 저도 모르게 고통스러운 비명성이 터져 나왔다.

쿵!

그가 불과 열 걸음 앞의 공간을 뛰어넘지 못하고 중간에 뚝, 떨어져 버렸다. 하늘로 던져 올렸던 돌멩이가 떨어진 것처럼 맥없이 나뒹군다.

땡그랑—

뒤늦게 떨어진 그의 칼이 흑석에 부딪쳐 맑은 소리와 함께 새파란 불똥을 피워 올리며 몇 번 튀어 오르다가 잠잠해졌다.

도수백은 제가 지금 무엇을 한 건지, 무슨 일을 당한 건지 얼른 생각해 낼 수가 없었다.

제가 왜 차가운 흑석 바닥에 볼을 붙이고 엎어져 있는 건지, 눈앞에서 저의 칼이 왜 퉁퉁거리며 뛰다가 잠잠해진 건지 얼떨떨하기만 하다.

"하룻강아지 같은 놈."

저 위에서, 마치 어두운 하늘 위에서 으르렁거리는 천둥소리인 것처럼 들려오는 음산한 음성.

도수백이 여전히 흑석 바닥에 엎어진 채 천천히 얼굴만 돌려 그곳을 바라보았다.

검은 신발이 보이고, 무릎과 허리와 가슴과…….

도수백은 비로소 말한 자가 단 아래 석상처럼 서 있기만 하던 검은 옷의 노인이라는 걸 알았다.

제가 있는 힘을 다해 단 한 번의 기회를 노리고 도약했을 때, 먹구름처럼 불쑥 앞을 가로막은 자가 누구인지 비로소 알 것 같다.

'어떻게?'

그런 의문이 들었다.

폭발적이라고 해야 할 저의 도약은 작심하고 펼친 것이었으므로 뇌전처럼 빠르고 맹렬했을 것이다. 그것을 훌쩍 뛰어 가로막고, 온 힘과 정신을 실어 내려친 일격을 빗나가게 했으며, 차가운 칼을 두려워하지 않고 수도로 그것을 후려쳐서 떨어뜨린 자 또한 바로 이 노인이라는 걸 알게 된다.

'역시 고수였군.'

맥없는 생각이다. 어쩌면 그것을 시험해 보기 위해서 제가 이렇게 무모한 짓을 했던 건지도 모른다는 착각이 든다.

다섯 개의 계단이 코앞에 있고, 그 위에 도중문이 앉아 있다. 하지만 이제 도수백에게는 그와 자신과의 사이에 놓여 있는 거리가 하늘과 땅만큼이나 먼 것같이 여겨졌다. 현기증이 난다

그는 하늘 위에 구름을 깔고 앉아 있고, 자신은 이처럼 차가운 돌바닥 위에 내팽개쳐져 있는 것이다.

그 차이를 인정하지 않을 수 없고, 이것이 현실이라는 걸 인정하지 않을 수 없다.

도수백은 흑의노인이 어떻게 움직였으며, 어떻게 자신을 내팽개쳤는지 알 수가 없었다.

"빌어먹을! 제기랄!"

몇 번 눈을 끔벅이던 도수백이 거칠게 욕설을 내뱉고 벌떡 뛰어 일어났다. 다시 칼을 움켜쥐고 이번에는 눈앞의 흑의노인을 무섭게 노려본다.

"이번에는 죽이겠다."

흑의노인이 무심한 어조로 속삭이듯 말했다. 이글거리는 그 눈빛이 도수백의 오기와 투지보다 더 크고 강렬한 것이어서 도수백은 입술을 악문 채 칼을 쥔 손을 부들부들 떨었다. 그것뿐, 더 이상 공격할 생각을 하지 못한다.

"이제 알았겠지?"

단 위에서 도중문이 느리고 온화한 음성으로 그렇게 말했다.

"네 힘이 아무것도 아니라는 걸 말이다. 너는 네 앞의 그 노인을 결코 넘을 수 없을 것이다."

"흥!"

도수백이 발을 구르고 거칠게 코웃음을 쳤다.

쓸모없게 된 칼을 집어넣은 그가 아무 말 없이 돌아선다.

"그럼에도 불구하고 나는 아직 너를 아끼는 마음을 버리지 않았다. 나에게로 온다면 너는 머지않아 지금보다 몇 배는 더 강한 자가 될 수 있다. 그렇게 된다면 가히 천하를 오시할 만하게 되지."

그 말은 도수백에게 있어서 재물이나 권력보다 훨씬 큰 위력을 가진 유혹이었다.

몇 걸음 걸어나가던 도수백이 우뚝, 멈추어 섰다. 그의 어깨 위에 도중문의 온화한 말이 다시 떨어진다.

"나는 너를 천하제일의 고수로 만들어줄 수도 있다."

"당신은 자운곡주의 사제라지? 내가 알기로 자운곡주야말로 천하제일을 다툴 만한 사람이오. 당신은 곡주를 능가할 수 있소?"

"그는 나이가 많지 않으냐? 원치 않아도 머지않아 우화등선하게 될 테니 염려될 것 없다. 그리고 너는 어떤 근거로 내가 자운곡주보다 못할 것이라고 생각하느냐?"

도수백은 대답할 수 없었다.

눈앞의 흑의노인은 자운곡주 못지않은 고수일 것이라고 여겨진다. 그런 사람을 부리는 도중문은 더 무서울 것 아닌가.

'그렇다면 그가 자운곡주보다 뛰어나단 말인가?'

그런 의문이 들었다.

가만히 생각해 보던 도수백이 다시 말했다.

"자운곡주 외에 또 한 사람만이 천하제일을 다툴 자격이 있소."

"그게 누구냐?"

"백련교주."

"핫하, 너는 초자생을 말하는 것이냐?"

"엇?"

도중문의 입에서 아무 거리낌 없이 의형의 이름이 나오자 도수백은 펄쩍 뛸 듯이 놀랄 수밖에 없었다.

"당신은 초 형을 알고 있단 말이오?"

"흘흘, 그에게 백련교의 정화가 모여 있으니 과연 천하제일의 고수로 꼽힐 수 있겠지. 하지만 내가 그만 못하다고 판단하는 건 너무 성급한 것 아닐까?"

"대단한 자부심이고 오만이로군."

도수백이 비로소 천천히 돌아서서 다시 단 위의 도중문을 마주하고 섰다.

"당신 스스로 그렇게 생각한다면 대체 무엇을 망설이는 것이오? 나 같은 자가 왜 필요하오?"

"말했지 않느냐? 종이 필요하다고."

"당신을 대신해서 온갖 더럽고 궂은일을 도맡아 해줄 자가 필요하다는 것이군. 제 손에 피를 묻히기는 싫은 거야."

"맞았다. 그리고 그 대가는 앞서 말한 대로 확실히 보장해주겠다. 그만하면 절대로 밑지는 장사가 아닐 텐데?"

도수백은 문득 악양루의 난간에 새겨놓았던 여곤화의 글귀가 떠올랐다.

그는 말하기를, 머지않아 백로가 물가에 서서 웃는 낯으로 물고기를 부를 것이라고 하지 않았던가.

그때는 그게 무슨 말인지 이해하지 못했는데, 바로 지금의 이 상황이 닥칠 것을 알고 미리 경고해 주었던 것이다.

백로의 웃음에 마음 놓고 다가간 물고기는 결국 그것의 뾰족한 부리에 찍혀 먹이가 되고 말 것이다.

도수백이 차가운 미소를 던지며 말했다.

"당신은 백로로군. 백로의 웃음을 지어 보이고 있어. 하지만 나는 어리석은 물고기가 아니니 당신의 웃음은 헛되고 말 았소.”

“백로의 웃음이라고? 무슨 소리냐?”

도중문이 어리둥절해서 되물었다. 도수백이 결연한 얼굴로 말한다.

“다시 만났을 때는 오늘 같지 않을 것이오.”

검은 옷의 노인, 유성추혼 강무명에게 한 말이고 도중문에게 한 말이었다.

“오늘은 초라해져서 돌아가지만 다시 만났을 때는 반드시 뜻을 이루고 말겠소.”

도수백이 더 이상 아무 말도 듣지 않고 말하지 않겠다는 듯 성큼성큼 걸어 청당을 벗어났다.

이글거리는 눈으로 그의 뒷모습을 쏘아보던 강무명이 도중문에게 눈길을 돌린다.

그를 제거해서 후환이 없도록 해야 하지 않겠느냐는 무언의 물음이다.

도중문이 웃는 얼굴로 머리를 가로저었다.

“저놈이 있으면 귀찮은 일도 생기겠지만 적어도 심심하지는 않을 거야. 그거면 충분하지 않겠나?”

강무명의 얼굴에 불만스런 기색이 떠올랐으나 그는 내색하지 못했다.

이 절대적인 존재는 무료했던 것이다. 그럴 수밖에 없는 일이라고 생각했다.

황궁에서 그가 머리를 숙이는 사람은 오직 두 명, 있으나마 나한 황제와 그를 움켜쥐고 있는 황사 왕금뿐이다. 다른 자들은 모두 도중문에게 머리를 조아리고 온갖 아부와 아첨의 말을 늘어놓는다.

강호에서 그의 성취는 이미 상대를 찾아볼 수 없을 만큼 높았다. 그러니 애써 노력하고 신경을 써야 할 일이 없다.

모든 게 다 내 마음먹은 대로 되고, 모든 일들이 순조롭기만 한 삶. 도중문은 그런 삶에 만족해했으나 점차 지겨워지기 시작한 것이다. 그래서 심심하다고 말한 것이다.

무언가 자신을 자극해 줄 새로운 노리개가 필요한데, 거친 야수같이 당돌하고 무례한 자 하나가 나타났다. 반갑고 기쁘지 않겠는가.

도중문은 어쩌면 야수 한 마리를 사로잡아서 길들이고 싶어진 건지도 몰랐다. 그래서 잠시 심심함을 잊으려는 것이다.

제 주인의 그런 마음을 헤아린 강무명이 머리를 숙이고 조용히 물러났다.

# 魔風俠星

## 第九章

혈해(血海) 속을 걷다

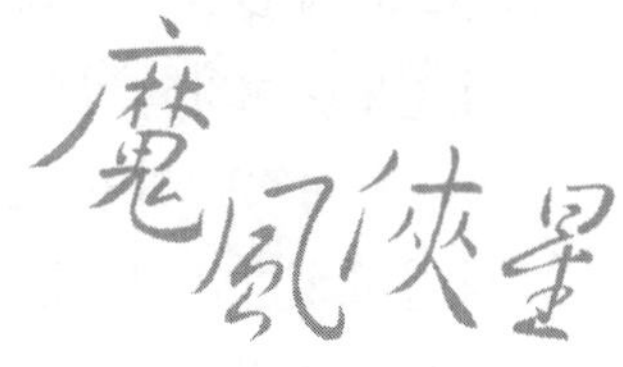

"**개**자식!"

도수백이 문득 걸음을 멈추고 땅을 굴렀다. 아직도 분한 마음이 가시지 않은 것이다.

"멍청한 놈! 병신!"

자기 자신에 대한 미움을 걷잡을 수 없다. 눈앞에 저의 분신이라도 있다면 단칼에 베어버리고 싶을 정도였다.

도중문 앞에서 그의 수하에 지나지 않은 흑의노인에게 그런 처참한 모욕을 당했다는 걸 부정할 수도 없고, 받아들일 수도 없었기 때문이다.

노인이 유성추혼 강무명이고 그가 어떤 사람인지 알았다

면 그러지 않을 것인데, 그저 도중문의 수하 중 특출한 늙은 이 정도로 여기고 있으니 분한 마음을 어쩔 수 없는 것이다.

나는 아직도 멀었다는 생각과 함께, 그동안 우쭐거렸던 나의 칼이 얼마나 한심한 것이었던가 하는 자괴감이 밀려든다.

그러자, '정말 그럴까? 그 정도로 형편없는 것이었던가?' 하는 의문도 생겼다.

적어도 내 칼은 아직 한 번도 패해본 적이 없었다는 생각에 오기도 불끈 치솟는다.

왜구를 상대해서든, 밀림 속의 야만 부족을 상대해서든 그렇다. 저자의 부랑자들을 상대했을 때도 제 칼은 무정하고 잔혹했다.

강호에 나와서는 고수라는 자들과 싸워보기도 했고, 기세등등한 동창의 무사들과도 싸웠다. 그리고 언제나 상대를 베었다.

그런데 악양루에서 동창의 첩형이라는 자를 만나 꼼짝할 수 없더니, 이제는 흑의노인에게 짓밟히는 수모를 당했다.

과거와 현재가 상반되는 그 현실 앞에서 도수백은 쟈기 자신에 대하여 화가 나는 한편 어리둥절해졌다.

하지만 그는 엽건신이나 흑의노인을 원망하지 않았다.

'그들은 나보다 강하다. 그들에게 나 같은 건 상대도 되지 않는다. 그게 현실인데 그들을 원망한다는 건 바보 같은 짓이다.'

그게 지독한 그의 마음이었던 것이다.

강한 자를 원망하는 건 치졸하다. 그보다는 나의 약함을 원망하고 미워해야 한다. 그래야 복수심을 키울 수 있을 것 아닌가.

그런 마음이 되어서 도수백은 제 자신에게 이를 박박 갈아대고 있었다.

마차가 그를 내려놓은 곳은 황량한 벌판 한가운데였다.

악양 성을 벗어나 한참을 온 모양이니 어디가 어디인지 방향을 종잡을 수 없다.

멍하니 서 있던 도수백은 기울어가는 해를 보고 무작정 무성한 억새밭을 헤쳐 나아가고 있는 중이었다.

자기 자신에 대한 실망감과 노여움 때문에 눈물이 나려고 한다. 그래서 도수백은 어금니를 굳게 문 채 노을빛이 조금씩 배어들기 시작하고 있는 하늘 저편을 바라보며 무작정 걷고 있었다.

그런 그의 귀에 인기척이 들려왔다. 버석거리며 억새를 헤치는 소리가 가까워진다.

이십여 장 앞쪽이었다.

도수백이 그 자리에 우뚝 멈추어 서더니 제 머리통을 두어 번 꽝꽝 두드렸다. 넋이 나간 듯하던 정신이 비로소 돌아온다. 그러자 긴장감이 살아났고, 그의 단련된 본능이 경고를 발해주었다.

‘적?

이런 황량한 곳에 적이라고 느껴지는 자들이 있다는 게 의아하다. 하지만 머뭇거리고만 있을 수 없었다. 어느새 저만큼 앞에서 흔들리고 있는 억새들이 보이기 시작한 것이다. 그 위로 죽립을 쓴 머리통들이 언뜻언뜻 떠올랐다가 가라앉곤 했다.

네 명이었다.

그들은 마치 이쪽을 무시하듯이 조금의 조심성도 없이 억새를 헤치고, 마른풀을 버석버석 밟아가며 빠르게 다가오고 있었다.

도수백은 ‘혹시 도중문의 마음이 변한 건 아닌가?’ 하는 생각을 잠깐 했다. 무사히 보내주더니 마음이 변해서 뒤쫓아와 죽이려는 건지도 모른다.

‘그렇다면 좋다.’

도수백은 조금 전까지 빠져 있었던 자학의 올가미를 벗어던졌다.

어떤 놈들을 보내왔든 이번에야말로 제대로 나의 칼을 보여주겠다는 독한 마음으로 스스로를 다잡는 데는 숨 한 번 바꾸어 쉬는 걸로 충분했다.

빠르게 사방을 휘둘러보았다. 보이는 건 노을빛으로 젖어가는 하늘과 무성하게 자라 하얀 꽃을 주렁주렁 매달고 있는 억새들일 뿐이다.

도대체 이 황무지가 얼마나 넓은 건지 그 끝을 알 수가 없었다.

'이런 지형이라면.'

도수백은 자신이 있었다. 이처럼 몸을 숨기기에 용이한 조건이라면 수만 명이 포진해 있는 적진이라고 해도 내 집 드나들 듯이 오갈 수 있는 그인 것이다.

우선 어떤 놈들인지 본다는 마음이 되어서 도수백도 성큼성큼 걸음을 옮기기 시작했다. 함부로 억새를 젖히고 발소리를 일부러 크게 낸다.

곧 그들은 서로의 얼굴을 알아볼 수 있을 정도로 가까워졌다.

그냥 지나가는 자들인가? 하는 의문이 든다. 죽립을 쓴 네 명의 수상한 자들이 아무런 경계의 기색도 없이, 조심성도 없이 다가왔기 때문이다.

그리고 제 갈 길을 가듯이 스쳐 지나간다.

'내가 너무 과민했군.'

도수백이 그런 생각으로 쓴웃음을 짓는 순간,

피웃—

뒷목을 서늘하게 하며 차가운 검광이 쏘아져 들어왔다.

"앗!"

아직 경계심을 완전히 버리지는 않고 있었지만, 갑작스런 일이기에 도수백은 크게 놀랐다.

이렇게 비겁한 암격을 해올 줄 몰랐다는 것이 그를 더 당황하게 한다. 하지만 그런 느낌과 생각보다 도수백의 반응은 한 호흡쯤 빨랐다. 본능적인 움직임과도 같다.

빙글 돌아서며 재빨리 두 걸음을 물러선 것과 함께 목덜미를 따갑게 하며 검광이 스쳐 지나갔다. 간발의 차이다.

"비겁한 놈들이다!"

화가 난 도수백이 칼을 뽑아 들며 버럭 소리쳤다.

씨이잇—

그러나 돌아온 건 날카로운 파공성이고 번쩍이는 검광일 뿐이다.

네 놈이 좌우로 흩어지면서 동시에 검을 쳐낸 것인데, 억새 풀들이 와사삭거리며 뭉텅뭉텅 잘려 하늘로 날고, 그것을 가르고 뻗어 나온 검광이 옷깃에 닿았다.

"헛!"

아무 소리도 없이, 숨마저도 쉬지 않는 것처럼 조용하고 은밀하다. 그렇게 쳐나오는 그들의 검기에 크게 놀란 도수백이 급히 방향을 이리저리 옮기며 칼을 휘둘렀다.

맹렬한 그의 칼빛이 허공에 그물처럼 펼쳐지고, 네 개의 검광과 뒤얽혔다.

따라라랑—

구리종을 급히 두드려 대는 것 같은 소리가 연달아 터져 나오고, 새파란 불똥이 어지럽게 날았다.

도수백은 한 바퀴 맴도는 동안 네 번 정체를 알 수 없는 자들의 검과 부딪친 것인데, 첫 번째에 두 번째의 검력이 더해지고, 그것에 다시 세 번째, 네 번째의 검력이 더해졌을 때는 마치 거대한 바윗돌에 부딪친 것 같은 충격이 전해졌다.

도수백의 칼이 윙윙거리며 크게 울었다. 부르르 떨리는 그것의 진동 때문에 손아귀가 얼얼해지고, 칼을 타고 밀려든 힘에 가슴이 답답해진다.

만만한 놈들이 아니라는 느낌이 도수백의 가슴에 불을 붙였다.

'좋아, 내 칼이 정말 그렇게 형편없는지 이놈들에게 시험해 본다.'

그렇게 작정한 도수백은 두 걸음 더 물러서서 거리를 벌리며 칼을 쥔 손에 더욱 힘을 주었다.

손아귀를 울리며 울어대던 칼의 울음이 그치자 낯선 적막이 광활한 억새밭에 밀려들었다.

작은 바람이 스쳐 가고 억새들이 몸을 비벼대며 흔들리는 소리가 우우, 하고 우는 것 같다.

네 명의 죽립인이 그 바람의 결을 찾아 움직이듯 부드럽게 움직였다. 사방에서 도수백을 에워싸고 조금씩 조여왔다.

그들이 내쏘고 있는 날카로운 기운이 온몸을 찔러대는 듯해서 도수백은 근육이 떨리도록 긴장해야 했다.

그들은 처음부터 아무 말이 없었고, 도수백도 누구냐고 묻지 않았다. 왜 싸우는지 따위는 알 필요도 없고, 알고 싶지도 않았던 것이다.

그는 자기 자신을 시험해 보고 싶어할 뿐이었다. 도중문 앞에서 당한 모욕에 대한 분노가 그런 식으로 터져 나온 것이다.

네 명의 죽립인도 도수백이 누구인지 따위는 상관없다는 듯했다. 상대가 누가 되었든 무조건 베어버리려고 작정한 아귀들인 것 같다.

그렇게 기묘한 싸움은 서로의 빈틈을 노리는 치열한 대치로 계속되고 있었다. 한순간의 방심이 곧 죽음으로 이어지는 위태로운 순간이 물 흐르듯 흘러간다.

"끼요옷!"

그 무거운 적막을 견디기 힘들었던지, 뒤쪽에서 찢어지는 듯한 기합성과 함께 한줄기 검광이 맹렬하게 쳐들어왔다.

"핫!"

도수백도 우렁차게 외치며 반응했다.

피웃!

왼손이 허리춤을 더듬었다 싶은 순간 한 자루의 비도가 빛살처럼 쏘아져 나간다.

땅—

뒤에서 덮쳐들던 자가 주춤하며 검로를 비틀어 그것을 쳐냈다. 모두의 시선이 아주 잠깐 흔들렸고, 도수백은 그 기회를 놓치지 않았다.

땅을 박찬 그가 한줄기 질풍이 되어 왼쪽으로 쳐들어갔다.

씨잉—

그의 칼이 맹렬한 기세로 바람을 가르고, 그 앞에 놓인 자가 언뜻 어깨를 떨치는 것 같았다. 그러자 세 줄기의 검광이 삼면을 노리고 쇠뇌처럼 쏘아져 왔다.

그자는 도수백의 사나운 칼 앞에서 조금도 동요하지 않았고, 피하려 하지 않았다. 오히려 반걸음 미끄러져 다가서며 검을 마주 휘둘러 오는 것이 과감하다.

따다당, 하는 요란한 쇳소리가 터져 나왔다. 날선 쇠와 쇠가 서로를 긁어대는 소리가 귀청을 찢을 듯하고, 불똥이 눈부시게 튕겨져 나간다.

그자와 칼을 엇갈리게 하여 밀어대면서 도수백의 이글거리는 눈도 그자의 눈에 달라붙었다. 죽립의 그늘 아래 번쩍이며 박혀 있는 두 눈에 언뜻 당혹감이 어리는 것 같았다.

그자는 도수백의 타오르는 적의와 투지에 질리고, 그의 칼에 실려 있는 무지막지한 힘에 문득 두려움을 느낀 건지도 모른다.

하지만 도수백은 더 이상 그자를 몰아붙일 수가 없었다.

씨잉—

등 뒤와 좌우에서 세 개의 검이 비명 같은 파공성을 내며 닥쳐들었기 때문이다.

“알았다!”

도수백이 힘껏 정면의 죽립인을 밀어내고 훌쩍 몸을 비키며 소리쳤다.

“네놈들은 동창의 개들이구나!”

그자들의 합격을 보고 불쑥 떠오른 생각이 있었던 것이다.

무명암이 있던 백석평의 송림에서 처음 좌절을 겪게 했던 게 바로 네 명의 창위가 펼치던 사상검진이었다.

도수백은 처음 그것에 갇혔을 때는 목숨이 위태로운 지경까지 몰렸으나 두 번째 그것에 갇혔을 때는 가볍게 창위들을 베고 검진을 깨뜨렸던 경험이 있었다. 안길현을 들이쳐 현령의 목을 베고 나오다가 네 명의 창위와 마주쳤을 때의 일이다.

그때의 경험은 도수백에게 지금도 유용하게 작용했다.

그가 즉시 손목을 털어 두 자루의 비도를 날렸다.

그것들이 유성처럼 반짝이며 좌우의 죽립인을 향해 쇄도해 갔다. 열 걸음 안에서는 빗나가는 법이 없는 그의 비도다.

그것을 지척에서 맞는 자들이 크게 놀라고 당황해서 저도 모르게 ‘헛!’ 하고 경악성을 터뜨렸다.

땅!

한 놈은 가까스로 검을 비틀어 검신으로 그것을 막았으나 다른 놈은 미처 쳐낼 새도 없이 어깨를 꿰뚫리고 말았다.

“흐윽!”

그자가 고통스런 신음을 흘리며 우뚝 멈추어 서자 네 명이서 수레바퀴처럼 맞물려 돌아가던 검진의 운용에 큰 장애가 생겼다.

도수백이 그 틈으로 파고들며 다시 한 자루의 비도를 날렸다.

"흐앗!"

뒤에서 덮치던 놈이 불에 덴 듯 비명을 터뜨리고 나가떨어졌다. 비도가 자루만 남기고 그자의 가슴 복판에 깊이 박혀버렸던 것이다.

눈 깜짝할 사이에 멀쩡한 놈은 두 놈으로 줄어버렸다. 생각지 못했던 일에 그놈들도 놀라고 당황해서 허둥거린다. 그러자 검진은 아무 쓸모 없이 되어버렸고, 오직 지니고 있는 검력으로만 승부할 수밖에 없었다.

도수백이 원하던 바대로 된 것이다.

"이놈!"

야수처럼 으르렁거리며 힘껏 뿌리는 칼에 감각이 왔다.

퍽!

정면에서 머뭇거리던 자의 어깨가 쩍 벌어졌다. 맹렬하게 떨어진 칼이 그자의 가슴까지 가르고 내려와서야 멎었다.

도수백이 입을 딱 벌린 놈의 배를 걷어차며 칼을 뽑기 무섭게 옆으로 휘돌았다.

돌아보지도 않고 맹렬하게 후려친 칼에 다시 한 번 묵직한 감각이 걸린다.

"훅!"

억눌렸던 숨이 갑자기 빠져나가는 소리가 귀를 스쳤다. 이제는 힘을 잃은 검이 덧없이 얼굴 앞을 스치고 지나가더니 허공에 공허한 궤적을 남기고 툭, 떨어졌다.

도수백의 칼에 옆구리를 깊이 찍힌 놈이 고통으로 몸을 웅크리며 주저앉았다. 죽는 순간까지 지독한 고통에 몸부림칠 것이다.

어깨에 비수를 맞은 자가 눈을 부릅떴다. 와락 덮쳐 오는 도수백의 끔찍한 얼굴을 보면서도 몸이 마음대로 움직여 주지 않으니 절망스러울 뿐이리라.

서격!

도수백의 칼이 반신이 마비되어 움찔거리는 놈의 목덜미 깊숙이 박혀 버렸다. 한 점의 연민도 거리낌도 없는 무정하고 잔혹한 칼이었다.

기세등등하던 네 놈이 네 구의 주검으로 변해 버리는 데에는 불과 두어 번 숨을 바꾸어 쉬는 시간 만큼밖에 걸리지 않았다.

그자들이 흘리는 피로 발아래의 땅이 붉어진다.

"이번에는 동창이란 말이지?"

도수백이 칼을 털어 핏물을 뿌리며 음울하게 중얼거렸다.

그자들은 마지못해 악양루에서 떠났지만 내내 감시하고

있었던 게 틀림없다. 그러다가 드디어 기회를 잡은 것이다.
하지만 첫 싸움은 자신들의 피로 억새밭을 적시고 말았다.

이게 다가 아닐 것이라고 생각한 도수백이 빠른 걸음으로
억새를 헤치고 나아갔다. 아무런 조심성도 두려움도 없이, 이
리저리 시선을 가로막는 억새들을 쳐 넘기며 무작정 달려간
다.

와사삭거리는 억새들의 비명과 버석거리는 발소리로 자신
이 있는 곳을 사방에 소리쳐 알리는 꼴이었다.

'왔다!'

제 자신을 미끼로 삼은 그의 행동에 과연 곧 반응이 왔다.
도수백은 이제 보지 않아도 그것을 느낄 수 있었다.

'다섯, 여섯 명, 아니, 열 명인가? 모르겠다. 그보다 더 많
다!'

사방에서 죄어오고 있는 자들의 기운이 심상치 않았다.

'좋다!'

도수백은 긴장으로 주먹을 떨며 자기 자신에게 그렇게 부
르짖었다.

마음껏 분풀이를 해보겠다는 생각만 가득할 뿐, 제가 죽을
수도 있다는 건 생각하지도 않는다. 오히려 통쾌하게 죽었으
면 좋겠다는 충동마저 이는 건 역시 도중문 앞에서 받은 모욕
감 때문이리라.

그래서 도수백은 이성보다 제 자신에 대한 분노에 사로잡

힌 위험한 짐승이 되었다.

그 위험한 짐승이 본능에 온전히 저를 내맡긴 채 더 위험하고 무시무시한 칼을 휘두른다.

힘껏 도약한 그가 오른쪽을 향해 거대한 새처럼 덮쳤다. 와사삭거리며 발아래의 억새들이 요동을 치고 세 명이 불쑥 몸을 드러냈다.

"이얍!"

도수백이 바윗덩이처럼 겁없이 그들의 머리 위로 떨어져 내리며 칼을 휘둘러 쳤다.

세 놈이 소리도 없이 흩어지면서 검을 맹렬하게 휘둘러 두터운 검막을 쳤다.

따다당!

도수백의 칼 힘은 그 모든 것을 압도했다. 단번에 그들의 검을 쳐 날리며 벼락처럼 떨어진다.

몇 마디의 억눌린 신음이 흩어졌다. 죽어가면서도 비명조차 참아내는 그들의 지독한 인내심이 도수백을 어리둥절하게 했다.

'이놈들은 다르다.'

여태까지 겪어왔던 동창의 무사들과는 다른 치열함이 절실히 느껴지는 만큼 도수백의 투지도 불타올랐다.

첩형 엽건신이 몸소 단련시킨 자들이 틀림없었다. 그렇다면 엽건신 또한 이곳 어디엔가 와 있으면서 모든 것을 지켜보고 있으리라.

그를 떠올리자 잊고 있었던 두려움이 가슴을 서늘하게 하며 되살아났다. 도수백은 이를 악물어 그것을 떨쳐 버리고 이번에는 제가 바람이 되어 억새밭 속으로 숨어들었다.

몸을 감추면 지척에 있는 자의 이목도 속일 수 있을 만큼 은신과 잠행에 이골이 나 있는 그였다. 한번 억새풀밭 속으로 파고들자 흔적이 사라지고 기척이 흩어져 없는 것처럼 되어 버렸다.


"어떻게 되었다고?"

엽건신의 무표정한 얼굴이 더욱 무표정하게 굳었다.

그 앞에서 보고하는 자의 어깨가 두려움으로 떨린다.

"일곱 명을 잃었습니다."

"그래?"

"하지만 곧 놈을 잡을 수 있습니다."

"……."

엽건신이 뒷짐을 진 채 우뚝 서서 먼 하늘을 바라보았다. 그의 침묵이 수하에게는 더욱 큰 두려움이었다. 감히 그를 바라보지도 못한 채 식은땀만 뚝뚝 떨어뜨린다.

"가라, 가서 그놈의 목을 가져와."

"예?"

엽건신의 무감정한 말에 수하가 눈을 휘둥그레 떴다.

그들은 도수백을 사로잡아야 한다는 명을 받았다. 팔다리를 잘라도 좋고 토막을 내도 좋지만 어쨌든 목숨은 살려서 데리고 와야 하는 것이다.

하지만 이제는 그 명령이 바뀌었다. 죽여도 상관없다는 엽건신의 말이 오히려 수하를 어리둥절하게 했다. 그를 살려서 백련교의 근거지에 대한 자백을 받아내야 하는데 죽이면 그렇게 할 수 없기 때문이다.

"희생이 너무 크다."

엽건신의 그 한마디 중얼거림이 수하를 일깨웠다.

그는 도수백 한 놈을 사로잡기 위해서 아끼는 수하들을 더 이상 잃을 수 없다고 여긴 것이다. 그래서 마음을 바꾼 건 수하들에 대한 염려 때문이었다.

도수백을 죽이면 백련교의 행방을 알아내는 데 많은 시간이 걸리리라. 그걸 잘 알면서도 그런 명령을 내린 건 수하들에게 복수하라는 기회를 준 것이기도 했다.

아무리 목석처럼 단련된 무리라고 하더라도 동료들의 죽음은 분하고 안타깝게 마련 아니겠는가. 그것을 제때에 풀어주지 않는다면 응어리가 져서 언젠가는 엉뚱한 방향으로 터질 수 있었다. 때로는 그것이 조직의 유지에 치명적인 타격이 되기도 한다.

그래서 엽건신은 백련교를 찾아내는 것보다 지금은 그런 수하들의 마음을 풀어주는 게 더 중요하다고 판단한 것이다.

백련교는 시간이 더 걸릴 뿐이지 결국 찾아낼 테니까.

"존명!"

그런 엽건신의 마음을 읽은 수하가 복명했다. 감격으로 음성이 떨려 나온다.


'무언가 달라졌다.'

도수백은 흐르는 공기 속에 섞여 있는 또 다른 기척을 감지했다.

코끝을 허공으로 치켜들고 숨을 짧게 끊어서 몇 차례로 나누어 들이마신다. 냄새를 찾는 건데, 그것과 함께 콧속으로 파고드는 어떤 느낌은 불길한 것이었다.

도수백은 저를 둘러싸고 있는 흐름이 달라졌다는 걸 감지했고, 본능적으로 위기를 느꼈다.

팽팽한 긴장 속에서 먹이를 찾는 야수들의 냄새가 다가오고 있었던 것이다.

그것들의 드러낸 이빨과 적의가 낱낱이 읽힌다.

도수백이 더욱 몸을 낮추더니 뱀처럼 배로 땅을 깔고 엎드려 꼼짝하지 않았다. 자신의 기척을 감춘 채 숨마저도 쉬지 않는 것이다.

옷자락에 억새 잎이 스치는 가냘픈 소리가 그의 일 장 밖에서 들려왔다.

세 명이었다. 그자들 또한 은밀한 바람이 되어 있었고, 더

욱 은밀한 그림자가 되어서 억새풀 사이를 스쳐 가고 있는 중
이었다.

주위의 기운을 느끼려는 듯 멈추어 서서 온 신경을 곤두세
우는 게 보인다.

그들을 훔쳐 보면서 도수백은 더욱 몸을 땅에 밀착시키고
숨을 참았다. 할 수만 있다면 자신의 맥박마저 감추어야 한
다. 그렇게 훈련받았고, 누구보다 잘 터득하고 있지만 이런
순간에는 진땀이 나지 않을 수 없었다.

온 신경을 기울여 사방을 살피고 기척을 감지하던 자들이
다시 소리없이 움직여 멀어져 갔다. 그리고 도수백이 영악한
뱀처럼 그들의 종적을 뒤쫓기 시작했다.


웅크리고 있는 세 놈.

낮은 둔덕에 몸을 감춘 채 무성한 억새밭을 노려보고 있는
세 놈의 등이 저만큼 있다.

도수백은 그자들의 다섯 걸음 뒤에 납작 엎드려 있었다. 한
껏 주의력을 끌어올려 주변의 동정을 세밀하게 살핀다.

느껴지는 게 없었다.

세 놈뿐인 것이다.

이상하다는 생각이 들었다. 동료들과의 아무런 교감도 없
이 뚝 떨어져서 저렇게 웅크리고 있는 게 그렇다.

하지만 이런 기회는 자주 찾아오는 게 아니다. 도수백은 제

안의 망설임에 반발하듯 과감하게 땅을 박차고 몸을 띄웠다.

쉬익—

그가 억새풀 위로 뛰어오른 순간에야 세 놈은 등 뒤의 기척을 느꼈다.

놀라서 일제히 돌아보지만 그때는 이미 도수백이 소리없이 다섯 걸음의 공간을 접어 그들의 머리 위에 있을 때였다.

"앗!"

누군가가 억눌린 소리로 낮게 경악성을 터뜨렸다.

그리고 도수백의 칼이 번쩍이며 떨어졌다.

시잇—

핏빛 노을로 젖어가는 하늘을 가르고 떨어지는 창백한 유성 같다.

세 놈이 서로를 밀어내며 그 탄력을 빌어 몸을 미끄러뜨리지만 도수백의 칼빛에서 완전히 빠져나갈 수는 없었다.

"큭!"

"으음!"

두 놈이 짧은 신음을 흘리며 몸을 굴렸다. 각기 어깨와 가슴이 깊이 베어져 갈비뼈가 드러나고 심장이 드러나 보인다. 살지 못할 것이다.

도수백이 두 놈을 치고 나온 칼을 추스르는 동안 간신히 벗어난 한 놈이 몸을 일으키더니 맹렬하게 부딪쳐 왔다. 으르렁거리듯 내쉬는 숨소리가 있을 뿐, 기합성도 없는 부딪침이다.

조용한 만큼 치열하고 적의에 가득 찬 그 움직임에 도수백이 낯을 찌푸렸다.
'이놈들은 확실히 달라졌다.'
다시 한 번 그런 느낌을 받는다.
'하지만 상관없어.'
이를 악문 도수백이 부딪칠 듯 와락 몸을 던지며 마주 칼을 휘둘렀다.
씨잉—
그의 칼이 검광을 밀어내며 맹렬하게 허공을 쓸었다.

# 魔風俠星

## 第十章
죽음의 문턱에서

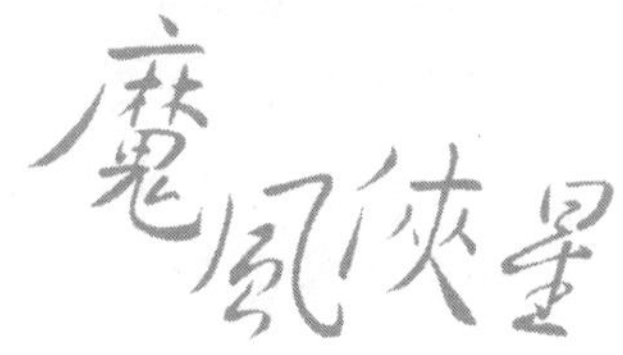

**도**수백은 엽건신이라는 놈이 어디에 와 있는지는 모르지만, 단단히 골려줄 작정을 했다.

놈과 정면으로 부딪치지만 않는다면 자신이 있었다.

이 무성한 억새풀들이 든든한 조력자가 되어줄 것이다.

'나를 무시하고 있겠지? 형편없는 놈이라고 비웃고 있겠지?

그렇게 생각하자 불끈 오기가 치솟는다.

'흥! 그러나 봐라. 내가 네놈의 수하들을 어떻게 죽여 없애는지, 어떻게 네놈을 골려주는지.'

그런 마음이 도수백을 상쾌하게 했다.

도중문 앞에서 당했던 망신에 대한 상심이 씻은 듯 사라지고 사기가 충만해진다.

싸움은 그의 활력이었다. 어려서부터 전장에서 잔뼈가 굳어오지 않았던가. 죽음과 피 냄새 속에서 커온 사람인 것이다.

도수백이 세 놈을 쓰러뜨리고 홀로 우뚝 섰을 때, 그의 주변 이십여 장을 둥글게 에워싸는 무리들이 있었다.

스무 명이나 되는 자들.

도수백은 제가 과연 미끼에 걸려들었다는 걸 알았다.

세 놈은 말하자면 무리의 첨병 격이었는데, 결국 어디에 숨어 있는지 알 수 없는 자신을 끌어내기 위한 미끼였던 것이다.

매복자는 절대로 적의 첨병을 공격하지 않는다. 제 위치가 노출되기 때문이다.

도수백은 제가 전장에서의 그 철칙을 깨뜨렸다는 걸 알았다.

자신감과, 스스로에 대한 흥분 때문에 냉정을 잃은 결과다.

매복자가 노출되면 죽음의 위험에 빠지는 것밖에 달리 길이 없다.

도수백이 어금니를 악물고 칼을 쥔 손에 힘을 주었다. 빈틈을 노리지만 사방에서 버석거리는 발소리들이 그물처럼 죄어오고 있을 뿐, 어디 한 곳 허술해 보이는 곳이 없었다.

'제기랄, 멍청한 짓을 했다!'

후회하지만 소용없는 일이다. 이럴 때는 정신을 한곳에 모으고 온몸의 긴장과 투지를 무기로 삼아서 부딪쳐 헤쳐 나아가는 수밖에 없다.

무지함이 정법인 것이다.

도수백이 머리띠를 풀어 제 손과 칼을 꽁꽁 묶었다. 어떤 일이 있어도 칼을 놓치지 않기 위해서다.

다음에는 허리띠를 풀어 왼손 팔뚝에 두텁게 감는다. 비구(臂具)를 대신하는 것이다. 어지간한 검격은 몇 차례 막아 줄 것이다.

마지막으로 너풀거리는 겉옷을 벗어 던져 버리자 모든 준비가 끝났다.

붕, 붕, 하고 몽둥이를 휘두르듯 허공에 몇 번 칼을 휘둘러 본 도수백이 제 손과 단단히 묶인 그것에 만족한 듯 씩, 웃었다.

팔이 잘라져 버리지 않는 이상 한 놈이라도 더 벨 수 있게 된 것이다.

문득 절강의 해안에서 왜구들 속으로 뛰어들던 때가 생각났다. 그때도 지금과 같이 혼자였다.

매복을 나왔던 동료들이 모두 죽고 혼자 살아남았을 때, 도수백은 달아나려고 하지 않았다. 지금처럼 칼을 제 손에 꽁꽁 묶고는 수백 명의 왜구들 속으로 서슴없이 뛰어들었던 것이다.

그리고 닥치는 대로 베고 또 베었다. 내 몸에 떨어지는 왜구의 칼은 처음부터 무시했다. 죽을 때까지 한 놈이라도 더 베면 족하다는 지독한 각오가 있었을 뿐, 두려움은 조금도 없었다.

그리고 그는 이겼다.

수십 명을 그렇게 베어 넘기며 미친놈처럼 길길이 날뛰자 왜구들이 주춤거렸다. 겁을 먹고 물러났다. 도수백의 광기가, 그 지독한 투지가 그놈들을 질리게 했던 것이다.

집단으로 움직이는 자들에게 두려움은 더 빨리 전파된다. 누구 한 사람이 그것을 느끼면 금방 집단 전체를 감염시키고 마는 것이다. 그래서 집단에는 그들의 사기를 불러일으키고 두려움을 차단해 줄 수 있는 용맹한 우두머리가 언제나 필요하다.

그러나 그 우두머리는 도수백의 칼에 진작 죽었고, 무리는 두려움에 감염되어 머뭇거렸다. 그래서 도수백은 천천히, 여유있는 모습으로 왜구들 사이를 뚜벅뚜벅 걸어 떠날 수 있었다.

왜구들은 그가 더 발악하지 않고 곱게 물러나 주는 것만을 다행으로 여겼을 뿐, 감히 뒤쫓을 생각조차 하지 못했다.

바로 그때의 각오와 광기를 다시 불러일으키기 위해서 도수백은 자기 자신의 의식을 절강의 해안으로 되돌렸다. 그곳에 고정시킨다. 수많은 왜구들을 바라보고, 투지와 살기를 불러냈다.

"간다!"

버럭 소리친 도수백이 땅을 박찼다.

그의 몸이 맹렬하게 억새들을 뚫고 앞으로 던져진 것처럼 달려나갔다.

사방에서 와사삭거리는 소리가 시끄럽게 들리고 불쑥불쑥 죽립인들이 모습을 드러냈다.

스무 명도 더 되어 보인다.

도수백은 빠르게 거리를 좁혀가면서 일별한 것만으로도 그들 중에 엽건신이 없다는 걸 알았다. 그렇다면 마음껏 휘저어볼 수 있다는 자신감이 생긴다.

"이야아!"

그가 한껏 투지를 실어 외치며 정면에 있는 자와 처음으로 부딪쳤다.

쾅!

힘껏 휘두른 그의 칼에 놈의 검이 동강 나 날아가 버렸고, 살을 가르고 뼈를 쪼개는 소리가 끔찍하게 울렸다. 그게 시작이었다.

"끼야아!"

뿜어지는 더운 피를 뒤집어쓴 도수백의 투지는 더욱 달아올랐다. 나를 통째로 내던지니 그것을 감당할 자가 없다.

그의 칼이 마음껏 허공을 가르며 어지럽게 떨어졌다. 그 무지막지한 힘에 전면에 나섰던 자들이 주춤거린다. 도수백에게는 그것이 단 한 번의 기회였다.

그가 더욱 용맹하게 그자들 속으로 뛰어들었다.

좌우로 쓸어가는 칼빛에 죽립인들이 바람맞은 검불들처럼 흩어졌다. 감히 정면에서 그것을 받아내려는 자가 없다.

그렇게 몇 번 치고 나가며 힘껏 칼을 휘둘렀지만 뜻과는 달리 처음의 한 놈을 베었을 뿐, 새파란 칼날에 걸리는 게 없었다.

맥이 빠지는 일이고, 기운이 더 빨리 소진되는 일이다.

죽립인들은 노루몰이를 하고 있었다.

이리저리 살 구멍을 찾아 펄쩍펄쩍 뛰는 노루를 멀찍이서 에워싸고 위협할 뿐, 좀체 그물을 던지지 않는다.

제풀에 지쳐서 헐떡이기를 기다리는 것이다.

"제기랄!"

도수백이 어느새 가빠진 숨을 몰아쉬며 땅을 굴렀다. 이래서는 싸움이 되지 않기 때문이다.

왼쪽을 들이치면 그놈들은 지레 겁을 먹은 것처럼 우르르 물러난다. 그리고 삼면에서 그만큼의 거리를 유지하며 다가서니 도수백을 포위한 대열은 여전히 제 간격을 지킨 채 장소만 이리저리 옮겨 다닐 뿐이었다.

억새 벌판이 끝없이 넓다는 게 죽립인들에게는 느긋한 마음을 갖게 하는 호조건인 것이다.

하지만 도수백에게는 절로 맥이 빠지는 일이었다. 상대가 있어야 칼이 위력을 발휘할 텐데, 노리고 쳐들어가면 그때마다 물러서기만 하니 소득이 없다.

몇 번 그런 일이 되풀이되자 도수백은 지치고 말았다. 그렇다고 조금도 긴장을 늦출 수 없으니 신경이 더욱 곤두서고, 팔에서는 힘이 빠져나간다.

적과 부딪쳐 힘껏 치고 밀어내며 싸우는 것보다 이렇게 혼자서 이리저리 날뛰며 칼춤을 추듯 하는 게 몇 배는 더 빨리 지치는 일인 것이다.

도대체 흥이 나지 않으니 그렇다.

"덤벼! 덤비란 말이다!"

결국 도수백은 그들을 쫓는 일을 포기했다. 무리의 한복판에 우뚝 서서 악을 쓰지만 죽립인들은 동요하지 않았다.

도수백이 움직이면 그만큼의 거리를 유지하며 함께 움직이고, 그가 멈추면 함께 멈추어 서서 기다린다.

말 한마디 없는 놈들이라는 게 도수백에게 더 큰 부담이 되었다.

'그렇다면 좋다.'

도수백은 작전을 달리할 수밖에 없었다.

어떻게 해서든 이놈들이 달려들게 해야 하는데, 이런 식으로는 가망이 없기 때문이다.

달려들어 혼전이 벌어져야 뚫고 나갈 길도 보인다. 그렇게 되도록 유도하기 위해서는 등 뒤와 좌우의 위협은 무시하는 수밖에 없다고 생각했다.

정면을 들이치고, 물러서는 놈들보다 더 빠르게 쫓아 들어가며 쳐야 하는 것이다. 그렇게 하지 못하고 있었던 건 좌우와 뒤에서 협공해 오는 놈들을 의식했기 때문이었다.

도수백은 위험을 감수하고서라도 빨리 이 국면을 끝내지 않으면 결국 위험에 처하는 건 자기 자신일 뿐이라는 걸 깨달았다.

들이쳐도 위험하고 머뭇거려도 위험한 건 마찬가지다. 그렇다면 통쾌하게 들이치는 쪽을 택한 도수백이 한 번 이를 부드득 갈고 맹렬하게 쳐들어갔다.

"이야아아―!"

그의 포효가 드넓은 억새 벌판 멀리까지 울려 퍼졌다.

과연 그가 달려들기 무섭게 정면의 적들이 물러섰고, 좌우와 등 뒤에 있던 놈들이 검광을 뿌리며 쫓아왔다.

도수백은 그놈들의 검을 무시했다. 더욱 걸음을 빨리해서 앞만 바라보고 쳐들어간다.

"엇!"

놈들 속에서 비로소 당황한 외침이 터져 나왔다.

스슥, 하는 듣기 싫은 소리를 내며 뒤에서 다가온 검이 도수백의 등을 훑고 지나갔다.

도수백은 그것을 무시하고 더욱 빨리 달렸다. 그러자 뒤에서 협공하는 자들의 검도 더욱 빨리 달라붙었다.

또다시 몇 개의 상처가 몸에 새겨졌다. 등과 옆구리, 어깨에 불로 지지는 듯한 통증이 밀려든다.

도수백은 이를 악물었다. 그리고 제 몸을 내준 대가를 정면에서 정신없이 물러서는 자들에게서 받아냈다.

기어이 정면의 세 놈이 물러서는 걸 멈추고 요란한 기합성과 함께 마주쳐 온 것이다.

"끼요옷!"

도수백의 괴성이 그들의 기세를 억눌렀다. 그리고 칼이 뒤따른다.

쾅!

한 놈이 검을 놓친 채 쓰러졌고, 그대로 휘두르는 도수백의 칼이 좌우의 두 놈을 갈라놓았다.

손 안에 묵직하게 와 닿는 느낌과 눈앞을 붉게 물들이며 퍼져 나가는 피가 도수백의 이성을 마비시킨다.

그는 저도 알아들을 수 없는 고함을 질러대며 발광하듯 날뛰었다.

그러는 동안 등 뒤에 또다시 몇 군데의 크고 작은 검상이 생겼고, 뒷목에도 검이 긋고 지나간 상처가 생겼지만 알지도 못한다.

제 칼에 맞은 자들의 피와 제가 흘리는 피로 온몸이 붉게 젖은 채 도수백은 더욱 용기백배하여 좌충우돌할 뿐이었다.

언제 숨을 헐떡일 만큼 지쳤던가 싶게 그의 용력은 사그라질 줄 모르고 솟아났다.

막상 제가 원하던 난전으로 돌입하자 그동안의 피로를 깨끗이 잊은 것 같았다.

오직 한 놈이라도 더 베겠다는 일념으로 스스로를 불태우는 것이다.

더 빨리, 더 정확하게.

그것만이 지금 도수백을 조종하는 유일한 명령이었다.

정면의 세 놈을 쳐 넘기자 비로소 길이 보였다.

도수백은 포위를 뚫고 미친 듯 달려갔다. 그의 뒤로 핏물에 젖은 발자국이 도장처럼 찍힌다.

"억!"

열 걸음 남짓 그렇게 달려가던 도수백이 비명을 터뜨렸다.

등과 어깨와 허벅지에 세 대의 수전이 박힌 것이다.

힐끔 돌아보자 다시 세 놈이 팔을 번쩍 드는 게 보였다. 소매 속에 감추어두고 있던 수전을 쏘려는 것이다.

설마 이놈들이 수전으로 암격을 하리라고는 생각지 못했지만 탓할 수가 없었다. 비도를 날려 암격으로 몇 번의 효과를 본 건 제가 먼저였기 때문이다.

난전을 벌이고 있을 때는 뒤섞인 동료 때문에 수전을 쏘지 못했는데, 도수백이 등을 보이고 달아나자 비로소 그것을 날릴 수 있게 되었으니 어느 한쪽에만 유리한 일이란 역시 없는 것이라는 생각이 불쑥 들었다.

"빌어먹을!"

도수백이 몸을 마비시키는 고통을 참으며 억새 속으로 뛰어들었다.

최대한 기척을 감추어야 하는데, 헐떡이는 숨을 어쩔 수 없고 몸에서 흐르는 피를 멈추게 할 수도 없다.

몸을 감추고 놀란 뱀처럼 빠르게 억새를 헤치며 나아가지만 그가 지나간 곳에는 긴 피의 흔적이 남았다.

삐이익—

날카로운 호각 소리가 들려왔다.

죽립의 사내들은 도수백의 흔적을 놓치지 않았다. 바보라고 해도 그를 뒤쫓는 일은 쉬울 것이다.

겨우 네 명을 해치웠을 뿐이라는 생각이 도수백을 분하게 했다.

머릿수와 물량으로 이끌어가는 놈들의 지연전술에 농락당한 꼴이다.

이쪽은 시간이 없고, 그런 만큼 급해질 수밖에 없으니 알면서도 당하는 게 당연한 일이었지만 역시 분하다는 생각이 든다.

하지만 그건 도수백의 욕심일 뿐이었다.

그는 이 황량한 억새 벌판에서 엽건신의 심복이라고 할 수 있는 동창의 무사들을 열일곱 명이나 처치했다.

그것도 혼자서 그렇게 한 일이니 엽건신이나 그의 수하들이 느끼는 분노는 그보다 몇십 배나 더 클 것이다.

삐이익—

호각 소리는 사방에서 느긋하게 들려왔다. 도수백은 그 소리에 섞여 있는 적의와 살기를 충분히 느낄 수 있었다.

사냥꾼이 상처 입은 짐승을 쫓듯이 놈들은 그걸 즐기고 있다는 생각이 든다.

느긋이 뒤쫓다 보면 머지않아 피를 철철 흘리며 기진해 쓰러져 헐떡이는 놈을 찾게 될 것이다. 그러면 그놈을 내려다보며 비웃고 유쾌해한다. 그리고 드디어 목에 칼을 꽂아서 숫구쳐 나오는 피를 빨아먹는 것이다.

도수백은 더 이상 달아나는 걸 포기했다. 무려 세 대의 수전이 몸에 꽂혀 있으니 움직인다는 건 스스로의 기력을 더 빨리 소진하는 일이 될 뿐이다.

수전은 살 속에 깊이 박혀서 근육을 자극했다.

한 개는 뼛속에까지 박혔는지 움직일 때마다 지독한 고통이 왔다.

다행히 독은 발라져 있지 않은 모양이지만 빨리 그것들을 뽑고 상처를 치료하지 않는다면 결과는 마찬가지가 될 것이다.

몸이 점점 마비되는 걸 느낄 수 있었다. 도수백은 이때가

행복하다고 생각했다. 아직 감각이 살아 있다는 건 곧 목숨이
붙어 있다는 증거이기 때문이다.

오래지 않아 감각마저 사라질 것이다. 그러면 끝이다. 그
때는 수전을 뽑아낸다고 해도 회복하기 힘들어진다는 걸 그
는 잘 알고 있었다.

여기서 이렇게 죽는다는 생각이 들었다. 그러자 지나온 자
신의 삶이 주마등처럼 빠르게 눈앞을 스쳐 지나갔다.

병사로서 용맹을 떨치던 일들이 끝나더니 운남 토옥림의
그 끔찍하던 밀림이 떠오르고, 퍼붓듯 쏟아지던 장대비가 떠
올랐다.

그리고 한 사람의 얼굴이 크게 다가온다.

'기요성……'

도수백은 잊고 있었던 그 이름을 떠올렸다. 그리움과 함께
서러움이 왈칵 밀려들었다.

전장에서 그와 함께 있을 때는 마음이 든든했다. 서로의 위
험을 지켜주었기 때문인데, 이제는 이렇게 황량한 곳에서 혼
자 죽어가고 있다는 생각이 끔찍한 느낌으로 가득 차왔다.

그놈이 한번 보고 싶었다. 오직 그놈 때문에 귀주의 영복왕
부로 가던 길 아니었던가. 그런데 이제는 영영 볼 수 없게 된
다는 게 슬프다.

그리고 떠오르는 또 하나의 얼굴.

왕소령이었다.

그녀에게 진 빚을 아직 다 갚지도 못했다는 생각에 미안해진다.

그리고 많은 사람들의 얼굴이 차례로 명멸해 갔는데, 원도 화상도 있고 자운곡주도 있었다.

그러다가 또 한 사람의 얼굴이 불쑥 떠올라 자꾸만 꺼져 가는 도수백의 정신을 붙들었다.

'운지……'

도수백은 수줍은 듯 볼을 붉히고 어눌하게 말을 더듬던 그녀의 사랑스런 모습을 보고 있었다. 언제까지나 그렇게 바라보며 살고 싶다.

그녀를 잡으려는 듯 손을 뻗지만 공허한 허공만 움켜쥐었을 뿐, 그녀의 환영은 곧 꺼져 버렸다.

그리고 들려오는 음성이 꿈속의 그것처럼 아득하게 느껴진다.

"아직 살아 있군."

"지독한 놈이다. 이런 놈은 처음 봐."

"어쨌든 목숨을 구해서 데려갈 수 있지 않을까?"

"틀렸어. 곧 뒈질 거다."

흐릿해진 도수백의 시야에 죽립의 사내들이 까마득히 올려다 보였다. 죽립 속에서 흰 이를 드러내며 빙글빙글 웃고 있다.

그들의 비웃음이 이제는 아무렇지도 않게 받아들여진다.

그들은 승자고 나는 패자라는 생각 때문이었다.

승자는 언제나 패자를 비웃을 권리가 있다. 그게 싫으면 패자가 되지 말아야 한다.

"누가 이놈의 목을 자를 테냐?"

낮게 가라앉은 음성이 귀에 익다.

도수백은 애써 정신을 모아 그 소리가 들려온 곳으로 얼굴을 돌렸다.

이제는 핏빛으로 붉어진 노을을 머리에 이고 한 사람이 우뚝 서 있었다.

어두워져 가는 하늘 아래 더 어두운 그늘로 남아 있는 사람이지만 도수백은 그를 잊을 수 없었다.

"엽건신……."

그의 입술 사이로 희미하게 그 이름이 흘러나왔다.

그자는 악양루에서 처음으로 절망을 느끼게 했던 바로 그 엽건신이었다.

사냥감이 쓰러지자 사냥꾼의 우두머리가 비로소 찾아온 것이다.

"목을 잘라서 복수를 해라."

그의 말에 서로 눈치를 보던 죽립인들 중 한 놈이 검을 뽑아 들고 나섰다.

도수백이 흐려지는 눈을 애써 부릅뜨고 그자를 노려보았다.

허망하다는 생각이 불쑥 들더니 그것마저 사라졌다. 이렇게 죽는다는 게 오히려 안심이 된다. 이 지긋지긋한 삶을 깨끗이 끝내는 것이다.

"어서 해."

도수백이 꺼져 들어가는 음성으로 그렇게 말했다.

제 딴에는 악을 쓰는 건데, 밖으로 흘러나간 건 속삭임같이 미약한 음성이다.

"죽일 놈."

그자가 한 발로 도수백의 가슴을 짓밟고 서서 이를 갈았다.

이 황량한 억새밭에서만 이놈의 손에 죽은 동료가 무려 열일곱 명이다. 하나같이 고된 수련을 했고, 엄정한 규율 속에서 길러진 자들이라 더욱 분하고 억울하다.

그걸 생각하면 이놈의 목을 자르는 것만으로는 분이 풀리지 않을 것이다.

도수백의 가슴을 밟고 노려보던 죽립의 사내가 스산하게 말했다.

"목을 치기 전에 먼저 네놈의 몸을 열일곱 번 찌르고 베겠다. 한 번 피가 솟구칠 때마다 한 명의 동료가 네 손에 죽은 원한을 푸는 거야. 그런 다음에 목을 쳐서 장대에 꿰어 세워 놓을 테다."

끔찍한 말을 마치더니 비로소 검을 번쩍 들어 올렸다.

도수백은 눈도 깜빡이지 않았다. 자꾸만 감기려는 눈을 억지로 부릅뜨고 끝까지 그자를 바라본다. 제 몸이 찔리고 잘리는 걸 기어이 제 눈으로 보고 말겠다는 것 같았다.

"에잇!"

죽립의 사내가 짧고 격하게 소리치며 검을 내려쳤다.

싯!

그보다 조금 앞서서 갈대숲 저쪽에서 가벼운 바람 소리가 났었다. 하지만 모두는 도수백의 몸이 토막 나는 걸 기대하며 지켜보는 데 잔뜩 신경을 쓰고 있던 터라 미처 눈치 채지 못했다.

"으앗!"

칼을 내려치던 자가 뜨거운 비명을 터뜨렸다. 몸이 센 힘으로 밀린 것처럼 뒤로 날려간다.

시잇! 시잇!

연거푸 날카로운 바람 소리가 났다.

"흐억!"

"앗!"

그때마다 도수백을 에워싸고 있는 죽립인들 속에서 비명성이 터져 나왔다.

강전이었다.

어디에서 날아오는 건지 알아채기도 전에 그것이 다섯 명을 꿰뚫어 버렸다.

어찌나 강한 힘이 실린 화살인지 그것에 맞은 자들마다 세게 밀쳐진 것처럼 뒤로 나가떨어진다.

그리고도 시위 소리는 계속되었다. 지독한 연사의 솜씨다.

더 지독한 건 시위 소리 하나에 한 명씩 어김없이 가슴이나 이마 복판에 강전이 박혀 나가떨어진다는 것이었다.

신궁이라고 불러야 할 활 솜씨였다.

그렇게 순식간에 일곱 놈이 쓰러지고 나서야 모두 정신을 차릴 수 있었다.

눈 깜짝할 사이에 일곱 대의 강전이 날아왔고, 일곱 명의 숨통을 끊어놓았으니 어안이 벙벙해진다.

일곱 명의 신궁이 억새풀 숲에 숨어 있다가 일제히 강전을 쏘아댄 것이라는 생각이 들 수밖에 없는 일이었다.

어렴풋이 주변의 상황을 알아본 도수백의 입가에 한줄기 희미한 웃음이 떠올랐다.

"기, 요, 성……."

저쪽에서 와락 덮쳐 오는 검은 그림자를 보며 도수백이 그렇게 중얼거렸다. 그리고 의식을 잃어버렸다.


"흩어져!"

땅!

엽건신이 버럭 소리치며 검을 휘둘러 강전 한 대를 후려쳤다.

비로소 정신을 차린 자들이 몸을 낮추며 메뚜기 떼처럼 사방으로 뛰어 물러섰고, 이십여 보 밖의 억새숲에서 한 사람이

벼락처럼 뛰어나왔다.

쉿, 쉿, 쉿!

극쾌한 경공신법으로 몸을 날려 허공을 접어오면서도 세 대의 강전을 한꺼번에 쏘아댄다.

하지만 그것들은 더 이상 목표를 꿰뚫지 못했다. 정신을 차린 자들이 침착하게 제 앞으로 닥쳐든 강전을 쳐냈기 때문이다.

그러느라 놈들은 함부로 움직이지 못하고 주춤거렸다. 흑의괴한은 그걸 노린 것이리라.

그는 무인지경이나 다름없이 뻥 뚫린 공간을 곧장 접어왔다. 쓰러져 있는 도수백을 향해서다. 도수백 곁에는 오직 엽건신만 아직까지 버티고 서 있을 뿐이었다.

"이놈!"

엽건신이 버럭 소리치며 검을 후려쳤다.

후웅―

웅장한 바람 소리와 함께 한 가닥 예리한 검기가 쭉, 뻗어 그림자를 끊는다.

따앙―

격하고 낭랑한 쇳소리가 터져 나왔다.

어느새 활을 버린 그림자가 검을 뽑아 마주 후려졌는데, 거뜬히 엽건신의 용화밀검(龍化密劍)을 받아낸 것이다.

"엇!"

그 의외의 일에 엽건신이 놀라 소리치며 급히 검로를 바꾸어 또 한 번 후려쳤다.

앞서의 것이 일격참의 맹렬함이었다면 그것에 뒤이은 것은 치밀한 검세를 수반한 변화의 검법이었다.

화양칠검(華陽七劍)이라는 것인데, 엽건신의 성명절기라고 해도 좋을 만큼 위력적인 검격이다.

그것에 실린 무지막지한 힘이 주변의 공기를 후끈 달구어 놓고 으르렁거리는 우렛소리를 토해내며 밀려 나갔다.

"핫!"

정체불명의 검은 그림자에게서 처음으로 낭랑한 기합성이 터져 나왔다. 그리고 뇌전처럼 번쩍이는 한줄기 검광이 거침없이 화양칠검의 검세를 관통한다.

쉬잇, 하는 격한 검명(劍鳴)이 울린 순간 엽건신은 또 한 번 크게 놀랐다.

따다당!

연달아 날카로운 쇳소리가 터져 나왔는데, 한순간이다.

"쾌검!"

엽건신이 저도 모르게 버럭 소리치고 두 걸음 물러서는 것으로 겨우 가슴을 뚫어오는 검격의 범위에서 벗어났다.

"핫하, 귀하의 검법은 정말 탐나는군. 하지만 오늘은 여기까지요!"

어느새 검은 그림자의 낭랑한 웃음소리는 십여 장 밖에서 들려오고 있었다. 죽은 듯 쓰러져 있던 도수백의 모습도 보이지 않는다.

그때에서야 비로소 죽립인들이 분분히 달려왔으나 그곳에는 검을 늘어뜨린 채 멍하니 서 있는 엽건신만 있을 뿐이었다.

두 번의 검격으로 엽건신을 물리쳤고, 도수백을 옆구리에 낀 채 홀연히 사라질 때까지 누구도 그자의 면모를 똑똑히 본 자가 없었다.

"이럴 수가!"

엽건신이 발을 구르며 소리쳤다.

평소의 침착하고 냉정하던 그가 아니다. 검을 쥔 손을 부들부들 떠는 것이 분노를 억제할 수 없는 모양이었다.

"감히 내 앞에서 이럴 수가 있단 말인가?"

흑의 그림자가 사라진 곳을 노려보며 중얼거리는 말에 응축된 분노가 실렸다.

그는, 벼락같은 기습을 당했다고는 하지만, 자신의 검격을 뿌리치고 도수백마저 구해 달아날 수 있는 자가 있다는 게 믿을 수 없었다.

게다가 그자의 면모를 제대로 알아보지도 못했으니 기가 막힌다.

# 魔風俠星

## 第十一章

### 기요성(奇曜星)의 과거

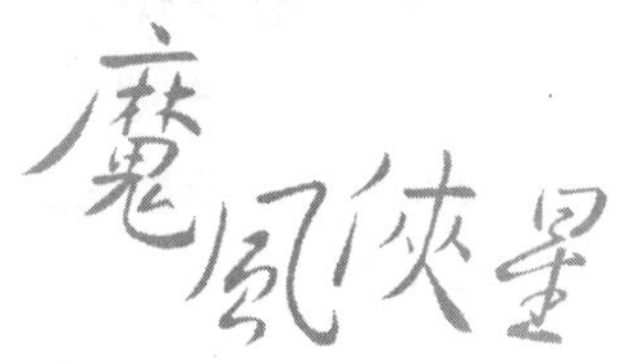

**기**요성의 얼굴에 수심이 짙어졌다.

덜컹거리는 마차 안에서, 그리고 배 안에서 그는 내내 도수 백 곁에 붙어 앉아 있었는데, 그가 깨어날 기미를 보이지 않으니 그렇다.

"공자, 잠시라도 눈을 좀 붙이시는 게 좋지 않을까요?"

선실의 문을 열고 들어온 중년의 텁석부리사내가 조심스럽게 말했다. 기요성이 충혈된 눈으로 그를 멍하니 바라본다.

"오 형, 아무래도 나는 평생의 후회를 남기게 될 것 같소."

"공자, 그게 무슨 말씀이오?"

"내가 조금만 더 일찍 그곳에 갔었더라도 이 친구가 이 자경이 되지는 않았을 것이기 때문이오.”

“공자께서는 친구 분을 위해 최선을 다하셨습니다. 그건 제가 알고 동행한 동료들이 모두 아는 일이니 자책하실 것 없습니다.”

“나는 왜 엉뚱한 호기심에 이끌렸던 것일까?”

기요성의 여자처럼 고운 얼굴에 우울한 그늘이 더욱 짙어졌다.

그가 울 듯한 표정을 하고 고개를 숙이자 그 모습에 황가라고 하는 텁석부리장한의 얼굴이 시뻘겋게 달아올랐다. 급히 외면하고 헛기침을 한다.

기요성은 귀주에서부터 무려 보름 길을 쉬지 않고 달려왔는데, 오직 도수백을 만나기 위해서였다. 그에 대한 소문은 바람보다 빨리 귀주성에도 퍼졌던 것이다.

영복왕부에서 도수백의 소식을 들은 기요성은 사람을 풀어 그의 행적을 탐문하도록 했다. 그리고 며칠 뒤 그가 장강 하류의 진강구에서 무한으로 향하는 배를 탔다는 보고를 받을 수 있었다.

기요성은 도수백이 동정호로 갔을 것이라고 짐작했다. 그러자 그에 대한 생각이 더욱 크고 급해져서 낯빛마저 변했다.

그것을 본 영복왕이 휴가를 주었고, 기요성은 그 즉시 몇 명의 심복들을 대동하고 동정호를 향해 떠났던 것이다.

천하에 깔려 있는 영복왕의 정보망은 거미줄처럼 치밀했

다. 여태까지 동창의 눈에도 드러나지 않았을 만큼 은밀하기 까지 하다.

황금지주(黃金地蛛)라고 불리는 그들의 존재는 왕부 내에 서도 철저히 비밀로 지켜지고 있어서 소수의 핵심 인물들 외에는 알지 못한다.

기요성은 영복왕부에 들어온 지 얼마 되지 않아서 어느덧 그 황금지주를 부릴 수 있는 소수의 핵심 인물 중 한 명으로 떠올라 있었다. 그건 그가 영복왕의 유일한 혈육인 왕소룡을 구해서 데려온 사람이라는 공 때문이기도 했다.

기요성이 악양성에 도착하자 그 즉시 황금지주의 인물이 접촉해 왔는데, 그는 기요성을 위해 이미 도수백의 행로를 철저히 감시하고 있었다.

기요성은 도수백이 악양루에서 동창의 무리에게 협박당했다는 걸 알았고, 그 뒤 내행창의 호위를 받으며 악양성으로 들어갔다는 걸 알았다.

하지만 그들의 경비가 지극히 엄중하고, 행동이 은밀했으므로 황금지주의 정보원들은 끝까지 도수백을 감시하고 미행할 수가 없었다. 상대가 내행창이라면 더욱 조심할 수밖에 없는 까닭이기도 하다.

뒤늦게 기요성은 도수백이 악양성 밖 이십 리 떨어진 곳의 억새벌판에 있다는 걸 알고 급히 뒤쫓아갔지만 한걸음 늦었던 것이다.

그렇게 된 데에는 기요성만의 말 못할 사정이 있었다.

악양성중에서 우연히 한 여자를 보았기 때문이다.

＊　　　＊　　　＊

"수라옥녀(修羅玉女) 상초혜(商椒嘒)!"

악양성중에서 가장 번화한 만통로의 주루 이층 창가에 앉아 홀로 술잔을 기울이고 있던 기요성이 저도 모르게 소리쳤다. 너무 놀라 들고 있던 술잔을 떨어뜨리기까지 했다.

쨍그랑—

그 소리에 주위의 사람들이 힐끔거렸지만 기요성은 그것조차 의식하지 못했다.

그는 안색이 창백해진 채 창밖의 거리를 뚫어지게 바라보고 있었다.

많은 사람들로 북적이는 저자를 세 남녀가 말을 타고 천천히 지나가고 있었는데, 모두 이십대의 젊은 사람들이었다.

하얀 말 위에 앉아 있는 여자는 챙이 넓은 모자를 썼는데 얇은 망사를 늘어뜨려 얼굴을 가렸고, 두 청년은 준수하고 당당했다. 마치 여인을 호위하는 것처럼 좌우에 붙어서 말 머리를 나란히 하고 있다.

기요성이 무심히 그들을 보고 있을 때 한줄기 바람이 불어와 망사가 펄럭였고, 잠깐 여인의 얼굴이 드러났다.

기요성이 그때에 창밖을 내려다보고 있었다는 건 우연이라고밖에는 할 수 없는 일이었다. 그리고 그 망사의 여인이 살짝 얼굴을 들어 위를 바라본 것도 우연일 것이다.

기요성과 그녀의 눈이 아주 잠깐 마주쳤다. 그 순간 기요성이 깜짝 놀라 술잔마저 떨어뜨렸던 것이다.

그녀는 곧 망사를 다시 늘어뜨려 얼굴을 가리고 두 명의 청년 검사와 함께 천천히 저자를 지나 멀어져 갔다.

기요성이 즉시 자리를 떠나 주루 밖으로 나왔을 때 그들의 모습은 어디에서도 보이지 않았다.

한참 동안 멍하니 저자를 바라보며 서 있던 기요성이 머리를 설레설레 흔들었다.

“그럴 리가 없다. 수라옥녀 상초혜라니? 내가 미친 건가? 아니면 낮도깨비에게 홀리기라도 했던 건가?”

그는 조금 전 자신이 보았던 것이 허깨비라고 생각했다. 그렇게 믿고 싶었다.

수라옥녀 상초혜라면 지금쯤 환갑을 넘긴 나이일 것이다. 얼굴에 주름살이 쪼글쪼글해져 있을 것이고 곱던 피부도 변했을 텐데, 조금 전에 얼핏 본 여인은 고작 이십대 후반으로 보이지 않았던가.

기요성은 제가 정말 허깨비를 보았다고 믿고 싶었다. 그녀의 생김새가 상초혜와 너무나 똑같았던 것이다. 상초혜의 그 곱던 얼굴을 그는 지금도 잊지 못하고 있었다.

그녀가 남겨주었던 강렬한 인상 때문이기도 하고, 그녀로 인해 벌어졌던 끔찍한 상황을 낱낱이 기억하고 있기 때문이기도 하다.

기요성은 그때의 일을 떠올릴 때마다 내면의 고통을 견디기 힘들었다. 그가 술 취한 사람처럼 비틀거리며 저자를 따라 걷는 건 저도 모르게 혹시라도 그녀를 찾게 되지 않을까 하는 기대감 때문이었다.

밤새도록 혼자서 저자를 어슬렁거리고 골목들을 기웃거렸지만 기요성은 끝내 그녀를 다시 볼 수 없었다.

그가 새벽이슬에 젖어서 숙소로 돌아오자 악양성의 황금지주가 그때까지 그를 기다리고 있다가 반갑게 맞았다.

"찾으시는 사람에 대한 정보를 가지고 왔습니다."

그는 제가 부리고 있는 십여 명의 수하를 모두 풀어서 악양성 안팎을 샅샅이 훑었을 것이다. 그 노고가 컸으련만 기요성은 한마디의 치하도 하지 않았다. 그의 정신이 멍하니 다른 곳에 가 있는 탓이다.

하지만 황금지주는 아무런 내색도 하지 않고 제가 알아온 바를 보고했다.

도수백이 내행창의 무리와 함께 마차를 타고 악양성 중으로 들어갔는데 더 이상 미행할 수 없었다는 것과, 그러므로 그가 지금 어디에 있는지 알 수 없으나 악양성을 나오지 않았다는 것만은 확실하다는 것 등이다.

"수고했소."

기요성은 그 한마디를 했을 뿐, 모든 게 다 귀찮다는 얼굴로 침상에 벌렁 누워버렸다. 멋쩍게 된 황금지주가 슬며시 자리를 떴지만 돌아보지도 않는다.

기요성의 머릿속에는 온통 수라옥녀 상초혜가 들어 있을 뿐이었다.

그녀를 처음 보았을 때의 일을 자꾸 더듬어 떠올린다.

이십오 년 전이었다.


*       *       *


한여름이었는데, 기요성은 그때 다섯 살의 소동이었다.

헐렁한 도복을 입고 잘 익은 살구처럼 발그스름한 볼이 통통했다. 커다란 두 눈이 별처럼 반짝이고 도톰한 입술이 촉촉해서 누가 보든 깨물어주고 싶을 만큼 귀여운 꼬마 도사였던 것이다.

어쩌다 산아래 마을에 내려가면 모든 사람들이 그런 기요성을 안아주려고 했다. 볼을 꼬집기도 하고, 과자를 손에 쥐어주며 한마디라도 더 말을 시키려고 들었다.

기요성은 화산파의 선동(仙童)으로 이미 화산 인근은 물론 종남산(鍾南山)에까지 널리 알려진 귀염둥이였다.

산에서도 그는 대장로인 화산신검(華山神劍) 무량도(無量

道)의 내제자로서 모든 사람들의 귀여움을 독차지했다.

아직 다섯 살의 철부지 꼬마에 불과했지만 기요성의 배분은 이대와 삼대의 수많은 제자들 중에서도 높은 위치에 있었는데, 대장로의 유일한 내제자로 사문의 계보에 이름을 올렸기 때문이다.

그래서 나이 많은 청년 제자들이 그를 꼬마 사형이라 불렀고, 더러는 꼬마 사숙이라고 부르기도 했다. 그러면서 보기만 하면 끌어안고 껄껄 웃으며 꺼칠꺼칠한 수염을 비벼대는 통에 기요성은 기겁을 하곤 했다.

수염 허연 도사들이 사제라고 부를 때마다 무안해서 냅다 달아난 적도 여러 번이다.

그날은 웬일인지 사문의 분위기가 심상치 않았다. 원로들이 산 위에 있는 제자들을 모두 연화평으로 불러 모았는데 근엄하고 딱딱하게 얼굴이 굳어 있는 것이 수상했다.

언제나 자상하던 사부, 화산신검도 그날만큼은 엄숙했다. 그가 문밖에 공손히 서 있는 화운악을 가리키며 말했다.

"너는 지금 즉시 네 사형을 따라 산에서 내려가거라."

기요성이 새까만 눈을 말똥거리며 사부를 빤히 바라보다가 물었다.

"그럼 오늘은 공부를 하지 않아도 되나요?"

화산신검이 굳은 얼굴을 끄덕였고, 화운악이 그에게 절하고 나서 냉큼 기요성을 안아 들었다.

"사제, 오늘은 나와 함께 산아래 구경을 가는 거야. 좋지 않아?"

그는 장문인 화령 진인(華靈眞人)의 다섯 제자 중 둘째인데, 나이는 서른 살에 불과했지만 무공이 특출하고 품행이 반듯하며 인품이 넉넉해서 화산파의 수재로 널리 알려진 사람이었다.

평소에도 아들뻘 되는 기요성을 특히 귀여워해 주어서 곧잘 화산의 골짜기로 데리고 다니며 다람쥐를 잡아주기도 하고 산열매를 따주기도 했다. 기요성 또한 여러 사형들 중에서도 그런 화운악을 가장 좋아하고 따랐다.

"사형, 오늘 무슨 날이야?"

화운악의 손을 잡고 타박타박 연화봉을 내려오며 묻자 화운악이 빙긋 웃었다.

"그냥 사부님의 심부름을 가는 것뿐이다. 나 혼자 가기 심심해서 너를 데려가겠다고 했던 거야."

"어디로 가는데?"

"좀 멀다."

"그러니까 어디?"

"종남산."

"응?"

기요성이 눈을 크게 떴다.

아직 화산을 벗어나 본 적이 없는 꼬마로서는 종남산까지

가야 한다니 어리둥절했던 것이다.

화운악이 기요성의 머리를 쓰다듬으며 말했다.

"내일까지 걸어야 할 거야. 하지만 내가 있으니 걱정할 것 없어. 다리가 아프면 말해라. 업어줄 테니까. 저자에 들어서면 맛있는 것도 많이 사줄게."

그 말에 기요성이 환하게 웃고 사형의 손을 흔들었다. 그의 머릿속에는 이미 사부의 근엄하던 모습이 사라지고 없었다.

사부가 왜 갑자기 사형을 따라 종남산으로 가라고 했는지 궁금해하던 것도 까맣게 잊었다.


그날부터 꼬박 이틀 동안 걷기도 하고 사형에게 업히기도 하면서 그 먼 길을 타박타박 걸어 종남산에 이르렀다.

먼저 산아래의 종남도관에 들러 신분 내력을 밝히고 오게 된 경위를 설명했다.

사실 그럴 필요 없는 일이었다. 화운악이 화산의 수재라는 걸 종남파의 문도들 누구나 잘 알고 있었기 때문이다.

기요성에 대해서도 그랬다.

천상의 선동 같은 꼬마가 화산파제일의 고수라고 널리 알려진 화산신검 무량도의 내제자이면서 화산의 보물이라는 걸 모르는 종남파의 도사들은 아무도 없었다.

하지만 절차라는 건 누구도 무시할 수 없는 일이고, 특히 가까이 교류하는 문파의 제자들일수록 더욱 그랬다. 상대방을 존중해 주는 일이기 때문이다.

곧 그들은 산문을 지나 종남산으로 들어갔다.

학정봉을 향해 깊은 숲 속에 나 있는 호젓한 오솔길을 걸어 올라가는 동안 기요성은 내내 두리번거리며 신기해했다.

화산과 종남산이 서로 다르니, 발아래 보이는 골짜기와 숲이 낯설어서 호기심을 자극했던 것이다.

이것저것 성가실 정도로 참견을 하고 물어보지만 화운악은 조금도 귀찮아하지 않고 그때마다 기요성이 알아듣기 쉬운 말로 설명해 주곤 했다.

가끔 종남산의 도사들과 마주치면 모두 활짝 웃으며 기요성을 한 번씩 안아주고서야 지나쳐 갔다.

"어이구, 화산의 꼬마 신선이 오늘은 종남산에 놀러 오셨구나."

"애야, 네 사형을 따라서 화산으로 돌아가지 말고 여기 살면 어떻겠니?"

"화산보다 종남산이 더 크고 깊어서 예쁜 짐승들도 많고 맛있는 열매들도 많단다."

"내가 매일 업고 다닐게. 매일 같이 놀아주면 좋지 않겠니?"

그런 온갖 말들로 기요성을 떠보았는데, 그러면 기요성은 겁먹은 얼굴로 화운악의 등 뒤로 숨었다.

"하하, 안 되겠군. 화 형, 저 꼬마 신선은 화 형을 너무 좋아하는 것 같아. 샘이 나지만 어쩔 수 없지."

어린 기요성은 그런 종남산의 도사들이 이상하면서 무섭기만 했다. 왜 자기를 화운악과 떼어놓으려는 건지 이해할 수 없었던 것이다.

그래서 기요성은 더욱 화운악의 손을 꼭 잡고 걸었다. 이제는 깊은 종남산의 숲을 두리번거리지도 않는다.

한참을 걸어도 마주치는 사람이 없었다. 바람은 소슬하고 계곡 물소리가 더 쓸쓸하게 들리는 고요 속이었다.

과거 이백(李白)은 〈종남산에서 내려오니―下終南山〉라는 시를 남긴 적이 있는데 그 앞 구절에서,

*暮從碧山下(모종벽산하)*
*山月隨人歸(산월수인귀)*
*却顧所來徑(각원소래경)*
*蒼蒼橫翠微(창창횡취징)*
*저물어 푸른 산을 내려오니*
*산 위의 달도 나를 따라 돌아가네.*
*오던 길 되돌아보니*
*푸른 안개 산허리 감았구나.*

라고 노래했다.

이백은 깊고 그윽한 정취가 우러나는 종남산을 내려오며 감회에 젖었지만 지금 기요성은 화운악의 손을 꼭 잡고 그 산의

골짜기를 더듬어 올라가며 호기심에 눈을 반짝이고 있었다.

종남산은 팔선(八仙) 중 종리권(鍾離權)이 머물렀던 곳이고, 후에는 검선(劍仙)으로 잘 알려진 여동빈(呂洞賓)이 도를 닦은 산으로 유명하다.

그들 두 사람, 종리권과 여동빈의 만남이 극적인데, 전해 내려오기는 여동빈이 두 번째 과거에 낙방하고 낙심해 있던 마흔다섯 살 무렵이라고 한다.

여동빈은 당나라 후대 관서 하중부 낙현 사람으로서, 덕종(德宗) 정원(貞元) 12년(797년) 4월 14일에 출생했다.

유생의 집안에서 태어나 줄곧 학문을 닦았지만 마흔다섯 살이 되도록 두 번이나 과거에 낙방하고 나니 낙심하지 않을 수 없었다.

집으로 돌아갈 면목도 없고 하여 그는 홀로 장안성중을 배회하다 허름한 주가(酒家)에 들어 술을 자작하고 있었다.

그때 이목이 수려하고 풍채가 좋은 노도사가 주가에 들어와 역시 홀로 유유자적하게 술을 마셨는데, 종리권이었다.

종리권은 낙심하고 있는 여동빈을 보더니 불쑥 한 수의 시를 지어주었다.


坐臥常携酒一壺(좌와상휴주일호)
不敎雙眼識皇都(불교쌍안식황도)

*乾坤許大無名姓*(건곤허대무명성)

*疏散人間一丈夫*(소산인간일장부)

앉으나 누우나 언제나 한 호로의 술을 가지고 다녔고

두 눈으로는 황도의 일을 모르도록 했다네.

하늘과 땅은 이렇게 큰데 성도 이름도 없이

한낱 인간 세상을 떠도는 한 사내일 뿐일세.


노도사가 전해준 시를 읽은 여동빈은 마음이 동하는 바가
있어 즉석에서 답시를 써주었다.


*生在儒家遇太平*(생재유가우태평)

*懸纓垂帶布衣輕*(현영수대포의경)

*誰能世上爭名利*(수능세상쟁명리)

*欲侍玉皇歸上淸*(욕시옥황귀상청)

유가 집안에 태어나 태평시대를 만났건만

갓 끈을 걸어두고 허리띠를 벗어놓았으니 삼베옷이 가볍다.

누가 세상과 더불어 명예와 이익을 다투겠는가?

옥황상제를 모시러 상청경으로 돌아갈까 하노라.


그 시를 읽은 종리권이 껄껄 웃으며 도문에 귀의할 것을 권
했던바, 여동빈은 즉시 그의 제자가 되어서 종남산(終南山)으
로 들어가 학정봉(鶴頂峰)의 동굴에서 수행하였다.

그는 그곳에서 득도하여 드디어 사부와 나란히 팔선의 반
열에 올랐는데, 그로부터 이백 년이 지난 송나라 때에도 세상
에 나타나 기행을 남긴 걸로 유명했다.


화산이 험한 것으로 이름 높은 산이라면 종남산은 수려하
기로 이름 높은 산이다. 크고 웅장한 산세를 가지고 있는 만
큼 골짜기가 깊고 물도 많다.

주봉인 학정봉은 북쪽에 있는데, 산아래에서 걸어 올라가
자면 족히 한나절은 걸린다. 기요성의 작은 발걸음으로는 하
루가 꼬박 걸릴 거리인 것이다.

도관이 많다고 하지만 그 큰 산에 여기저기 흩어져 있으니
어떤 때는 능선 하나를 넘도록 사람 구경을 할 수 없기도 했다.

그렇게 깊은 골짜기를 천천히 더듬어 올라가고 있을 때였다.

"너희들은 참 한가해 보이는구나."

문득 처량한 음성이 들려와 화운악과 기요성의 걸음을 멈
추게 했다.

"너희들도 종남파의 도사들이냐?"

물어보는 사람은 개울가의 바위 아래 쪼그리고 앉아 있는
여인이었다.

푸른 옷자락만 살짝 드러나 있어서 쉽게 눈에 띄지 않았던
것이다.

"누구십니까?"

화운악이 기요성을 등 뒤로 감추고 물었다. 잔뜩 경계의 기색을 떠올린다.

바위 뒤에서 여인이 몸을 일으켰다.

푸른 저고리와 치마를 입었고 겉옷을 둘렀는데, 그녀를 본 순간 기요성이 눈을 크게 떴고, 화운악도 ‘아!’ 하는 감탄성을 터뜨렸다.

기요성의 어린 눈에도 그녀는 사람 같아 보이지 않았다. 말로만 듣던 요지(瑤池)의 선녀가 눈앞에 나타난 것 같았던 것이다.

머리에 들꽃 한 송이를 꽂은 모습이 더욱 아름답고 고결해 보여서 황홀하다.

하지만 그녀의 홍보석 같은 얼굴은 싸늘했다. 화운악을 바라보는 눈빛에 경멸이 실려 있었지만, 기요성을 보고는 그녀 또한 ‘아!’ 하고 감탄성을 터뜨렸다.

그리고는 넋이 나간 듯 기요성만 물끄러미 바라보았는데, 탐심이 가득한 눈빛이었다.

“네가 바로 말로만 듣던 화산의 선동이로구나?”

기요성이 홀린 듯 머리를 끄덕였다. 그의 맑은 눈이 그녀의 보석 같은 얼굴에서 떠나지 못한다.

“너희들은 오늘 운이 좋은 줄 알아라. 종남파의 제자가 아니니 말이다.”

그녀가 그때까지도 넋이 나가 있는 화운악에게 한 말이었다.

화운악이 비로소 무엇을 생각해 냈는지 부르르 어깨를 떨었다.

"당신은, 당신은 혹시……."

"흥! 그렇다. 수라옥녀 상초혜가 바로 나야."

"으헛!"

화운악이 크게 놀라 낯빛마저 창백해진 채 기요성의 손을 잡고 마구 물러섰다.

"호호호, 왜 그러지? 너는 무엇 때문에 그렇게 놀라는 거냐?"

상초혜가 사뿐사뿐 걸어 다가온다.

그녀는 아직 서른 살도 채 되어 보이지 않았다.

그녀의 나이가 이미 삼십대 중반이라는 걸 알지 못하는 기요성으로서는 그녀가 화운악에게 함부로 말하는 걸 이해할 수 없었다.

게다가 화산수재로 명성이 쟁쟁한 화운악이 뱀을 보고 놀란 아이처럼 잔뜩 긴장하고 경계하니 더욱 이상하다.

상초혜가 기요성을 향해 배시시 웃으며 말했다.

"예쁜 아이야, 너는 고모를 따라가자."

"안 돼!"

화운악이 그 말에 크게 놀라 그녀를 가로막았다. 상초혜의 눈매가 싸늘해진다.

"흥! 내가 그렇게 하겠다고 마음먹었으면 그만인 거야. 너는 그 꼬마 아이를 내놓고 어서 꺼져 버려라. 종남산에 있을 필요가 없어. 화산으로 돌아가서 나를 기다리는 게 좋을걸?"

"당신은, 당신은 우리 화산부터 찾아오겠다고 하지 않았소? 그것도 온다던 날짜가 앞으로 무려 열흘이나 남았소. 그래서 일부러 종남산으로 와 그 소식을 알려주려던 것인데……."

"흥! 내 마음이지. 화산부터 찾아가려고 했는데 마음이 바뀌어서 오늘 당장 종남산으로 왔다. 내가 내 발로 가는 걸 누가 이래라저래라 할 수 있지?"

"하지만 열흘 뒤에 화산으로 온다고 하고서 오늘 엉뚱한 곳에 와 있으니 스스로 약속을 어긴 것이오. 그건 떳떳하지 못하오."

화운악이 정색을 하고 꾸짖었다.

"호호호, 너희들 화산이며 종남산의 말코도사들이나 떳떳한 걸 실컷 찾아라. 나는 내 마음 내키는 대로 하면서 사는 게 훨씬 좋아. 즐겁고 자유롭잖아?"

화운악은 다급해졌다. 일부러 크게 소리쳐 말했지만 이 골짜기에는 아무도 없는 듯 종남파의 도사들은 기척이 없었다.

그는 이 마녀가 무엇 때문에 화산에 찾아오겠다고 했고, 지금 종남산에 나타난 건지 잘 알고 있었다.

그녀는 자기의 원한을 풀려고 하는 것이다. 그게 모두 한 사람, 종남산의 기린아라고 칭송받는 종남신검 장유기로 인해 비롯된 일이었다.

그가 사문의 존장들마저 속이고 몰래 이 마녀와 정분을 나눈 사실이 발각되어 세상이 발칵 뒤집혔던 게 불과 석 달 전이다.

그 때문에 장유기는 지금 종남산의 참회동에 갇혀 있는 신세였다. 존장들의 진노가 풀리지 않는다면 그는 늙어 죽을 때까지 그곳에서 나오지 못할 것이다.

그렇게 그녀와 장유기가 생이별을 하게 된 데에는 고운노선(高雲老仙)이라는 화산파의 장로 한 사람이 관련되어 있기도 했다. 그것이 그녀가 화산파에 이를 갈고 있는 이유다.

수라옥녀 상초혜가 비웃듯 말했다.

"너는 정말 운이 좋은 줄 알아라. 저 꼬마 녀석을 내놓으면 살아서 화산으로 돌아갈 수 있을 테니까 말이야. 가서 전해. 종남산에서의 일을 마치면 곧 화산으로 찾아갈 테니까 그 빌어먹을 고운 늙다리 도사 놈은 목을 길게 늘이고 기다리라고 말이다."

"그럴 수 없소! 나의 어린 사제를 절대로 당신에게 내주지 않겠소!"

화운악이 악을 쓰듯 소리치며 검을 뽑아 들었다.

번쩍이는 검광이 음침한 숲을 밝히지만 상초혜는 여전히 비웃음과 경멸의 눈길을 던져 올 뿐이었다.

"미련한 것이 고집만 세구나."

말을 마치기 무섭게 아무런 경고도 없이 그대로 덮쳤는데, 기요성의 눈에는 그저 푸른 그림자가 언뜻 허공을 스쳐 간 것처럼 보일 뿐이었다.

"에잇, 요녀!"

화운악이 대경하여 검을 휘둘렀다. 경황 중이라고는 하지만 몸에 배인 화산검법이 막힘없이 흘러나온다.

화운악의 검법 조예는 화산파의 이대 제자들 중에서도 손꼽힐 만큼 대단한 것이었다.

그가 일백팔식(一百八式) 광풍검법(狂風劍法) 중의 다섯 번째 초식인 풍소암천(風掃暗天)의 수법을 펼치자 온 하늘이 번쩍이는 검광으로 뒤덮인 것 같았다.

풍소암천은 일검을 백 가닥, 천 가닥으로 나누어 그물처럼 주위를 뒤덮는 엄밀한 초식이었다.

공격을 펼치면 만천화우의 수법이 무색해질 만큼 삼엄한 검기 검광이 쏟아져 나가 상대로 하여금 방비할 엄두를 내지 못하게 한다. 하지만 지금처럼 수비식으로 바꾸면 천라지망을 펼친 것처럼 엄밀한 검막이 형성되어 물 한 방울 뚫고 들어오지 못하는 치밀한 검법이었다.

화운악의 머릿속에는 오직 요녀가 기요성에게 접근하지 못하도록 해야 한다는 것뿐이었다. 자신의 안위는 돌보지 않는다.

그래서 전력을 다해 풍소암천의 절초를 펼쳤지만 상초혜를 가로막지는 못했다.

"호홍!"

그녀의 가벼운 콧소리가 들렸고, 무지개처럼 영롱한 칠채보광(七彩寶光)이 수백, 수천 개의 검화(劍花)를 헤치며 부드럽게 흘러들었다.

기요성은 그 모습이 세상에서 가장 아름다운 모습이라고 생각했다. 하지만 화운악은 바짝 긴장하여 피가 나도록 입술을 악문 채 진땀마저 흘리고 있었다.

상초혜가 휘두르는 것은 두 자루의 짧은 검이었는데, 무엇으로 만든 것인지 검신 전체가 각양각색의 영롱한 빛으로 반짝였다.

그것이 강호에서 절세기병으로 꼽히는 음양채운검(陰陽彩雲劍)이라는 걸 기요성이 알 리가 없다.

그것은 특이하게 쇠 대신 금과 한옥을 다듬어 만든 한 쌍의 검이었다.

칠채(七彩)를 지닌 한옥은 만년빙옥(萬年氷玉) 중에서도 정기가 응축된 것이라 인간 세상에서는 찾을 수 없는 것이라고 알려진 보물 중의 보물이었다.

어떤 기연을 만났는지 모르나 상초혜는 그 칠채빙옥으로 두 자루의 검을 만들고 거기에 황금의 장식까지 입혔으니 그녀의 음양채운검은 그것 자체의 가치만으로도 능히 한 성을 살 만한 것이었다.

눈앞에 현란하게 번쩍이는 칠채보광에 화운악은 어쩔 줄 모르고 쩔쩔맸다. 눈이 부서서 제대로 앞을 바라볼 수조차 없었던 것이다.

게다가 상초혜의 검법은 기묘하고 악랄했다. 좌검으로 상대의 검막을 찢으며 우검으로 공격해 오는데, 하나같이 조금만 찔려도 목숨이 위태롭게 되는 사혈만을 노리고 있었다.

그녀의 수라쌍검식(修羅雙劍式)을 처음 겪어보는 화운악은 제대로 화산의 검법을 펼칠 수가 없었다.

말로만 들었던 수라옥녀가 이렇게 무시무시하다는 걸 몸소 겪으니 정신이 혼란해진다.

그는 화산파의 수재로 널리 알려졌으나 강호의 대마녀로 꼽히는 상초혜 앞에서는 어린아이나 다름없었다. 상초혜가 온갖 괴이한 술수와 편법에 밝고 천변만화의 묘리에 달통해 있는 데 비해 화운악은 고지식할 수밖에 없으니 그렇다.

경험에서 어른과 아이만큼의 차이가 나는 데다가 상초혜의 본래 무공 또한 화운악으로서는 감당할 수 없을 정도로 높고 깊었다.

그녀가 독하게 마음을 먹었다면 화운악은 세 초식을 넘기지 못하고 목숨을 잃었을 것이다.

하지만 상초혜에게는 지금 당장 화운악을 죽이고 싶은 마음이 없었다. 그녀는 오직 따끔하게 혼을 내주어서 그를 쫓아내려 할 뿐이다.

"에잇!"

그녀의 날카로운 기합성이 터져 나오고, 한 쌍의 보검이 현란한 무지개를 뿌리며 화운악을 감쌌다. 수라쌍검식의 정수라고 할 수 있는 음양출해(陰陽出海)의 초식이다.

지금은 사라지고 없는 수라문(修羅門)의 비전 검법인 수라쌍검식은 변화무쌍하고 악랄한 것으로 이름을 떨친 독특한 검법이었다.

그것이 상초혜의 손에 의해 펼쳐지자 원래의 검법보다 훨씬 더 요사하고 악독해진다.

화운악이 그녀의 쌍검이 뿌리는 기묘한 변화와 그것에 깃들어 있는 막강한 공력을 감당하지 못하고 쩔쩔맸다.

쌍검이 매질하듯 그의 검신을 두드려 댔고, 그때마다 화운악은 움찔움찔 몸을 떨며 물러섰다.

그러기를 다섯 번, 기어이 그녀의 검은 화운악의 검을 밀어내고 그의 몸에 떨어지고 말았다.

휙, 하고 차가운 바람이 스쳐 간 순간 화운악은 자신의 어깨가 서늘해진 걸 느꼈다.

매끈하게 잘려진 그의 오른팔이 검과 함께 허공을 난다.

그것을 바라보는 화운악의 눈이 찢어질 듯 커진다.

찰칵, 하는 가볍고 경쾌한 소리와 함께 쌍검이 상초혜의 옷자락 속으로 빨려 들어가듯 사라졌다.

"내 말을 잊지 않았겠지? 가서 그대로 전해."

"정말, 정말…… 당신은 화산을 피로 물들이려 하는 것이로군."

"그게 싫으면 고운이라는 늙다리 도사 놈을 내게로 보내.

그러면 군이 화산까지 찾아가는 수고도 덜 수 있고, 화산도 조용해질 테니 서로 좋은 일이지. 안 그러냐?"

화운악이 화가 나서 소리쳤다.

"쓸데없는 소리! 당신 같은 마녀가 감히 화산파를 어찌할 것이냐!"

"흥, 그럼 마음대로 해라. 내가 헛소리를 하는 줄 아는 모양인데, 좋다. 그 잘난 화산파가 나를 어떻게 상대하는지 보겠다."

"좋다. 하지만 어쨌든 나의 소사제는 데려가야겠다."

"말귀를 못 알아듣는 거냐, 아니면 생긴 것처럼 멍청한 거냐? 이번에는 목이 떨어져야 정신을 차리겠느냐?"

기요성은 너무 놀라서 부들부들 떨기만 할 뿐 말을 할 수가 없었다. 사형의 오른팔이 잘렸고, 뜨거운 피를 콸콸 쏟아내고 있다는 게 꿈속의 일만 같았다.

그러면서도 지혈할 생각마저 잊은 채 오직 저를 구하려고 하니 사형에 대한 걱정 때문에 어린 마음이 더욱 격해지고 무서워진다.

"으악!"

기요성이 처음 겪는 그 끔찍한 충격을 견디지 못하고 외마디 비명을 터뜨리더니 혼절해 쓰러졌다.

# 魔風俠星

## 第十二章
### 수라옥녀(修羅玉女) 상초혜(商椒嘒)

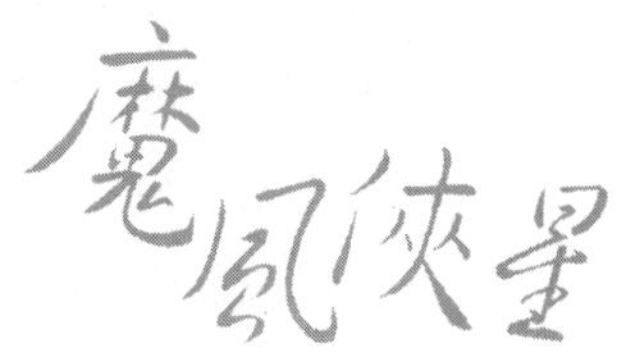

얼마나 시간이 지났을까. 기요성이 의식을 되찾았을 때 그는 상초혜의 품에 안겨 있었다.

"착한 아이야, 너는 정말 귀엽고 사랑스럽구나. 두려워할 것 없다. 이 고모가 잘 돌봐줄 테니까."

그녀가 사랑스럽게 머리를 쓰다듬으며 말했지만 기요성에게는 끔찍하고 무섭기만 했다.

화운악을 찾으려고 두리번거리던 그가 '으악!' 하고 비명을 터뜨렸다. 너무 놀라 저도 모르게 상초혜의 가슴에 얼굴을 파묻고 도리질을 친다.

기요성은 제가 즐비한 주검과 피의 호수 한복판에 서 있다는 걸 알았다. 쓰러져 있는 사람들은 모두 종남파의 도사들이 었는데, 아직 살아서 숨을 껄떡이는 사람도 있었다.

그는 종남파의 요처인 용호궁(龍虎宮) 마당에 와 있었다. 그곳에서 상초혜는 한바탕 끔찍한 살육을 벌인 것인데 기요성은 그때까지도 의식을 찾지 못하고 있었던 탓에 다행히 그 지옥도를 보지 못했다.

상초혜의 주위에는 아직도 많은 종남파의 도사들이 그녀를 에워싸고 있었다.

다들 분노와 두려움으로 벌벌 떨 뿐 그녀를 어쩌지 못하고 있다.

상초혜가 마치 자신의 아들을 안 듯 기요성을 품에 안고 사랑스럽게 어루만지며 도사들에게 말했다.

"나도 이런 일이 정말 싫어. 보기에도 끔찍하잖아. 너희들은 설마 내가 죽어서 지옥불에 떨어지는 꼴을 보고 싶은 건 아니겠지? 왜 나로 하여금 이런 살생을 하게 하는 거야? 너희들이 나빠. 자비심을 좀 가져 봐."

기가 막히는 말이다. 그녀는 자신의 악행이 어쩔 수 없이 저지른 일이고, 종남파의 도사들이 그렇게 하도록 만든 것처럼 말하고 있었다.

다른 때는 고요하고 적막하기 그지없던 용호궁이 피비린내로 진동을 하고, 살기와 두려움을 품은 거친 숨소리들로 가득 찼다.

그 복판에 푸른 옷자락을 가벼이 날리며 우뚝 서서, 작은 꼬마 아이를 품에 안고 있는 상초혜의 모습은 끔찍하면서 고귀하고, 요약하면서 아름다웠다.

그 두 개의 서로 다른 모습이 그녀를 바라보는 종남산 도사들에게 더 큰 두려움을 가져다준다.


그녀로 인해 끔찍한 살육의 현장이 되어버린 종남산 용호궁은 선계(仙界)의 여러 신들 중 하나인 조공명(趙公明)을 모시는 곳이었다.

조공명은 원래 사람의 목숨을 빼앗는 무섭고 잔인한 저승의 신이었으니, 지금 수라옥녀 상초혜가 바로 그 신의 속성을 그대로 가지고 찾아온 것 같았다.

원시 도교에서는 그렇게 끔찍한 신으로 두려움을 받았던 조공명이지만 후대에 이르러 강자아(姜子牙), 즉 강태공(姜太公)에 의해 재복(財福)을 관장하는 신으로 변했다.

속설에 의하면 강태공은 원시천존(元始天尊)의 명을 받아 옥부(玉府)의 금책(金冊)에 조공명을 '금룡여의정일용호현단진군(金龍如意正一龍虎玄壇眞君)' 으로 올렸다고 한다.

그때부터 조공명은 살신이라는 불명예를 버리고 금은재보를 담당하고 길상과 복을 불러들이는 선신(善神)으로 거듭난 것이다.

그런 한편 도교의 호법신 중 한자리에 올랐는데, 그건 본래 무정하고 잔인하던 그의 성품을 살린 것이리라.

호법신으로서의 조공명은 검은 얼굴에 철관(鐵冠)을 썼으며, 손에 쇠 채찍을 들고 긴 수염을 흩날리며 흑호(黑虎)를 타고 있는 위풍당당한 모습이었다.

일설에 따르면 그는 종남산에서 수도하며 천사(天師) 장도릉(張道陵)을 섬겼다고도 한다.

장천사가 연단로(煉丹爐)를 지키도록 명하였는데, 공이 이루어진 뒤에 정일현단원수(正一玄壇元帥)로 책봉되었고, 또 뇌부(雷府)의 원수 가운데 하나로 임명되었으므로 그 뒤로는 조공단(趙公壇)이나 조공원수(趙公元帥)라 불렸다.

흑호를 타고 있으므로 흑호현단(黑虎玄壇)이라고 불리기도 한다.

문이 활짝 열려 있는 대전의 높은 단 위에는 그 조공명의 조상(彫像)이 무서운 모습을 하고 서 있었다.

세상의 모든 요귀를 잡아죽인다는 호법신답게 오른손에는 금륜(金輪)을, 왼손에는 철삭(鐵索)을 들고 서서 눈을 부릅뜨고 있다. 그 모습이 능히 보는 사람들의 오금을 저리게 할 만했다.

하지만 조공명은 지금 아무 말 없이 서 있기만 했다.

금륜여의대법(金輪如意大法:조공명을 섬기는 법회)이 베풀어져야 할 궁 안에 지독한 요귀가 뛰어들어 종남산의 도사들을 무참하게 도살하는 걸 보면서도 꼼짝하지 않는다.

무겁고 두려운 적막이 흐르기를 얼마쯤.

"이 마녀, 여기가 어떤 곳이라고 감히 난입해 들어와 끔찍한 만행을 저지른단 말이냐!"

창노한 음성이 우렛소리처럼 용호궁을 쩌르릉 울렸다. 드디어 조공명이 현신한 것일까?

십여 명의 도사가 날듯이 달려왔는데, 흰 수염을 날리는 한 명의 늙은 도사와 아홉 명의 젊거나 중년인 도사들이었다.

하나같이 기세가 등등하고 위엄을 떨치는 것이 한눈에 보기에도 예사 도사들 같지 않았다.

도관에 틀어박혀 경을 읽고 제를 주관하는 일반 도사들과는 다른 세계에 있는 자들이라는 게 금방 느껴진다.

그들이야말로 종남파로 불리는 강호의 한 문파에서 잔뼈가 굵은 고수들이었다.

그 큰 종남산에 흩어져 있는 수많은 도관들이 모두 종남파에 속해 있는 건 아니다.

강호에서 종남파라고 하는 것은 주봉인 학정봉을 중심으로 팔방의 방위를 점하고 흩어져 있는 이십여 개의 도관이며 궁을 가리킨다.

그곳에 은거하여 고요히 정양하고 있는 도사들이 종남파의 문도들인 것이다.

그 밖에 산 여기저기에 흩어져 있는 여러 도관이며 궁 등은 도교의 일반적인 수행처에 지나지 않다.

그러나 학정봉 주위에 있는 종남파의 도관들도 일반 참배객들의 눈에는 다른 곳과 다를 바가 없었다.

그건 평소에 종남파의 도사들이 다른 일반 도사들과 다름없이 제를 주관하고 경을 읽으며 참배객들을 맞았기 때문이다.

용호궁도 그렇다.

용호궁은 학정봉 주위에 흩어져 있는 종남파의 도관들 중 한 곳인데, 모시고 있는 신이 재복을 관장하는 신인지라 평소에 다른 어느 곳보다 더 일반 신도들의 왕래가 많았다.

때문에 종남파의 문도들 중에서도 강호에 고수로 알려진 도사들은 더 깊은 골짜기나 험한 봉우리의 암자 등에 거할 뿐 용호궁으로 내려오는 일이 드물었다.

그런데 그 용호궁에 수라옥녀 상초혜가 갑자기 뛰어들어 참극을 일으켰다는 소식을 듣고 종남파의 고수 중 한 사람이 달려온 것이다.

조용하던 종남파가 비로소 소란스러워졌다.

"흥! 아이를 때려야 어른이 나온다는 말이 정말이로군."

상초혜가 그들 십여 명의 도사를 흘겨보며 말했다.

옷자락 펄럭이는 소리와 함께 그녀 앞에 뚝, 떨어져 내린 흰 수염의 도사가 노여움으로 볼을 떨며 소리쳤다.

"이 요악한 년! 네가 이런 짓을 저지르고도 무사할 줄 알았더냐!"

"시끄럽다! 늙었으면 얌전히 앉아서 죽을 날만 기다릴 것이지 웬 목청이 꼭 발정난 물소의 울음소리 같단 말이냐?"

상초혜가 매섭게 눈을 흘긴다.

그 말에 그녀를 둘러싼 도사들이 모두 부르르 치를 떨지만 상초혜는 여전히 오만하고 도도했다.

흰 수염의 도사는 종남파의 일곱 장로들 중 한 명으로 도호를 소상운정(素霜雲精)이라고 한다.

성미가 급하고 솜씨가 매서워서 종남파의 호법을 담당하고 있었다. 그를 따라온 아홉 명의 도사는 모두 제자들이다.

오늘은 그가 학정봉 주변을 경계하는 임무를 맡고 있었는데 이런 일이 벌어졌으니 기가 막혔다.

용호궁 앞의 끔찍한 참상을 둘러본 소상운정이 참을 수 없는 노여움으로 얼굴을 붉히고 다시 소리쳤다.

"당장 그 꼬마를 내려놓고 무릎을 꿇어라!"

"그러면 어떻게 할 건데?"

"집법전으로 끌고 가 네년이 저지른 만행에 대해 심문하고 심판을 받도록 할 테다!"

"흥, 역시 쓸데없이 떠들기 좋아하는 말코도사들답게 절차가 복잡하구나."

"무엇이?"

"나는 너희들이 내게 지은 죄를 지금 당장 이 자리에서 심판하겠다. 얼마나 신속하고 간결해? 그것만 봐도 내가 너희들보다 현명하고 잘났다는 증거지. 안 그러냐?"

"이런 죽일 년!"

"이런 죽일 놈의 늙다리 말코도사 놈 같으니!"

그녀가 마주 욕을 하면서 동시에 소상운정을 향해 한 주먹을 뻗어 후려쳤다.

후웅, 하는 웅장한 권경이 쏟아져 나가 소상운정을 깜짝 놀라게 한다.

"기어이 제 관을 보겠다는 거로구나! 오냐, 좋다!"

소상운정이 노성을 터뜨리며 장력에 현천강기를 실어 마주 뻗어냈다.

꽝!

두 사람의 장력이 부딪치자 쇠 종이 깨지는 소리가 났다.

현천강기(玄天罡氣)는 종남파가 자랑하는 신공이고, 소상운정은 이미 그것을 대성했다. 그러나 상초혜 또한 수라문의 신공인 수라신정(修羅神精)을 익혀 대성했으니 한 번의 격돌로는 승부를 가리기 힘들었다.

"이 말코도사가 제법이구나!"

눈을 치켜뜨고 매섭게 소리친 상초혜가 품에 안고 있던 기요성을 내려놓더니 바락 소리쳤다.

"어디, 다시 한 번 받아봐라!"

득달같이 달려들며 수라문의 절정장법인 파옥혈염장(破玉血焰掌)을 떨쳐 냈다.

두 손을 번갈아 휘두르며 후려치는데, 그때마다 윙윙거리는 매서운 바람 소리가 났고, 그녀의 백옥 같던 손은 팔뚝에 이르기까지 핏빛으로 물들어갔다.

뜨거우면서 비릿한 기운이 실린 장력이 파도처럼 쉴 새 없이 밀어닥치자 소상운정은 감히 태만하지 못하고 눈을 부릅뜨며 이를 악물었다.

그는 평생 종남산의 정기를 받으며 갈고닦은 자신의 공력을 아낌없이 끌어올렸다.

"이얍!"

우렁찬 기합성을 터뜨리며 쌍장을 천천히 밀어내자 웅장한 암경이 해일처럼 두텁게 밀려 나갔다.

이번에는 종남파의 신공으로 널리 알려진 은하천강신공(銀河天罡神功)을 장력에 실은 것이다.

신공이 실린 그의 일장이 차갑고 단단한 철주처럼 상초혜의 혈염장에 부딪친다.

우르릉거리는 은은한 소리가 그들의 주위를 감쌌다. 두 사람을 정점으로 해서 기파가 요동치며 사방으로 터져 나가니 주위에 있던 자들이 감당하지 못하고 그것을 피해 분분히 물러났다.

소상운정의 공력은 종남파에서도 수위에 꼽히는 것인데, 아직 젊디젊은 상초혜가 그를 능가하는 것 같으니 다들 놀랄 뿐이다.

"소문을 믿지 않았는데 너는 과연 수라문의 전인이었구
나!"

소상운정이 어깨를 부르르 떨며 소리쳤다.

"흥! 그 지경이 되어서도 항복하지 않고 여전히 소리만 꽥
꽥 질러대는구나!"

상초혜가 그의 말에는 가타부타 대답없이 매섭게 소리치
며 더욱 경쾌하고 신랄하게 장력을 떨쳐 냈다.

그녀의 두 손은 이제 혈옥수(血玉手)로 변해 있었다. 손이
마치 얼음을 깎아 만든 것처럼 투명해져서 속의 뼈들이 비쳐
보일 지경이었는데, 그것이 핏빛으로 더욱 붉어져 있으니 보
는 것만으로도 소름이 돋는다.

수라문의 절기 중 최상승으로 알려진 혈옥수가 틀림없었
다.

소상운정의 낯빛이 변했다. 시뻘겋게 달아오른 것이 그녀
의 장력을 감당하기 힘든 모양이었다.

점차 그의 이마에 굵은 땀방울이 맺히고 숨소리가 높아져
간다.

그에 비해 상초혜는 여전히 매섭고 서늘한 기세를 유지하
고 있었다. 두 손을 연자방아 돌리듯 할 때마다 쉿, 쉿, 하는
짧고 격한 파공성이 터져 나와 소상운정을 쩔쩔매게 했다.

그녀는 장을 떨쳐 지독한 암경을 연속해서 쳐냈는데, 강한
쇠뇌를 지척에서 쏘아대는 것 같은 기세였다.

그녀가 낮은 기합성을 터뜨리며 빠르고 경쾌하게 움직일 때마다 푸른 옷자락이 펄럭이니 상황의 험악함과는 상관없이 그 아름다움이 더욱 돋보였다.

그녀는 도도한 흥이 일어 옷소매로 하늘을 가리며 홀로 춤을 추는 것 같았다.

하지만 부드럽고 우아해 보이는 그 동작 하나하나에 감추어져 있는 위험은 독을 품은 뱀과 같았다. 자칫 실수하여 스치기만 해도 혈염장에 깃들어 있는 혈독이 몸에 스며들어 치명적인 독상을 입는 것이다.

그것이 수라문의 파옥혈염장이 가지고 있는 악독한 점이었다.

옥을 깨뜨릴 만큼 강맹한 위력이 있으면서 지독한 혈독을 감추고 있으니 천하에 그보다 악독한 장법은 또 없으리라.

"음—"

소상운정이 잔뜩 낯을 찌푸리고 신음성을 흘렸다. 그러더니 용호궁의 단단한 청석 바닥에 발자국을 깊이 남기고 쿵쿵거리며 물러섰는데, 술에 취한 듯 몸을 휘청거렸다.

"악독한 계집이구나."

소상운정이 달려와 부축하는 제자들을 뿌리치고 원망이 깃든 음성으로 말했다. 상초혜가 까르르 웃는다.

"호호호, 너는 참 바보로구나. 나의 장법이 수라문의 것임을 알면서도 얼른 항복하지 않고 끝까지 버티다가 결국 혈독에 맞았으니 그건 다 네가 멍청한 탓이다."

소상운정이 무어라고 반박하려다가 입을 다물었다. 길게 탄식하고 지그시 눈을 감는다. 운기행공으로 체내에 스며든 독기를 몰아내려는 것이다.

하지만 파옥혈염장의 혈독은 지독하기 짝이 없었다. 그것도 공력이 화신지경에 이른 상초혜가 쳐낸 것이었으므로 소상운정이 스스로 그것을 이겨내기란 불가능했다.

굵은 땀방울을 뚝뚝 떨어뜨리던 그가 힘겹게 눈을 떴다. 안색이 어느새 시커멓게 변해 있다.

"이 마녀, 너의 솜씨와 심성이 이처럼 지독하니 세상을 위해 반드시 죽여 없애야겠다."

그가 힘없는 음성으로 말했다. 상초혜가 깔깔 웃는다.

"네까짓 말코도사가 어떻게? 너는 나의 도움이 없으면 두 시진 뒤에 온몸이 시커멓게 변해서 죽을 거다. 시충(屍蟲)들도 네 몸뚱이는 갉아먹지 못할 거야."

그만큼 지독한 독이 바로 파옥혈염장의 혈독이다.

소상운정은 말로만 들었던 그것을 몸소 경험하자 상초혜의 큰소리가 조금도 과장된 게 아니라는 걸 알았다. 때문에 목숨이 남아 있을 때 그녀를 제거해야 한다는 각오도 더 깊고 커진다.

그는 동귀어진을 생각하고 있었다. 그러나 그만한 눈치도 채지 못할 상초혜가 아니다.

그녀가 경계심을 늦추지 않고 방긋방긋 웃으며 부드럽게
말했다.

"나는 원래 너와는 원한이 없으니 해독약을 줄 수도 있어.
그러면 너는 사흘 뒤에는 멀쩡해진다. 그러니 미리 그렇게 죽
으려고만 들 필요 없잖아?"

"……."

소상운정의 얼굴에 언뜻 갈등의 기색이 어렸다. 상초혜가
다시 말했다.

"내가 원하는 건 너희들이 그를 나에게 돌려주는 것뿐이
다. 참회동에서 불러내기만 하면 되는 일이니 어렵지도 않잖
아?"

"그건 나 혼자 결정할 수 있는 게 아니다."

"쳇, 정말 앞뒤가 꽉 막힌 빌어먹을 말코도사들이라니까."

혀를 차고 매섭게 눈을 흘긴 그녀가 빽, 소리쳤다.

"그럼 뒈지는 건 어떻게 너 혼자서 결정하지? 뒈질 때도 장
문인에게 고하고 허락을 받아야 하는 거 아냐? 너는 두 시진
뒤에는 뒈질 테니까 어서 그에게 허락을 받으러 가라. 뭐 하
고 있어? 빨리 꺼져 버리시지!"

"……."

소상운정이 망설이는 걸 본 상초혜가 금방 낯빛을 부드럽
게 하고 달콤한 음성으로 달랬다.

"오라, 살고 싶은 게로구나? 그렇다면 눈치 볼 것 없어. 가

서 그냥 그이를 데리고 오면 돼. 한 식경도 채 걸리지 않을걸?
그렇지 않아?"

소상운정이 장탄식을 한다.

"장유기는 사문의 계율을 어겼으니 벌을 받는 게 당연하
다. 네가 이래라저래라 할 일이 아니니 더 말하지 마라."

그의 말이 미처 끝나지도 않아서 상초혜의 나긋나긋하던
낯빛이 싹 변했다.

"좋아, 그렇다면 내가 너희들 종남파의 도사 놈들을 모조
리 죽인 다음에 손수 참회동에서 그이를 꺼내 데리고 갈 테
다!"

바락 악을 쓴 그녀가 재빨리 기요성을 낚아채더니 몸을 날
렸다.

눈앞이 번쩍한 순간에 그녀는 용호관의 높은 지붕 위에 뚝
떨어져 내렸다. 쾌속 절륜한 경공신법이었다.

그녀가 저와 같은 경공신법으로 움직이며 독수를 뿌려댄
다면 누구도 무사하지 못할 것 같아서 종남파의 도사들이 모
두 두려운 얼굴을 했다.

용마루 위에 조심스럽게 기요성을 내려놓은 상초혜가 아
이의 볼을 쓰다듬으며 소곤거렸다.

"착하지. 여기서 꼼짝하지 말고 고모를 기다리고 있어야
한다. 이 고모가 저 멍청한 말코도사 놈들을 어떻게 죽이는지
잘 보고 배워야 해."

볼을 비비며 속삭이더니 이마에 입맞춤을 해준다.

그런 모습은 영락없이 어머니가 자기의 귀여운 아들에게 사랑을 듬뿍 베풀어주는 것과 같았다.

하지만 기요성은 그녀가 무섭고 끔찍할 뿐이었다. 어린 마음에도 그녀의 솜씨가 너무 잔인하고 무서워서 꼼짝할 수 없다.

이렇게 아름다운 얼굴과 음성을 지닌 여자가 어떻게 그런 짓을 할 수 있는 건지 이해되지 않는다.

"오호호호— 오늘 종남파는 내 손에 의해 사라지고 이후로는 혈남파(血南派)로 불리게 될 것이다."

벌떡 일어서서 옷자락을 펄럭이며 미친 듯한 웃음을 터뜨린 상초혜가 훌쩍 몸을 날려 소상운정과 그를 에워싸고 있는 도사들의 머리 위로 뛰어내렸다.

어느새 그녀의 두 손에는 무지개를 두른 듯 현란하게 빛나는 음양채운검이 들려 있었다.

"막아라! 사부님을 보호해!"

도사들이 어지럽게 외치며 일제히 검을 뽑아 허공을 마구 찔러댔다. 하지만 상초혜는 수라상천제(修羅上天梯)라는 절정의 경공신법을 발휘해 그들의 검봉을 걷어차며 이리저리 자유롭게 움직였다.

날카로운 검봉을 딛고 훨훨 날아다니는 것이 마치 꽃을 희롱하는 호랑나비같이 아름답고 우아해 보이지만 그녀의 검에서 쏟아지는 칠채의 검광과 살기는 전혀 그렇지 않았다.

음양도도(陰陽滔滔), 음양상쟁(陰陽相爭), 음양단운(陰陽斷
雲), 음양출해(陰陽出海)로 급하게 이어지는 검초에 추호의 인
정도 실려 있지 않다.

그녀의 쌍검은 서로 다른 초식을 쏟아내는데 어색함도, 끊
어짐도 없이 도도하게 흘렀다. 선녀가 구름을 딛고 너울너울
검무를 추는 것 같다.

그녀의 검광 아래에서 참혹한 단말마들이 끊이지 않고 터
져 나왔다. 붉은 피가 솟구쳐 하늘을 뒤덮고 땅을 적신다.

아홉 명의 도사 중 순식간에 다섯 명이 제 핏물 속에 철벅
철벅 처박혀 뒹굴었고, 살아남은 자들은 누구나 그녀의 지독
한 검법에 혼백이 달아날 듯 놀라 턱을 덜덜 떨었다.

"호호호호—"

광기에 가득 찬 그녀의 웃음소리가 학정봉을 타고 치솟아
구름을 뚫는다.

뎅, 뎅, 뎅—

그 무렵에야 비로소 종남산 골짜기 곳곳에 급한 종소리가
울려 퍼졌다.

뒤늦게 소상운정과 그의 제자들이 무력하게 된 걸 안 주
궁(主宮)에서 비상사태를 알리는 경종(警鐘)을 울린 것이다.

넓은 지역에 흩어져 있고, 체계를 중시하기 때문에 무슨
일이든 여러 단계를 거쳐야 결정할 수 있는 거대 문파의 단

점이다.

이제 곧 칩거해 있던 종남파의 기인들이 속속 모습을 드러낼 것이고, 학정봉 일대에는 천라지망이라고 할 봉쇄선이 쳐질 것이다.

그렇게 되면 상초혜는 제 몸에 날개를 달았다고 해도 떠날 수 없게 되는 것이다.

하지만 그녀는 조금도 걱정하지 않는 것 같았다. 다시 몸을 솟구쳐 지붕 위에 내려서더니 기요성을 안아 들고 태연하게 말했다.

"흥, 이만했으면 아무리 멍청한 말코도사들이라고 해도 생각하는 바가 있겠지. 그렇지 않으냐?"

기요성은 잔뜩 겁먹은 얼굴로 정신없이 머리를 끄덕이기만 했다. 그녀가 당장 자신도 죽일 것만 같아서 두려움에 질려 떠는 것이다.

"아가야, 무서워할 것 없어. 이 고모가 아무리 악독한 마녀라고 해도 그렇지, 설마 너처럼 착하고 예쁜 아이를 죽이겠니?"

"잡아먹지 않나요?"

"누가 그러던?"

"마녀는…… 저 같은 꼬마들을 잡아다 삶아 먹는다고 사형들이 그랬어요. 그러니 밤에 함부로 도관을 나가 돌아다니면 안 된다고……."

"흥, 화산파의 쓸모없는 말코도사들이 별걸 다 말했구나."

실쭉해서 기요성을 흘겨보더니 음침해진 얼굴로 속삭인다.

"그런데 혹시 날로 뜯어 먹는 마녀에 대해서는 이야기해 주지 않던?"

"악!"

기요성이 비명을 지르고 몸을 웅크렸다. 상초혜가 깔깔깔 웃었다.

그러더니 웃음을 뚝, 멈추고 공력을 실어 허공을 향해 날카롭게 소리쳤다.

"오늘은 이쯤 해두고 돌아가겠어. 하지만 그이를 내게 돌려주지 않으면 언제든 다시 찾아올 테다! 너희들 종남파의 멍청한 도사들이 아무리 많다고 해도 하나씩 잡아 죽인다면 언젠가는 씨도 남지 않게 되겠지. 흥! 내가 그렇게 하지 못할 것 같으냐? 이 거지 발싸개 같은 말코도사들아!"

그녀의 음성이 경종 소리를 누르고 종남산 구석구석에 으르렁거리며 퍼졌다.


기요성을 품에 안고 훌훌 날듯이 산을 내려오는 동안 네 차례 앞을 가로막는 도사들과 부딪쳤지만 모두 헛되이 그녀의 제물이 되었을 뿐이다.

산속 깊은 동굴이나 도관에 은신하여 수양하고 있는 기인들은 너무 멀리 떨어져 있었던 것이다.

천라지망이 채 완성되기 전에 재빨리 학정봉을 벗어난 상초혜는 끝없이 이어진 종남산 자락을 타고 거침없이 내달렸다.

날이 완전히 저물 때까지 다섯 개의 산봉우리를 넘고 열두 개의 개울과 능선을 지나쳐 달린 것이다. 그렇게 되자 누구도 그녀의 종적을 찾을 수 없게 되었다.

종남파의 도사들은 그녀가 다시 모습을 드러내기를 바라며 분한 숨만 씩씩거릴 것이다.


상초혜는 밤새 수백 리 길을 쉬지 않고 달려 새벽 무렵에 안개 자욱한 어느 이름없는 산곡에 이르렀다.

그때쯤은 그녀도 매우 지쳐 있어서 거친 숨을 몰아쉬고, 옷이 온통 땀에 젖어 있었다.

그녀가 발을 멈춘 곳은 호리병처럼 생긴 깊은 골짜기 앞이었다. 사방이 깎아지른 절벽으로 가로막혀 있는 천험의 비곡(秘谷)이다.

북쪽 절벽에서 떨어지는 웅장한 폭포가 콸콸거리며 남쪽으로 흘러내려 왔다.

그곳이 유일한 출입구였는데, 워낙 물살이 세고 깊어서 한 번 빠지면 바윗덩이라고 해도 떠내려갈 지경이었다. 그러니 누구도 감히 개울을 거슬러 곡 안으로 들어갈 생각을 하지 못할 것이다.

길이라고는 오직 그 개울 양편의 절벽 틈을 파고 낸 좁은 잔도가 있을 뿐이었다. 그러나 그것마저 축축하게 젖어 있고 이끼가 잔뜩 끼어 있어서 미끄럽기가 얼음판 같으니 있으나 마나한 것이기도 하다.

누구든 들어가기가 쉽지 않고, 들어가면 나오기도 쉽지 않은 그런 곳이다.

상초혜는 어느새 잠들어 버린 기요성을 안고 거침없이 그 미끄러운 잔도를 탔다. 날랜 원숭이라고 해도 그녀보다 능숙할 수 없을 것이다.

골짜기 안은 아늑한 분지였다. 푸른 풀들이 가지런하게 자라 있고, 몇 그루 배나무가 듬성듬성 서 있으며, 폭포 아래에는 깊고 맑은 못이 세 개의 계단을 이루고 형성되어 있었다.

그 못가에 커다란 벚나무를 의지하여 작은 띠집 한 채가 서 있었다. 소박한 중에 정갈하고 은은한 기품이 배어 있는 집이다.


다음날 아침, 새소리에 눈을 뜬 기요성은 제가 포근하고 향기가 나는 침상에 누워 있다는 걸 알고 깜짝 놀랐다.

두리번거리는 그의 눈에 상초혜가 보였다. 그녀는 창가의 탁자에 엎드린 채 깊은 잠에 빠져 있었다.

어린 기요성의 눈에도 그 모습이 측은하고 가여워 보였다.

소리없이 일어난 기요성이 얇은 이불을 끌어당겨 그녀의
어깨에 덮어주고 밖으로 나왔다.

맑은 공기와 부드러운 햇빛과 바람과 향기로운 풀 냄새가
왈칵 다가온다.

모옥 앞의 마당에서는 계곡 안의 정갈하고 아름다우며 신
비한 모습이 한눈에 들어왔다. 기요성은 저도 모르게 감탄성
을 흘렸다.

어린 눈에도 그 비곡은 세상을 잊고 살기에 더없이 좋은 곳
으로 보였다. 신선이 세상에 거처를 마련한다면 바로 이런 곳
일 거라는 생각이 든다.

한 그루 커다란 벚나무 아래의 띠집을 바라보고 골짜기를
바라보는 아이의 얼굴에 혼란스러워하는 기색이 가득해졌
다.

종남산에서 본 상초혜는 마녀 중의 마녀이기만 했는데, 이
렇게 고상하고 운치있는 골짜기가 그녀의 거처라니 도무지
이해할 수 없었던 것이다.

魔風俠星
第十三章
혼란한 마음

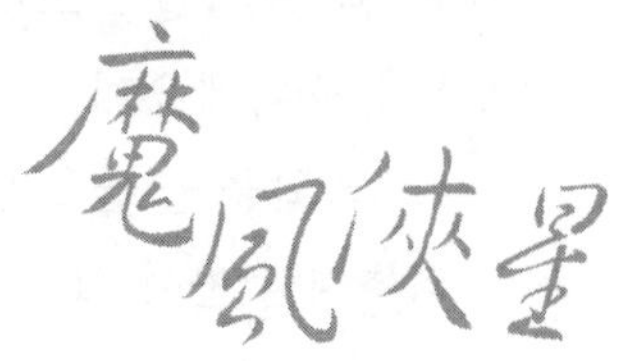

"**내** 배에 손을 대봐."

"예?"

상초혜의 엉뚱한 말에 기요성이 눈을 동그랗게 뜨고 그녀를 빤히 바라보았다.

"아이 참, 어서 대보라니까."

"왜 그러는 거죠?"

"요 깜찍한 꼬마 도사야, 설마 너도 사내랍시고 지금 부끄러워하는 건 아니겠지?"

기요성의 볼이 붉어졌다. 아직 남자가 무엇인지, 여자가 무엇인지 잘 알지 못하는 다섯 살 꼬마에 불과하지만 옷을 걷어

올려 제 흰 속살을 드러낸 채 배를 내미는 상초혜 앞에서는 당황할 수밖에 없다.

"고모 말을 안 들을 셈이냐?"

상초혜의 눈이 실쭉해졌다. 기요성은 그녀의 말에 순종하는 것만이 제 목숨을 부지하는 길이라고 생각했다. 그녀가 언제 마음이 변하여 저를 잡아먹을지 모른다는 두려움이 어린 머릿속에, 그리고 가슴에 가득한 것이다.

그녀가 사형인 화운악의 팔을 잘라 버리던 일이 떠올랐다.

그 광경은 잊혀지지 않고 불쑥불쑥 떠올라 기요성을 괴롭혔는데, 그때마다 작은 아이는 두려움으로 몸을 떨었다. 그러면서도 사형을 대신해서 이 마녀에게 복수해야 한다는 생각은 할 줄 몰랐다.

화산의 귀염둥이로 모두의 사랑 속에 부족한 것 없이 곱게 자랐고, 말귀를 알아듣게 되면서부터 사부의 온화한 가르침을 받으며 이날까지 살아온 영향이다.

기요성은 세상의 험악함을 알기에는 아직 철없는 꼬마에 지나지 않았다. 미움과 증오 따위의 격한 감정도 알지 못한다.

그러니 아이에게 상초혜는 오직 끔찍하도록 무서운 여자일 뿐이었다. 기껏 한다는 생각이 그녀가 밉고 싫다는 것인데, 그것마저 내색하지 못할 만큼 무서움이 컸다.

그녀의 미움을 사면 저도 사형처럼 팔이 잘리거나, 종남산의 도사들처럼 죽게 될 것이라는 생각이 들었다. 그녀가 정말 저를 산 채로 뜯어 먹을지 모른다는 생각도 든다.

아이가 그런 두려움으로 벌벌 떨며 조막만 한 손을 뻗어 조심스럽게 그녀의 배 위에 올려놓았다. 비단을 만진 것처럼 부드럽고 시원한 감촉이 손바닥 가득 느껴진다.

잠시 그렇게 가만히 있자 그녀의 숨결과 따뜻한 체온이 전해져 왔다. 이 마녀도 사람이 틀림없다는 생각에 아이는 기뻤다. 조금씩 그녀에 대한 두려움이 사라진다.

사람은 모두 저에게 친절하고 다정할 뿐 무서운 존재가 아니다.

그게 어린 기요성의 마음에 자리 잡고 있는 생각이었다. 아이는 그동안의 제 경험으로 인해 사람에 대한 뿌리 깊은 신뢰감을 가지고 있었던 것이다.

기요성이 상초혜를 바라보았다.

"이제 어떻게 하면 되죠?"

"뭘 어떻게 해?"

"예?"

"호호호, 요 깨물어 터뜨리고 싶은 꼬마 도사야. 설마 이 고모에게 엉큼한 마음을 먹은 건 아니겠지?"

"그게 뭔데요?"

"그래, 아직 솜털도 안 벗겨진 네가 뭘 알겠니. 하지만 꼭 알아둬야 할 게 있다. 남자에게 가장 무서운 건 바로 여자란다. 너는 이다음에 커서도 고모의 이 말을 절대로 잊으면 안 돼."

기요성은 그녀의 말이 무슨 뜻인지 알 수 없었다. 건성으로 머리만 끄덕인다.

상초혜가 한숨을 폭, 쉬고 다시 말했다. 어딘지 슬프게 느껴지는 음성이었다.

"남녀가 만나 사랑하는 감정을 느끼면 자신도 모르게 온통 그것에 빠져 버리고 만단다. 그때는 부모 형제도, 사문도 아무것도 보이지 않아. 오직 사랑하는 사람만 눈앞에 아른거리고, 그 사람을 즐겁게 해주어야 한다는 생각만 가득하며, 그 사람에게서 즐거움을 맛보고 싶다는 열망으로 들뜨게 되는 거란다."

"그렇군요."

"하지만 조심해야 해. 때로는 그게 바로 자기 자신을 망쳐 버리는 함정이 되기도 하니까."

"그럼 사랑이라는 걸 하지 않으면 되지 않나요?"

"요 맹추야, 그게 마음대로 되는 건 줄 아니?"

"내 마음인데 왜 내 마음대로 하지 못해요?"

"사랑이라는 건 네 마음이 아니기 때문이란다. 네 안에는 보이지 않는 무엇이 있는데 그건 점잖은 신선이기도 하고 영악한 요괴이기도 하면서 뜨거운 색정이기도 하지."

그 말을 할 때 상초혜의 얼굴에는 복잡한 표정이 떠올랐다.

기요성은 그게 무엇을 의미하는 건지 알지 못했지만 그녀가 갈등하고 후회한다는 건 어렴풋이 짐작할 수 있었다.

한동안 멍하니 허공을 바라보던 상초혜가 다시 말했다. 어딘지 쓸쓸하고 처연한 어조였다.

"그것은 여러 개의 얼굴을 가지고 있지만 결국 하나란다. 그것이 어떤 얼굴을 가지고 네 안에서 나오느냐 하는 건 오직 그놈의 마음에 달려 있어. 아주 제멋대로인 놈이지. 네 의지로 그놈의 얼굴을 만들 수 있는 게 아니란 말이다. 너는 그게 무엇인지 아니?"

"알 것 같아요."

눈을 반짝이며 그녀를 뚫어지게 바라보고 있던 기요성이 자신있게 말했다. 상초혜가 깜짝 놀란다.

"어떻게?"

"사부님이 말씀해 주신 적이 있어요. 사람에게는 누구나 도성(道性)이라는 게 들어 있는데 그것은 아주 교활해서 제 주인이 조금만 방심하면 옳다구나 하고 곧 마성으로 변해 버린다더군요. 아마 그놈을 말씀하신 걸 거예요."

"호호호, 너는 정말 영리하구나. 벌써 그런 걸 다 알다니."

"사부님은 또 말씀해 주셨어요. 도성보다 마성이 훨씬 매력적이고 즐거운 것이라 가까이 하기에 쉽다고요."

"그럼 마성이 좋은 것이로구나. 그걸 따라서 살면 누구나 행복해질 테니까 말이야."

"안 된대요."

기요성이 머리를 살래살래 흔들었다. 제법 엄숙한 표정까지 짓는 것이어서 상초혜는 미칠 것 같았다. 그냥 품에 꽉 끌어안아서 터뜨려 버리고 싶었다. 저 통통한 볼을 한입 가득 넣고 잘근잘근 깨물어주고 싶다.

"마성을 따라 살다 보면 결국 제 몸을 망치고 정신을 망친다고 하셨어요. 죽어서 반드시 지옥에 떨어져 악귀들에게 영원한 시달림을 받는다더군요."

"왜 그렇게 되는 건데?"

"마성은 즐거움으로만 우리를 이끄는데, 그 즐거움이라는 게 허무와 닿아 있기 때문이래요. 그래서 마성을 따라 쾌락의 끝까지 간 사람들은 결국 허무의 포로가 되고 만대요. 허무는 모든 걸 잡아먹는 아주아주 힘센 괴물이라죠?"

어린 기요성의 말을 듣는 동안 상초혜의 얼굴이 점점 어두워지더니 아이가 말을 마치자 긴 한숨을 내쉬었다.

"그래, 네 말이 옳다. 네 사부는 너에게 아주 좋은 가르침을 내려주었구나. 너는 부디 사부의 그 말을 잊지 말고 살아라."

거푸 한숨을 내쉰 상초혜가 처연한 얼굴이 되어 멍하니 허공을 향해 다시 말했다.

"네 말처럼 나는 그만 마성과 너무 가까워졌구나. 그래서 그놈을 따라 끝까지 온 거야. 결국 조금만 더 가면 허무라는 괴물에게 잡아먹히겠지. 그게 내 운명인가 보다."

"고…… 모……."

기요성이 걱정된다는 얼굴로 불렀다. 그녀가 자꾸 자신을 고모라고 칭하니 저도 모르게 그렇게 부른 것이다.

"걱정할 것 없단다. 사람은 누구나 제가 한 일에 대하여 책임을 져야 하는 거야. 나도 그렇고 장유기 그 사람도 그렇지. 내가 져야 할 책임이 허무에게 잡아먹히는 거라면 따를 수밖에."

"앗!"

기요성이 갑자기 놀란 외침을 터뜨리며 그녀의 배에서 손을 뗴었다.

"이 안에 뭐가 들었어요."

놀란 얼굴로 상초혜의 배를 손가락질한다. 상초혜가 물었다.

"뭐가 있다고? 정말이냐?"

"틀림없어요. 내 손바닥을 퉁퉁 치는 것 같았는걸요?"

"그게 뭐라고 생각하니?"

"혹시, 혹시…… 그놈이 나오려고……."

"내 안에 숨어 있는 마성이라는 놈 말이냐?"

상초혜의 짓궂은 말에 기요성이 잔뜩 겁먹은 얼굴로 떨어져 않는다. 상초혜가 깔깔 웃었다.

"호호호, 걱정하지 마. 내 배 안에 있는 건 아기란다."

"아기요?"

"그래, 너도 엄마의 배 안에 열 달 동안이나 들어 있다가 밖으로 나온 거야."

그러고 보니 상초혜의 배는 조금 불룩해져 있었다. 기요성은 그녀가 원래 그런가 보다 하고 생각했는데, 이제는 그게 아니라는 걸 알았다.

그가 머리를 갸웃거리다가 말했다.

"그럼 고모는 머지않아 엄마가 되는 건가요?"

"그렇단다."

상초혜의 얼굴에 기쁜 빛이 떠오르더니 이내 짙은 슬픔이 되어 어린다.

"다섯 달 뒤에는 예쁜 아기가 나올 텐데 나는 그것이 너처럼 영리하고 잘생긴 사내아이였으면 좋겠다. 그러니 네가 이제부터는 자주 고모의 배를 어루만지며 그 속의 아기에게 너를 닮으라고 말해주어야 하는 거야."

"그렇게 하면 정말 나를 닮은 사내아기가 나오나요?"

"그렇고말고."

"그런데 고모는 왜 아빠를 닮은 사내아기를 원치 않는 건가요? 엄마들은 누구나 제 아기가 그렇게 되기를 원한다던데……."

상초혜가 쓸쓸한 미소를 지었다. 철없는 꼬마의 엉뚱한 질문에 문득 상심해서 가슴이 아프지만 내색하지 않고 말한다.

"장유기는 잘생기고 호쾌하며 자상한 데다가 다정다감한 사람이지. 하지만 나는 아기가 그를 닮게 하고 싶지는 않구나."

"오라, 장유기라는 분이 아기의 아빠로군요. 그런데 어째서요?"

"그렇게 되면 장차 그 아기의 운명도 제 아빠처럼 비참해

질까 봐 걱정되어서이지.”

“…….”

“많은 여자들이 내 아기를 유혹하려고 할 거야. 그런 여자들 중에서 가장 먼저 그 녀석의 마음을 사로잡을 수 있는 사람은 바로 나 같은 여자란다. 그 녀석은 어리석은 것도 제 아빠를 닮았을 테니 나 같은 여자의 꾐에 쉽게 넘어갈 게 틀림없어. 그리고 그 결과에 대한 책임을 져야겠지. 매우 고통스러울 거야.”

기요성은 그녀의 말을 잘 이해할 수 없었다. 하지만 그녀가 종남산에 올라가 그처럼 잔혹한 짓을 벌인 이유에 대해서는 조금 알 것도 같았다.

그녀는 오직 장유기라는 사람을 구해내고 싶었던 것이다. 그 수단이 모질고 악착같다는 게 문제다.

상초혜가 옷을 내려 배를 가리고 나서 기요성을 품에 꼭 끌어안았다. 다정하게 아이의 머리를 쓰다듬는다.

“너는 정말 귀엽고 사랑스럽다. 게다가 영특하기도 해. 때문에 나는 너 같은 아이를 낳기 원하는 거야. 그러니 나를 도와줄 수 있지?”

너무 간절한 말인지라 기요성은 저도 모르게 머리를 끄덕이고 말았다.

배시시 웃은 상초혜가 한숨을 내쉬고 힘없는 모습으로 침상에 누웠다.

"오랜만에 마구 싸운 데다가 먼 길을 달려왔더니 피곤이 쉽게 풀리지 않는구나. 고모는 한숨 자야겠으니 너는 자유롭게 놀렴."

그녀가 눈을 감았으므로 기요성은 할 수 없이 띠집에서 나왔다. 텅 빈 풀밭이 더욱 넓어 보인다.

다음날이 되어서야 상초혜는 기력을 되찾았다. 하지만 종남산에서 보여주었던 그 살벌하고 잔혹한 기세는 조금도 없었다.

나긋나긋하고 부드러우며 다정해서 기요성은 지금 제 앞에 있는 상초혜가 종남산의 그 상초혜와는 아무 상관이 없는 사람인 것처럼 여겨졌다.

기요성과 장난을 치며 즐겁게 웃었지만 상초혜의 얼굴에는 옅은 수심이 언제나 끼어 있었다. 기요성은 그것이 그녀가 장유기를 구해오지 못했기 때문이라고 생각했다.

함께 정갈하고 소박한 아침 식사를 하고 나서 상초혜가 불쑥 말했다.

"너에게 나의 무공을 가르쳐 주어야겠다."

"예? 나는 화산파의 제자인걸요? 사부님의 허락이 없으면 안 돼요."

"여기에는 너와 나뿐이니 상관없어. 너만 말하지 않는다면 네 사부는 절대로 알 수 없을걸?"

"그건 사부님을 속이는 거잖아요. 나쁜 일은 싫어요."

상초혜가 매섭게 눈을 흘겼다.

"고모 말을 듣지 않겠다는 거냐?"

"그건, 그건……."

기요성이 울먹이며 상초혜의 눈치를 본다. 그 모습이 측은해 보여서 상초혜가 아이의 머리를 가슴에 품어 안았다.

"괜찮아. 울지 마라. 너는 나를 위해서 내 아기에게 매일 세 번씩 말을 해주지 않니? 그건 네 기운을 내 아기에게 전해주는 것과도 같단다. 아주 중요하고 큰일이지. 그래서 고모는 너에게 상을 주고 싶은 거야. 네 사부도 네가 착한 일을 하면 상을 주지? 그렇지?"

"하지만……."

"내가 너에게 줄 거라고는 무공밖에 없잖아. 그러니 나쁜 일이 아니란다."

그녀의 말은 어린 기요성을 혼란하게 했다. 아직 분별력이 없으니 그녀의 달콤한 말을 곧이곧대로 받아들이게 된다.

"하지만 나는 고모처럼 사람을 마구 죽이지는 않겠어요."

"뭐라고? 요 깜찍한 녀석이? 지금 고모를 흉본 것이냐?"

"그게 아니고요……."

"호호호, 상관없어. 무공이라는 건 스스로 생각하지 못하거든. 그러니 그것을 배운 사람이 어떻게 쓰느냐에 따라 결정되는 거란다. 네가 정정당당하게 쓰면 고모의 무공도 많은 사람들로부터 존경을 받는 훌륭한 게 되는 거야."

기요성은 그 말이 옳다고 생각했다. 그녀의 무공을 배워서 옳은 일에 쓴다면 세상 사람들도 그녀에 대해서 조금은 다르게 생각할 것이고, 사부님도 용서하실 거라는 생각이 들었다.

"무얼 가르쳐 주실 건가요?"

"네가 말해봐라. 무얼 배우고 싶으냐?"

기요성은 이 비곡이 저 혼자서는 절대로 나갈 수 없는 곳이지만 그녀의 경공신법을 배운다면 쉽게 나갈 수 있을 거라고 생각했다.

종남산에서 보았던 그녀의 신법은 정말 빠르고 경쾌하며 아름답지 않았던가. 그건 화산파의 경공신법과는 또 다른 매력이 있었다.

빠르기만으로 친다면 제가 본 화산파의 어떤 경공신법도 그녀의 그것을 따라가지 못할 것 같았다.

생각을 마친 기요성이 결연한 얼굴로 말했다.

"나는 고모의 경공신법을 배우고 싶어요."

"그래?"

기요성의 눈치를 살피던 상초혜가 깔깔거리고 웃었다.

"요 맹랑한 꼬마 같으니. 나의 신법을 배워 이곳에서 달아나려고?"

"아니, 나는 그냥……."

기요성의 얼굴이 빨개졌다. 상초혜가 그런 아이의 볼을 꼬집어주고 말했다.

“좋다. 내가 먼저 말을 꺼냈으니 들어주지 않을 수 없지. 그런데 너는 나의 검법은 탐나지 않는 거냐?”

“그것도 가르쳐 주시겠어요?”

“신법을 가르쳐 주기로 했는데 검법을 더 가르쳐 준다고 해서 뭐 어떻겠니?”

“그럼 배우겠어요.”

기요성은 그녀의 검법이 얼마나 지독하고 사나운 것인지 잘 알고 있었다. 사형 화운악의 팔을 자르던 것과, 용호궁의 도사들을 가볍게 죽이던 모습을 잊을 수 없었다.

그걸 배워서 대범하고 광명정대하게 쓴다면 그녀를 위해서도 좋은 일을 하는 거라고 생각한다.

“나의 장법은 어땠어? 그것도 배우고 싶지 않으냐?”

“그건 싫어요.”

기요성이 단호하게 머리를 가로저었다.

상초혜의 장력이 훌륭하고 정교하며 위맹했지만 그것이 독장이라는 걸 아는 까닭이다. 어린 마음에도 독으로 사람을 상하게 하는 건 떳떳한 일이 되지 못한다고 생각했다.

상초혜도 더 이상 강요하지 않았다.

“그래, 좋다. 그럼 너에게 수라문의 절정 경공신법인 수라상천제와 수라쌍검식을 가르쳐 주마.”

그리고 곧 기요성을 이끌고 풀밭으로 나갔다.

한 달 동안 기요성은 그녀로부터 신법과 검법을 배웠다. 처음 요결의 강독이 있을 때부터 기요성의 재능은 탁월해서 상초혜를 놀라고 기쁘게 했다.

구결을 한 번 들려주고 설명해 주면 그 안의 미묘한 것까지 추측하고 추리해서 알아내는 기요성의 영특함은 보기 드문 것이었기 때문이다.

신법과 검법의 초식을 시연해 보이고 변화를 가르쳐 줄 때는 더했다.

기요성은 마치 잘 마른 수건 같았다. 그것이 물을 빨아들이듯 가르쳐 주는 대로 남김없이 흡수해 버리니 상초혜로서도 혀를 내두르며 놀라는 일이 한두 번이 아니었다.

기요성은 좌우 쌍검을 익히는 걸 별로 좋아하지 않았는데, 그건 그녀가 쌍검을 휘둘러 사형의 팔을 자르고 종남파의 도사들을 죽이던 모습이 자꾸만 떠올라서였다.

그래서 상초혜는 자신의 쌍검식 중 우검식만을 가르쳐 줄 수밖에 없었다.

수라심검(修羅深劍)이라고 하는 좌검식은 수비 위주의 치밀한 검식이고, 수라전검(修羅電劍)이라고 하는 우검식은 공격을 주로 한 변화무쌍한 검식이었다. 검법의 이름에 전(電)자가 붙은 것에서 알 수 있듯이 쾌검을 근간으로 삼고 있는 신랄한 검식인 것이다.

기요성은 그것을 좋아했다. 화산파의 검법들과는 또 다른 재미가 있었기 때문이다.

그는 아직 무공이라는 것에 대한 깊은 생각을 할 만한 나이가 아니었다. 모든 것을 재미가 있느냐, 없느냐로 판단하고 그에 따라 흥이 이는 나이인 것이다.

그런 점에서 변화무쌍하고 화려하며 정신없이 빠른 상초혜의 신법과 검법은 다섯 살 꼬마에게 색다른 재미를 가져다주기에 충분했다.

기요성은 제가 유괴되어 온 처지라는 것도 잊고 그것들을 배우는 재미에 푹 빠져서 지냈다.

그렇게 한 달이 지났을 무렵, 상초혜가 온다 간다 말없이 사라졌다. 그리고 다음날 한밤중에 돌아왔는데 온몸이 피곤으로 절어서 모옥에 들어오자마자 침상에 쓰러져 잠들어 버렸다.

기요성은 그녀의 몸에서 나는 피 냄새를 맡고 가슴이 쿵쾅거리며 뛰었다. 그녀가 화운악 사형에게 말했던 것처럼 정말 화산으로 찾아가 한바탕 처참한 살육을 저지르고 온 건 아닌가, 하는 생각이 들어서였다.

다음날 오후 무렵에야 겨우 잠에서 깨어나 앉은 그녀에게 급히 물었다.

"또 살인을 하고 왔지요?"

"그래."

"설마, 설마……."

"왜? 너는 내가 화산에 쳐들어가서 한바탕 분탕질을 치고 왔을까 봐 그러는 거냐?"

"그러…… 셨어요?"

"그러지 않았다."

가볍게 던지는 말에 기요성이 안도의 한숨을 쉬었다.

"그럼 종남산에 또 다녀오셨군요?"

"흥, 그 말코도사 놈들은 정말 염치가 없어. 그렇게 타일러 말했건만 끝까지 나의 서방님을 내놓지 않는구나."

그녀가 생각할수록 분하다는 듯 뿌드득 이를 갈며 말했다. 기요성은 상초혜가 화산에 가지 않았다는 게 기쁘면서도 한편으로는 종남산이 또 한차례 애꿎은 사람들의 피로 물들었을 걸 생각하니 끔찍하고 가슴 아팠다.

"너는 쓸데없는 생각 하지 말고 수라문의 절기를 열심히 익히기나 해라. 수라문은 비록 사라졌지만 그 절기는 나를 통해 너에게 전해졌으니 사라진 게 아니야."

"하지만 나는 신법과 검법을 배운 것뿐인데요?"

"원한다면 내공심법도 가르쳐 주마."

"싫어요."

"어째서? 수라문의 수라신정은 화산파의 신공에 못지않은 내공심법이다. 너는 종남파의 늙은 도사가 나의 신공에 쩔쩔 매는 걸 보았지 않느냐?"

"그것까지 배우면 저는 수라문을 계승해야 하잖아요. 화산으로 돌아갈 수가 없어요."

"호호호, 너 꼬마 녀석은 자나깨나 화산으로 돌아갈 생각
뿐이구나."

"사부님과 사형들이 보고 싶어요."

기요성의 눈에 맑은 눈물이 가득 고였다. 하지만 상초혜는
그런 아이를 가엽게 여기지 않았다. 매섭게 노려보며 말한다.

"이걸 알아야 해. 너는 내가 무엇 때문에 아직까지 화산에
찾아가지 않았다고 생각하느냐?"

"……."

"바로 너 때문이다."

"아!"

그녀의 말이 뜻밖이라 기요성이 탄성을 터뜨렸다.

"그동안 너와 정이 듬뿍 들어서 차마 화산에 찾아갈 수 없었
던 거야. 하지만 네가 이곳을 도망쳐 화산으로 가버린다면 그
때는 찾아가지 않을 수 없지. 너는 설마 네 눈으로 너의 사형제
들과 사숙들이 피를 흘리며 죽는 걸 보고 싶지는 않겠지?"

그 말은 너무 끔찍했다. 상상하기도 싫다. 기요성이 얼른
눈물을 훔치고 새파랗게 질린 얼굴로 마구 소리쳤다.

"고모는 걱정하지 마세요! 저는 언제까지나 이곳에서 고모
와 함께 살겠어요!"

"그래야지. 나는 머지않아 너를 닮은 사내아이를 낳을 텐
데 그러면 네게는 동생이 생기는 것 아니냐? 너는 그 아이와
잘 놀아줘야 해. 이제 화산은 잊어버리는 게 좋을걸? 자, 이리

오렴. 와서 또 고모의 배를 쓰다듬어 줘야지. 네 동생에게 이
야기를 해줘."

기요성이 얼른 다가가 그녀의 더 불룩해진 배에 작은 손을
올려놓았다. 그리고 쓰다듬으며 말한다.

"얘야, 나는 네가 나를 닮아서 귀엽고 똑똑하며 착한 아기
로 태어나기를 바란단다. 어서어서 나오렴. 그러면 내가 예뻐
해 주고 재미있는 놀이도 가르쳐 줄게."

상초혜의 얼굴에 기쁨이 가득해졌다. 제 배를 만지는 기요
성의 머리를 대견스럽다는 듯 쓰다듬어 주며 눈웃음친다.

기요성이 다시 말했다.

"착하고 귀여운 아기야, 착하고 귀여운 아기야, 너는 틀림
없이 나를 닮을 거야. 나는 아주 착한 사람이란다. 그러니 너
도 틀림없이 착한 아기가 되어서 나올 거야."

착하다는 말을 거듭한다.

기요성은 머지않아 태어날 상초혜의 아기가 부디 제 엄마
의 심성을 닮지 않도록 간절히 염원하는 것이다.

어린 기요성이지만 만약 상초혜 같은 아이가 태어난다면
큰일이라는 걱정을 떨쳐 버릴 수 없었다.


다시 한 달이 지났다.

상초혜는 두 번째로 슬그머니 비곡을 떠났고, 다음날 역시
피 냄새를 온몸에 서리서리 두르고 돌아왔다.

이제 기요성은 그것에 대해서 묻지 않았고, 상초혜도 굳이 말하려 하지 않았다.

그렇게 또 한 달이 지났다.

돌이켜 보면 상초혜는 한 달 정도 지난 뒤에 비곡을 떠나 종남산으로 가곤 했다.

기요성은 마음이 불안해졌다. 상초혜가 언제 또 종남산으로 찾아갈지 모르기 때문이다.

그래서 기요성은 더욱 상초혜에게 매달려 재롱을 떨었고, 그녀를 기쁘고 즐겁게 해주기 위해 노력했다.

그 때문인지 상초혜는 한 달이 지났지만 비곡을 떠날 생각이 없는 듯했다.

그날도 그녀와 한바탕 놀고 나서 기요성은 홀로 북벽의 폭포 아래 와 있었다. 상초혜는 기요성과 즐겁게 놀고 나면 피곤하다면서 반드시 한 잠씩 자곤 했던 것이다.

그게 뱃속의 아기가 점점 커가고, 그래서 쉽게 지치고 피곤해지기 때문이라는 걸 기요성이 알 리가 없다.

웅장한 소리를 내며 까마득히 높은 곳에서 떨어지는 폭포를 마주하고 서서 기요성은 상초혜로부터 배운 수라문의 검법을 열심히 수련했다.

상초혜가 배나무 가지 하나를 잘라 만들어준 목검을 쥐고 이리저리 옮겨 다니며 검초를 펼치는데, 다섯 살 난 꼬마의 솜씨라고는 믿을 수 없을 만큼 능숙하고 세련되어 있었다.

수라쌍검 중 우검법인 수라전검 서른여섯 초식을 몇 번 되풀이하고 나니 신법과 검법이 서로 상응하고 절로 조화를 이루었다. 그 쾌속하고 경쾌함이 마치 날랜 제비가 물을 차는 것 같다.

풀밭 위에서 기요성의 작은 몸이 종횡으로 어지럽게 달릴 때마다 풀잎 끝이 베어져 하늘로 솟구쳤다.

이내 사방 이 장의 공간이 잘게 잘린 풀잎들로 가득 차서 그 안에 있는 기요성의 모습이 흐릿하게 보였다.

기요성은 갈수록 익숙하게 펼칠 수 있는 검초에 매료되어 자기 자신마저 잊은 채 몰입했다.

상초혜로부터 검법을 배운 지 불과 석 달. 검초의 눈부신 변식과 쾌묘(快妙)의 도리를 이미 능숙하게 익힌 것 같았다.

검법과 신법은 본래 한 몸이나 마찬가지다.

신법의 바탕이 있어야 제대로 검초를 펼칠 수 있기 때문이다. 그러므로 검법에 능숙해질수록 신법 또한 그에 걸맞게 능숙해져 갔다.

기요성은 어느덧 수라상천제의 묘리와 수라전검의 묘리를 깊이 깨우쳤던 것이다. 하지만 아직 공력이 일천하고 몸이 완전히 성장하지 않은 터라 그 위력을 십분 살릴 수 없었다.

단지 틀과 형식을 흉내 낼 뿐인데, 보는 사람이 있다면 그것만으로도 눈을 휘둥그레 뜨고 혀를 찰 일이었다. 다섯 살 난 꼬마가 펼치는 초식이고 신법이라고는 도저히 믿을 수 없을 정도였던 것이다.

기요성은 제 흥에 흠뻑 취해서 시간 가는 줄 모르고 검법과 신법을 여러 차례 되풀이했다. 그리고 가쁜 숨을 헐떡이며 멈추어 섰을 때 불쑥 낯선 음성이 들려왔다.

"어린 녀석이 제법이구나. 대단한걸?"

"앗!"

기요성이 깜짝 놀라 돌아섰다.

거기 낯선 사람이 우뚝 서 있었다. 오래전부터 와 있었던 모양인데 기요성은 조금도 눈치 채지 못했다.

삼십대의 사내였다.

눈이 부리부리하고 정광이 이글거려서 마주 보기 힘들다.

거뭇거뭇하게 구레나룻이 나 있었지만 관옥같이 잘생긴 얼굴이었다.

콧날과 입술과 턱의 윤곽이 뚜렷하고, 후리후리한 키에 어깨가 떡 벌어진 것이 표범의 골상이다.

낡고 허름한 마의를 걸치고 맨발이었다. 길게 자란 머리카락도 묶지 않아서 함부로 흩어져 어깨 위에 넘실거리고 있다.

기요성의 어린 마음에도 사내의 빼어난 기상과 출중한 기도는 대단하게 여겨졌다.

"누, 누구세요?"

홀린 듯 사내를 바라보던 기요성이 주춤거리고 물러서며 물었다.

"네가 화산의 선동이라는 그 꼬마로구나?"

사내가 기요성의 아래위를 훑어보며 되물었다.

"그런데 어째서 아직까지 여기에 있는 거지? 어째서 네 사문의 무공을 버리고 수라문의 무공을 익히고 있는 거냐?"

기요성은 사내가 어떻게 그것을 아는지 이상했다.

"누구신가요?"

궁금증과 의혹으로 눈을 반짝이며 다시 묻는다.

사내가 무뚝뚝한 얼굴로 입술만 달싹여서 말했다.

"장유기."

"아!"

그의 말에 기요성이 놀란 외침을 터뜨렸다.

눈앞의 거칠게 생긴 사내가 상초혜가 그렇게 그리워하는 바로 그 사람이라니 그렇다.

그는 종남산의 참회동에 갇혀 있다고 했는데 어떻게 이곳에 온 건지 의아하기도 하다.

장유기가 기요성을 뚫어질 듯 바라보았다. 기요성은 그의 빛나는 눈길을 마주 볼 수가 없었다.

한동안 그렇게 기요성을 바라보던 장유기가 엄숙하게 말했다.

"너는 화산으로 돌아가지 않을 작정이냐?"

"아니, 저는 그냥…… 고모님을 혼자 놔둘 수가 없어서요."

제가 없어지면 그녀가 당장 화산으로 달려가 종남산에서

처럼 살인을 할 것이라는 말은 왠지 하고 싶지 않았다. 그건 상초혜의 악한 면을 덮어주려는 편들기 심리이기도 한데, 자기도 모르게 그런 마음이 생긴 것이다.

어린아이는 단순해서 제 감정에 충실할 뿐 선악의 구분을 하지 못한다. 좋고 싫은 걸 확실히 하는 것 같지만 변덕이 심해서 금방 바뀌기도 한다.

그런 어린아이에게 있는 특성 중 하나가 저를 돌봐주고, 저에게 잘해주는 사람에 대한 애정을 갖는다는 것이다. 의존성이면서 신뢰이기도 하다.

기요성은 지난 석 달 동안 상초혜와 함께 살았고, 그녀는 매우 부드럽고 다정하게 대해주었다. 그래서 처음에 그녀를 무섭고 끔찍하게 여겼던 것과는 달리, 석 달이 지난 지금은 어느덧 친밀감과 신뢰가 형성되어 있었다.

그래서 이제는 누구도 그녀를 나쁘게 보는 걸 원치 않았고, 그녀가 행하는 일이 그전처럼 악하게 여겨지지도 않는다.

오히려 그녀의 처지에 대한 연민과 동정심이 생겨서 그녀의 마음을 괴롭게 하는 종남파의 도사들이 밉다는 생각이 들 때도 있었다.

근묵자흑(近墨者黑)이라는 말이 있다. 그와 같이 기요성은 저도 모르게 상초혜의 심성과 행동과 생각에 영향을 받고 있었던 것이다.

그러니 부모가 자식에게 항상 좋은 사부를 만나고 좋은 친구를 사귀어야 한다고 말하는 게 다 이유가 있다.

장유기가 잠깐 눈살을 찌푸리더니 무언가 말을 할 듯 말 듯 망설이다가 한숨을 쉬고 돌아서서 띠집을 향해 성큼성큼 걸어갔다.

'어떻게 된 거지? 종남파에서 그를 풀어준 건가?'

그의 넓은 등을 바라보던 기요성이 머리를 갸웃거렸다.

'어쩌면 도망쳐 온 건지도 몰라.'

하고 있는 거친 모습을 보고 그런 생각도 든다.

어느 쪽이든 그가 이렇게 갑자기 나타났다는 게 기요성에게는 불안하면서 불쾌한 일이기도 했다.

상초혜가 이제는 저를 거들떠보지 않을지도 모른다는 불안이고, 그가 자기에게서 그녀를 빼앗아갈 거라는 불쾌함이었다.

입술을 잘근잘근 깨물며 장유기의 뒷모습을 노려보던 기요성이 쥐고 있던 목검을 내던지고 그를 뒤쫓아 달려갔다.


『마풍협성』 5권에서…

# 저작권 보호!!
## 장르문학의 성장에 힘이 되어주십시오

**저작물의 무단 전재와 복제, 불법 다운로드!
이것은 관심이 아니라 무관심입니다!**

작가님들은 창의적 열정과 시간을 투자해 자신의 꿈과 생계를 유지합니다.
한 권의 책을 만들어 많은 사람들은 자신의 인생과 미래를 설계합니다.

## 저작물 속에는 여러 사람의 노력과 희망이 담겨 있습니다!

저작물의 무단 전재와 복제, 불법 다운로드는 여러 사람들의 꿈과 생계를
위협함으로써 장르문학을 심각한 상황에 빠뜨리고 있습니다.

**이제는 무관심이 아니라 관심으로 장르문학의
성장에 힘이 되어주세요.**

[도서출판 **청어람-블루부크**는 항시적인 저작권 보호를 통해 장르
문학과 여러분의 희망을 지키겠습니다.]